Εροπολις

Du même auteur

Aux Éditions du Rouergue
Animos® (2000)
Un monde cadeau (2003)
Pique-nique dans ma tête (2006)

Chez publie.net
La Plus Belle Piscine du monde (2009)
Le saviez-vous ? (2010)
Un roman d'épouvante (2009 ; rééd. 2012)

Chez Crater (Coll. « Théâtre en Coulisses »)
Cortex, in *Confessions érotiques* (2003)
Duel (2004)

Chez Milan
Conseils philosophiques à usage quotidien (2012)

Chez Asphalte éditions
Le Parisien (2018 ; rééd. « Folio policier » n° 895, 2019)
L'Affaire suisse (2019)

L'auteur a bénéficié du concours du CNL pour l'écriture de ce roman.

Couverture : Odile Chambaut

www.lerouergue.com

Jean-François Paillard

Heropolis

la brune au rouergue

*« Une seule chose restait à faire :
fermer les yeux et plonger autant que possible
dans cet autre monde »*

Aldous Huxley, *Île*

*« La vie, dans ces containers subdivisés,
est difficilement supportable »*

Jean Ziegler, *Lesbos, la honte de l'Europe*

*« Si vous n'avez pas tout compris, vous risquez
bien de vous en souvenir plus longtemps »*

Nicolas Bouvier, *L'Échappée belle*

Première partie

UNE ÎLE

1. LA COURSE

On est au lendemain de la seconde pleine lune après le solstice d'été et cinq heures environ se sont écoulées après le midi solaire, quand Z, le multimilliardaire qui se fait appeler Périclès et que le magazine *Forbes* a classé au premier rang des personnes les plus riches du monde, jette du balcon cette écharpe de lin écru, légère et serpentine, voyez comme elle s'involute gracieusement dans l'air gras et immobile, les spectateurs retenant leur souffle, jusqu'à ce qu'elle vienne s'aplatir comme une chiffe molle sur le sable blond.

Aussitôt, la clameur unanime et sauvage s'élève, les portillons des stalles claquent comme des culasses d'AK-47 et vomissent sur la piste les cinq chars tirés chacun par quatre chevaux attelés de front, soit vingt cavales aux yeux fous qui dévorent à présent l'espace sous les hurlements du public, leurs quatre-vingts sabots martelant durement le sol, les colliers de grelots tintant aux encolures, leurs vingt poitrails jetés en avant par cinq cochers ivres de vitesse, de rage et peut-être de peur.

Tous les conducteurs sont casqués de cuir à l'exception de cette fille habillée de bleu, cette diablesse de Maxima qui va chevelure au vent, chacun hurlant son huhauuu, son aïaaarrh, son hiarrrrrr, son ïahuaaa, son hiuuuu personnel. Les fouets claquent à dextre, la senestre agrippant le paquet de guides que les cinq auriges se sont enroulés autour des reins, le poignard qu'ils portent à la ceinture leur donnant la maigre assurance qu'ils pourraient les trancher en cas de chute.

Au passage des chars, un épais nuage ocre enveloppe les spectateurs des rangs inférieurs, les poussant à râler plus fort, à cracher plus loin que les autres, à gueuler des insanités qui sont reprises en chœur par la foule coincée par une chaleur écrasante dans cet hippodrome immense. Quand ils ne sont pas nus ou torse nu, les hommes, les femmes, les enfants sont affublés de toges, de tuniques légères. La plupart sont coiffés du chapeau de paille rond qu'on appelle ici *pétasos*. Oligarques, étrangers, thètes ou pauvres comme Job, chacun encourage depuis sa place assignée son champion en criant tantôt « Maxima ! », « Patrocle ! », « Cloanthe ! », « Balegos ! » ou « Polyctor ! », tantôt la couleur de sa tunique : « bleu ! », « rouge ! », « vert ! », « jaune ! », « blanc ! » ou tout simplement « *Nika !* » qui veut dire « sois vainqueur ! »

Ici, le conducteur de char, cocher, aurige, se dit *Hêniokhos*[1] car on y parle l'attique autant qu'on y vénère la haute culture de la Grèce ancienne, bien qu'on soit en plein XXIe siècle et qu'au vrai ce soit la même connerie de sport-spectacle qui a cours, ici comme ailleurs, les supporters affichant la même tronche tordue gueularde des tifosis du Barça, de l'Olympique de Marseille ou de la Lazio, les produits dérivés y faisant

1 En grec ancien ἡνίοχος, « qui tient les rênes ».

pareillement florès, à cette différence que les maillots ou les écharpes estampillés F.C. Internazionale, OM ou Paris Saint-Germain ont cédé la place aux lampes à huile, statuettes en terre cuite et couteaux à manche d'os ou d'ivoire sur lesquels les artisans de la basse ville ont gravé la figure de leurs héros, je veux parler des cinq casse-cou qui émergent à l'instant de la poussière comme d'un rêve fou, tous les cinq courbés en avant dans la position du missionnaire, un pied venant buter sur le garde-corps du char, l'autre calé au niveau de l'axe des roues, chacun s'efforçant de garder son équilibre sur ces caisses ultra-légères et hautement instables dont le plancher n'est qu'une frêle armature de bandes de cuir.

Autant dire des cercueils roulants.

Les gueules écarquillées autour de moi le savent.

Elles n'attendent qu'une chose : ressentir le « vertige » de l'accident.

Celui qui disloque.

Celui qui éventre.

Celui qui déchiquette.

Rien que d'y penser, ça me donne envie de vomir.

Et, croyez-moi, c'est fort dommage que je n'aie plus la force de le faire. Ça lui ferait tout drôle, à mon fixeur, de me voir enfin réagir au mauvais délire dans lequel je suis plongé depuis sept de nos mois. Dégueuler sur ses sandalettes, tiens… Un traître, m'a dit Shamim. Ce brave Jassim n'aurait cessé de m'empapaouter depuis le début de cette mission pourrie. Pas que mon fixeur d'ailleurs. Le ban et l'arrière-ban. Z, Maxima, Montereau, Saint-Martin… Les ennemis et les soi-disant amis. Tout le monde. Tous des traîtres. Sans oublier le bon Albert, de la direction technique. Cachait bien son jeu, celui-là. La Maison dans son entier, en somme. Je veux parler de Mortier.

Du Bureau. De la Boîte. De la putain de Taule. Et pendant qu'on me trahissait à tours de bras, on me transformait en légume. Sept mois que j'ai atterri dans ce monde de cinglés et je n'ai plus le jus pour rien. Drogué jusqu'aux yeux, m'a dit Shamim. Pas un jour depuis mon arrivée sans que je m'amollisse un peu plus. Une loque, je suis devenu. Un légume en proie à des cauchemars bleus. Et quand je me réveille, j'ai l'impression d'être coupé en deux. Et cette chose, cette chose abominable que je n'ai toujours pas digérée quoiqu'en ancien militaire missionné au Congo, en Irak ou au Kosovo, j'aie vécu maintes fois la violence la plus crue. Je veux parler de cette fascination pour le sang et la mort que tous et toutes, ici, hommes, femmes et enfants compris paraissent éprouver sans aucune espèce de retenue ni remords.

« On n'est pas à Hollywood ou au Puy du Fou ! m'a braillé tout à l'heure mon fixeur, bien excité de me montrer cette poterne qui fait face à l'arc de triomphe sous lequel se pavanera le vainqueur de l'épreuve. À ce jour aucune course ne s'est soldée sans au moins un blessé grave, qu'on évacue de ce côté-ci de la piste… »

Maintenant, il se tourne vers le public d'un air extatique :

« Et ça ! Hein ? Avouez que ça a de la gueule, non ? »

Ça s'égosille, en effet, ça se lève, ça chaloupe du bassin, ça fait des grands gestes. Une femme à la figure peinte en vert agite ses seins oblongs et olivâtres sous les vivats et les applaudissements. Plus loin, un géant à gueule rouge lance son poing sur la face d'un gamin au visage de craie qui l'esquive de justesse, provoquant les rires de la foule.

« Si tu le dis… »

J'ai prononcé cette phrase avec une telle lassitude dans la voix que mon fixeur éclate d'un rire mauvais.

« Dites donc mon vieux ! Merci de faire preuve d'un minimum d'enthousiasme, me crie-t-il à l'oreille en me tapant rudement sur le dos. Ne me faites pas regretter de vous avoir traîné jusqu'ici… »

J'avoue que je ne trouve rien à répondre.

Je reste interdit, les mains entre les cuisses, la bouche béante.

Un légume, je vous dis.

Les chars sont passés, les spectateurs arrêtent de hurler et se rassoient ; les moins bien lotis se serrent comme des sardines sur de mauvaises estrades en bois exposées aux ardeurs du soleil ; les autres, autrement dit mon voisin, moi-même et tous les richards qui ont la générosité de nourrir des parasites comme moi, nous nous pavanons sur de larges bancs de pierre garnis de coussins à glands, qu'ombragent des dais marqués des sceaux des familles les plus riches de l'île : Zackenberg-Alcméonide, Dusk-Pisistratide, Bates-Agiade, Huhan-Bouzyge, etc. S'ajoute l'aréopage habituel des seconds couteaux rompus à vivre sur la bête : Dan Schnitzler, Dominique de Villemin, Michael Burckhardt, Ja Yun, Francis Boogle, Helmut Spank, j'en passe. Mon fixeur Jassim et moi, on est relégués en bout de banc avec quelques autres farceurs par cet épuisant jeu de dupes qui, s'il n'est pas joué avec entrain, mène tôt ou tard à la disgrâce.

Au centre de ce festival de masques, affectant une mine impénétrable malgré la rumeur qui court sur ses crises de langueur – on parle ici d'*akēdia*, une forme d'ennui qui gagne périodiquement les habitants de cette île-tombeau où l'abattement le plus mortel contrecarre sans cesse l'excitation la plus folle – trône Z, lui, ses espoirs déçus, ses frisottis brou de noix et son visage caprin de pierrot lunaire.

À environ vingt mètres à ma droite, c'est comme toujours un grand tapage du côté du carré VIP où s'exhibe le clan d'Alcibiade. Berçant dans ses bras énormes son bichon qu'il a prénommé Sōtēr[2] et flanqué de ses âmes damnées Steve Dannon et Zhou Huhan, le fils adoptif de Z est un athlète aux muscles surgonflés, à la peau bleue et aux yeux titane, dont la tête jolie paraît se perdre dans sa coiffure trop large. Le jeune ambitieux a engagé dans la course pas moins de trois attelages sur cinq pour s'assurer la victoire. Ce n'est donc pas un hasard si le char paré de rouge de Patrocle, qui caracole en tête, est de son écurie. L'aurige a pris le large en serrant au plus près la spina, qui est ce muret paré de statues de marbre et de dauphins de bronze autour duquel tournent les concurrents. Passant devant la tribune d'Alcibiade, il lève haut son fouet et braque son visage couturé de cicatrices vers son chef adoré en poussant un hurlement d'hyène.

« L'imbécile ! s'étrangle Jassim. Il va finir par se flanquer dans le décor…

– Tiens donc ! Tu mises sur la victoire de l'ennemi maintenant ? Combien as-tu parié sur lui, espèce de…

– *None of your business* », me glisse-t-il à l'oreille en portant sa main à la bouche, car il est interdit de parler sur l'île d'autre langue que le dialecte attique.

Et comme, la tête déjà vide, je ne trouve rien à répondre, retombant fatalement dans cette hébétude poisseuse qui m'est devenue familière :

« Allons, taisez-vous maintenant ! me mouche-t-il. Depuis le temps que vous êtes ici, vous devriez savoir que ça se passe comme ça, à Heropolis. »

---

2 « Libérateur » en grec ancien.

2. À MORTIER

« Heropo… quoi ? »

Le gars à la voix caverneuse qui pose cette question en début de réunion s'appelle Jean-Claude Theron. Du moins *officiellement*. Ses pairs le prénomment familièrement « Ji Cé ». Nous autres, les agents de base, on surnomme le chef de la Direction générale des services « Le Squelette » ou « La Vieille », rapport à son physique osseux et son visage émacié à la peau rugueuse de crocodile. « Le genre d'homme aux subtiles intrigues dont la face et le cœur se sont desséchés à la fumée de l'opium », avait poétisé un jour Edgar Montereau au bar des Pistoliers d'Auteuil après une jolie séance de tir au Glock de septième génération. Il s'était empressé d'ajouter qu'il n'avait pas inventé cette phrase, mais qu'il l'avait piquée dans un de ces bouquins virilistes de Jean Lartéguy ou de Pierre Sergent, « je ne sais plus ». Edgar n'est pas seulement excessivement respectueux de sa hiérarchie, il est excessivement honnête.

Edgar, c'est mon chef de mission. Beaucoup moins capé que les grosses têtes qui nous dirigent, et par conséquent moins encombré par l'idée qu'il se fait de lui-même. C'est lui qui m'a harponné jadis pour le compte de la Maison. C'était en juillet 1993. À Sarajevo. Un bail. Depuis, il ne m'a jamais trahi. Aucun coup tordu. Du moins, c'est la fable que j'ai encore en tête lors de cette réunion.

La salle de crise où nous nous trouvons, dite aussi « centre de situation », est assez sombre. Seul un bouquet de lampes individuelles éclaire les tables devant lesquelles se tiennent les chefs, tous mâles, blancs et vieux. Les jeunes assistants et assistantes sont assis derrière eux, leurs tablettes tactiles posées sur les genoux. Le mur du fond est pavé d'écrans. On aurait pu les qualifier d'ultramodernes il y a encore cinq ans, mais mon collègue Lucas D. qui est cryptanalyste au PNCD[3] et fan de réalité augmentée considère qu'ils sont totalement obsolètes. Bien qu'on soit en juillet, personne ne ressent les effets de la canicule. Tout le monde grelotte, au contraire : on n'a jamais pu régler correctement la clim' dans les salles du deuxième sous-sol du 141 boulevard Mortier, Paris vingtième.

Officiellement, ça s'appelle le Centre administratif des Tourelles. Entre nous, on emploie indistinctement les termes de « Mortier », « Le Bureau », « La Boîte », « La Maison », parfois « La Taule », « Le Burlingue », « Le Chausse-Trappe », plus rarement « Le Piège-à-Cons », « Le Trou à Rats », « Le Panier de Crabes », et exceptionnellement, mais seulement quand on en a vraiment gros sur la patate, « Les Latrines de la République ». Les journalistes l'ont baptisé « La Piscine » alors

3 Le Pôle national de cryptanalyse et de décryptement est un service de la Direction générale de la sécurité extérieure (DGSE) qui prend en charge le recueil et le stockage de données personnelles étrangères et françaises.

que personne, ici, ne l'a jamais appelé ainsi. Le lieu s'est vidé depuis que nos services ont déménagé dans les locaux du Fort Neuf de Vincennes mais Theron, qui est un incurable nostalgique, a insisté pour qu'« avant de tourner définitivement la page » on se retrouve « une toute dernière fois » au siège historique de la DGSE, les services de renseignement extérieurs de notre République française.

Du moins ce qu'il en reste...

Vous vous souvenez ? La généralisation de « l'État d'urgence » sur fond de déroute du Front Républicain, d'émeutes sanglantes et de percée du Renouveau National ? Le président Dulong forcé de transiger avec la droite populiste, autant dire la droite extrême, de Maryse Montjoie. Et partout ailleurs le foutraquage généralisé, la péninsule arabique et le Caucase en feu, la multiplication des séquences terroristes commanditées par les États-mafieux, les succursales de l'E.I., du Hezbollah, les racistes du MDGJ identitaire, les racialistes de l'AlterChoc, les hard-écologistes de la MAEC, les conspirationnistes de tous poils, sans oublier les gouvernements américain, russe, chinois, turc, syrien, israélien, saoudien, iranien, les Français pas avares non plus en opérations homo[4], les Britanniques en engageant sept, les Allemands trois, ce qui n'est rien à côté de l'hécatombe russo-américaine, ni des exactions commises par les pays d'Asie et d'Amérique du Sud, ni des folies des nationalistes hindous, ni des épidémies virales à répétition, ni des massacres de masse, ni des forêts en flammes, ni des guerres de l'eau, ni des dizaines de milliers de morts de chaleur en milieu humide, ni des migrations massives, ni de la

---

4 Pour « homicide ». L'expression désigne un assassinat ciblé commandité par un État et perpétré par son service de renseignement extérieur.

mise à l'arrêt, après l'accident russe de Balakov, de cinq sites nucléaires aux États-Unis, dont celui d'Indian Point et de sept centrales dans l'Euroland, la nouvelle Union européenne hors Pologne et Hongrie, dont trois en France, Tricastin en tête. Ajoutons pour la route le passeport biogénétique généralisé, la fin programmée de la forêt amazonienne et de la Grande Barrière de corail, l'exploitation calamiteuse des grands fonds marins, les morts aux frontières, les inégalités galopantes et, *last but not least*, la prolifération sans précédent des fous de Dieu et autres sectes millénaristes. Paraît que l'une des plus actives d'entre elles, autoqualifiée Chevaliers de Saint-Jean, soutient que l'espèce humaine n'a plus que deux siècles à vivre. Je vous rassure : d'après les collègues de la Direction du renseignement, les dingos qui s'en réclament affirment tenir l'info d'astrologues venus, tenez-vous bien, de l'Atlantide.

Mais revenons à nos moutons :

« He-ro-po-lis. Ça se prononce hé-*rôôn*-polis. En grec ancien, ça veut dire la "cité des héros"… »

L'homme qui s'est lancé dans cette explication de texte s'appelle Alpharetro. Du moins *officiellement*. Son vrai nom, c'est Jean-Patrick Nuts. « Ji Pé » pour les intimes. Je sais, c'est compliqué, mais c'est comme ça que ça se passe à Mortier : les identités et les patronymes y sont fluctuants. Avec son visage anguleux et son crâne chauve, Alpharetro fait aussi vieux et décati que « La Vieille ». Les deux fossiles ont fait en gros la même carrière : Saint-Cyr (Alpharetro a étudié en plus le serbo-croate à l'Inalco), tous les deux chasseurs de chars au 1er RC, tous deux versés au 11e Choc après une période de crapahutage au 1er RPIMa, tous deux devenus généraux de corps d'armée. Détail amusant : bien qu'ils partagent la même passion pour la patrie en danger, la foi catholique et les meubles louis-philippards et qu'ils aient pareillement cloîtré leurs moitiés dans un pavillon cossu de l'Ouest parisien décoré du même papier à ramages sur lequel jaunissent les mêmes tableautins à l'anglaise représentant les mêmes scènes de chasse, les deux hommes se haïssent cordialement, chacun voyant dans l'autre l'insupportable baderne qu'il est devenu et le poussant à la sortie en réclamant à hauts cris du « sang neuf ». Joli, quoique banal, exemple d'aversion mimétique.

« L'île s'est appelée Ikos pendant 2 500 ans, poursuit Alpharetro. Sa superficie est de 388 kilomètres carrés, ce qui en fait l'une des plus grandes des Cyclades. Fait exceptionnel en mer Égée, elle est alimentée en eau et possède assez de terres cultivables pour être autosuffisante. Elle produit même son propre vin... »

L'homme se tourne vers le chef de secteur assis à côté de lui, un quadra à lunettes carrées dont le costume étriqué, la chemise unie et la désuète cravate club signalent son appartenance à la Direction du renseignement.

« ... Olivier ? »

L'Olivier en question se tourne vers la jeune femme à lunettes carrées et tailleur strict assise derrière lui :

« Marie ? »

Clic.

L'image floue d'une île marronnasse vaguement circulaire perdue au milieu du bleu azuréen apparaît sur l'un des écrans placés au bout de la salle.

« Pouvez augmenter la netteté ? demande le Squelette.

– Justement non, répond le binoclard. L'île s'est dotée de systèmes de brouillage radioélectrique qui génèrent un leurrage dans toutes les fréquences GNSS. Elle possède en outre des antennes à rayonnement hémisphérique sûrement couplées avec un amplificateur de puissance qui créent une sorte de dôme de protection capable d'écarter tous types de drones : UAV, UAS, RPA, RPAS...

– Et comme la boîte ne dispose pas de pigeons voyageurs munis d'appareils photos argentiques... », ironise le Squelette.

Silence embarrassé.

« Bien, reprend le binoclard après qu'il s'est éclairci la voix. Ikos fait partie des îles que le gouvernement grec a vendues après le conflit turc. Je ne reviens pas sur le rappel à l'ordre de Bruxelles, les mini-référendums insulaires, l'intervention de la Cour de justice de l'Union européenne et cetera et cetera. Tout cela est de notoriété publique. Les détails sont dans la note de synthèse qu'on vous a distribuée. Les dix-sept mille habitants d'Ikos ont eu six mois pour quitter les lieux et je dois dire qu'ils l'ont fait dans des conditions financières exceptionnelles. »

Il se tourne vers la jeune femme :

« Marie ? »

Clic.

Sur un des écrans s'affiche un document dactylographié et numéroté sur lequel figure un tableau chiffré. Deux timbres portant la mention SECRET indiquent qu'il s'agit d'un document de niveau « Secret de la défense nationale ».

« ... Les quatre milliards sept cent quarante-cinq millions d'équivalents euros répartis entre l'État grec et les habitants d'Ikos ont été versés par un consortium d'acheteurs via la banque de Crédit suisse et le réseau blockchain suisse Khôra du russo-canadien Nikolaï Dmitriyevich Kondratiev, poursuit Olivier. S'agissant du consortium, on a pu localiser le groupe français Viladis, le fonds de pension américano-chinois Tower Retirement Thrift, trois banques liées aux géants du Net Amazure, Boogle, Béta, Atoll et Mycroft, dont la Qatar

Financial Authority et plusieurs fonds privés, dont celui d'un multimilliardaire que nous appellerons Z pour plus de commodité et qui prétend diriger l'île sous le nom de Périclès, ceux d'anciennes stars de téléréalité, d'hommes politiques français et étrangers de premier plan, d'un ancien premier ministre britannique et cetera et cetera. Des transferts d'argent ont également été effectués par l'opérateur de télécom chinois Weihai via la Budabank hongroise, la Betabanka serbe et la Gamma Bank grecque. »

Silence longuet à attendre que le Squelette finisse de se gratter la galoche ossue qui lui sert de menton.

« Le consortium..., finit-il par coasser au grand soulagement de l'assistance. C'est donc comme ça qu'ils se nomment.

– Heu non, intervient Alpharetro. C'est juste le nom qu'on a donné au conglomérat.

– Ah. Et il est né comment ce... truc ?

– C'est encore assez flou, Ji Cé. De bonnes sources bien placées et concordantes évoquent une alliance secrète autour d'un cloud mondial qui se serait constituée, il y a une dizaine d'années, entre Amazure, Boogle, Béta et Mycroft. L'alliance se serait renforcée après le Mondial de foot raté au Qatar et le lancement de cryptomonnaies à partir de l'Inde et de l'Afrique. Pour le reste, j'avoue qu'on est dans le brouillard, DRSD[5], DGSI[6] et DGSE comprises. Nos analystes ont pu repérer une forte activité depuis Zurich et le Tessin, un canton suisse du sud de l'arc alpin qui est devenu au fil des ans le repaire privilégié des mafias et des complotistes du monde entier. L'an

5 La DRSD ou Direction du renseignement et de la sécurité de la défense est le service de renseignement du ministre des Armées.
6 La DGSI ou Direction générale de la sécurité intérieure est un service de renseignement intérieur français.

dernier, on a pu faire le lien avec les Chevaliers de Saint-Jean, une organisation secrète suisse à propos de laquelle on ne sait toujours pas s'il s'agit de la maison mère ou d'une simple succursale. Bref, à l'heure actuelle…

– Vous ne savez rien.

– Pas grand-chose, Ji Cé. D'où l'intérêt d'aller voir sur place, plaide Alpharetro.

– L'île joue certainement le rôle de base arrière pour la constitution de ce cloud mondial », intervient un type assis au premier rang qui n'avait rien dit jusque-là.

Moustache, chemise ouverte, couronne de cheveux rares en pétard, fréquents haussements d'épaules mi-nerveux mi-accablés. Albert Leloutre, de la Direction technique.

« … Elle hébergerait selon nos sources au moins trois data centers de nouvelle génération, poursuit Albert d'une voix morne, lesquels seraient connectés à d'autres centres de données que nous essayons de localiser. Le tout formerait un DCI[7] beaucoup plus large géré par une IA de cinquième génération[8] qu'ils appelleraient le Nephos.

– Le Nephos, répète le Squelette. C'est compliqué votre truc.

– Ça veut dire « nuage » en grec ancien, précise Olivier.

– Nephos. Nuage. D'accord. Mais pour quoi faire ? demande le Squelette.

– C'est précisément ce que nous aimerions savoir, répond Alpharetro. Nos services supposent qu'il s'agit d'un travail préparatoire à un projet global qui nous échappe encore.

---

7 Data center interconnecté.

8 L'intelligence artificielle (IA) est un processus qui repose sur l'exécution d'algorithmes dans un environnement informatique dynamique. Son but est de permettre à des ordinateurs de penser et d'agir « comme des êtres humains ».

– Un projet global, voilà autre chose.

– Notre source sur place évoque quelque chose comme une "régulation globale du Territoire trois", suggère Olivier.

– Késako le "Territoire trois" ? s'interroge le Squelette.

– C'est leur manière de désigner le reste du monde.

– Le reste du monde.

– Qu'ils associent au chaos et qu'ils voudraient réformer ou "réguler" comme ils disent, avance le binoclard.

– Réguler le monde, rien que ça.

– Dans l'immédiat, ils essaieraient de le contrôler…

– Contrôler le monde, je vous demande un peu.

– D'où les data centers… », insiste Albert.

Il a l'air de vouloir en dire plus, mais comme il attend qu'on lui pose des questions techniques précises et que personne ne veut risquer le ridicule de formuler une question technique non précise ou carrément à côté de la plaque, un silence gêné s'installe dans la salle, ce qui donne l'occasion au Squelette de se regratter pensivement le menton.

« Bien…, finit-il par bilabialiser. Quels sont les moyens mis en œuvre ?

– Légers, répond Alpharetro. Dans un premier temps, la mission sera de pure documentation. L'intervention des forces spéciales grecque et française en liaison avec les opérationnels du boulevard du Général-Martial-Valin pourra s'envisager dans un deuxième temps, mais dans l'immédiat, le dispositif ne comprend que notre source sur place qui fera office de fixeur[9] et trois agents infiltrés placés sous l'autorité de l'officier Edgar Montereau. Deux des agents participeront aux Jeux

---

9 Un fixeur est un autochtone qui sert d'interprète et de guide dans une région à risque.

panathénaïques : Shamim Wazed au titre de lutteur et Marc Lang en tant que…

– Aux Jeux panathé-*quoi* ?

– Aux Jeux pa-na-thé-na-ïques, Ji Cé.

– C'est-à-dire que c'était également expliqué dans la note de synthèse, s'impatiente poliment le binoclard.

– Les Jeux olympiques, si tu veux, reprend Alpharetro. Mais à la sauce antique. Comme c'est effectivement dit dans la note de synthèse, Z a recréé sur l'île les conditions qui étaient celles de la Grèce du Vᵉ siècle avant J.-C. Pour ne pas dire la Grèce de Périclès, quoi. D'où le nom d'emprunt. Enfin, tu vois le tableau : Platon, le banquet, la caverne. Pas d'électricité, pas de moteur, aucun appareil numérique. Tout le monde en jupe et à la bougie. Les sports sont également ceux de l'époque. Course de chars, lancer de disque, pancrace. Pas de piste en tartan ni de chaussures de sport. Les pieds nus sur la cendrée, quoi.

– Les pieds nus sur… Ah oui. Ah oui oui. Les Jeux panathéniques. Ces gens sont toqués, non ? »

Rires dans la salle.

« Ils se tiennent chaque année en juillet sur l'île, enchaîne Olivier qui lui n'a pas ri. Comme les participants sont recrutés dans le monde entier, on a pensé que cette couverture était idéale pour nous. L'agent Shamim Wazed a gagné le championnat de France interarmées de lutte libre. Marc Lang est passé par le Centre sportif d'équitation militaire de Saumur. Tous les deux frais émoulus du 1er RCP [10]. Très bien notés, bien sûr. Ce sera leur deuxième mission. La précédente, pilotée par l'officier Montereau, nous a donné entière satisfaction.

---

10 1er régiment de chasseurs parachutistes, un vivier de recrutement très apprécié par la DGSE.

– Absolument, opine du chef Montereau.

– Non parce que laissez-moi vous dire que le président suit cette affaire de près », intervient soudain un type à grosses joues, coupe tendance gominée et voix de basse chantante qui n'avait jusqu'à présent pas ouvert sa bouche petite et lippue.

Isabeau Merlin de Saint-Martin de Delincourt. Directeur de la stratégie. Dit « Saint-Martin ». Dit aussi « La Girouette », « Le Crotale » ou autre chose que je ne puis décemment mentionner ici. A gardé sa carte de P.-D.G. de Civipol Conseil, l'opérateur de coopération technique du ministère de l'Intérieur.

« Nous l'espérons de tout cœur mon cher, rétorque Theron non sans une pointe d'ironie dans la voix. Et le troisième agent ?

– Narval », répond Alpharetro en se penchant sur le côté afin que du haut de la pyramide hiérarchique, Theron et Saint-Martin me contemplent.

Narval, c'est le pseudo que la Maison m'a collé sur le dos. Mon vrai prénom c'est Nicolas. Nico pour les intimes. Mais motus. Et comme les grands chefs me regardent sans piper mot, et que, par conséquent, il ne se passe rien, Albert de la Direction technique reprend la parole.

...

J'avoue qu'on l'a écouté attentivement, mais comme personne ne s'est risqué à lui demander de clarifier, on n'a à peu près rien compris.

Mais jugez plutôt :

« Nous répondons actuellement via Civipol Conseil à un appel d'offres restreint émanant d'une filiale du groupe Viladis, a-t-il attaqué de sa voix affreusement monocorde. Narval prendra la légende de géomètre expert spécialisé dans les études d'implantation de data centers sur terrain complexe, a-t-il poursuivi tandis qu'une bonne partie de l'auditoire piquait déjà du nez. La formation s'étalera sur six mois. Au menu : simulation sur site dédié, optimisation de collectes de données par lasergrammétrie et photogrammétrie, restitution sur scanner laser 3D, maîtrise des logiciels DAO, SIG, STOCK et Hypack™, relevé bathymétrique avec sondeur multi-faisceaux très haute résolution depuis bateau, participation à la pose d'engins sous-marins tels que sub-bottom profiler, side-scan sonar et magnétomètre, maîtrise de l'environnement azote, argon et bla bla bla. »

3. LA MISSION SPÉCIALE

Une heure plus tard, on n'est plus du tout à la réunion mais dans le bureau de Montereau. Du moins dans son ancien bureau, ses meubles et ses paperasses ayant migré le mois dernier au Fort Neuf de Vincennes. Ne restent qu'une table branlante, une bouteille vide et un carton en guise de poubelle. Devenus des raretés depuis que l'usage en a été interdit, nos gobelets en plastique sont vides du champagne qui les remplissait il y a encore cinq minutes. Marc Lang et Shamim Wazed viennent de nous quitter. Ils se sont déclarés en-chantés par la mission Heropolis. Ce qui signifie qu'ils ne réalisent pas encore ce qui les attend sur l'île. Shamim a tout de même un peu tiqué quand Montereau a évoqué « l'épreuve de pancrace des Jeux panathénatrucs ».

« Vous voulez dire le *vrai* pancrace ? a demandé notre jeune et athlétique agent.

– Le pancrace oui oui, qui est je crois un mélange de lutte et de boxe », a répondu Montereau.

Il n'avait pas l'air sûr de lui, Edgar.

Son front s'est rembruni de la ride du lion quand il a ajouté :

« Enfin, vous devriez savoir ça, Shamim.

– Ah oui oui, euh enfin non », s'est excusé Shamim.

Son binôme Marc, jeune et athlétique lui aussi, n'a posé aucune question. Ah si, une seule. Il voulait savoir sur quels chevaux il allait courir.

« … Pur-sang ? Anglo-arabe ? Normand ? Trotteur Norfolk ? Ils ont quoi là-bas ?

– Écouteeeez jsssfffshhh… », a répondu Edgar.

J'ai vite sorti les gobelets du carton et la bouteille de roteuse « pour fêter ça ». On a trinqué, on a plaisanté, on a retrinqué et puis on s'est donné rendez-vous le surlendemain matin à sept heures et quart pour le début de l'entraînement à Cercottes.

« Ce qui veut dire que vous avez quarante-huit heures pour faire la fête, vos bagages et des enfants à vos femmes ! a rigolé Montereau en levant son verre.

– Tac tac la pêche ! », ont répondu en chœur Marc et Shamim.

Moi, je n'ai rien répondu du tout. Je déteste ces cris de combat ineptes censés exalter l'esprit de corps. Et puis, j'avais hâte qu'ils se barrent, les tourlourous. J'avais deux trois questions importantes à poser à Edgar.

La première était d'ordre pratique :

« Dis donc, on est bien d'accord que ce soir, je dors chez moi, non ? »

Au retour de ma mission précédente, il a été en effet hors de question que je rejoigne mon studio de la rue Marx-Dormoy. Une situation normale pour un agent revenant d'une opex[11],

11 Opération extérieure.

je vous rassure. Deux collègues m'ont cueilli à mon arrivée gare de Lyon et on a pris la direction d'une planque au Raincy. Après une séance de débriefing devant la commission de contrôle, j'ai passé la semaine dans ce trou à rat à attendre qu'on statue sur mon sort. J'avoue que j'avais un peu merdé, mais bon. Ni plus ni moins que d'habitude. La seule visite que j'ai reçue pendant cette semaine a été celle de mon toubib, Marc-Marie Courtois. Le gars est affecté au suivi des anciens militaires ayant chopé une merde au Kosovo, en Irak, en Afrique ou dans une partie du monde où la France déploie ses contingents de chair à canon. Et comme ça a été mon cas, on est des très vieux potes, Marc-Marie et moi. D'ailleurs, à l'en croire, je « vais dans le mieux ». Ce qui est plutôt encourageant vu que la capréomycine et les maux de tête sont mon lot quasi quotidien depuis qu'un 23 février 1991, alors tout jeune biffin au 1er RPIMa, j'ai avalé dans le désert irakien cette sacrée poussière radioactive pour les beaux yeux de la France. Mais j'arrête illico mon laïus ou je vais finir par m'épancher sur l'Irak, le Kosovo, le Congo et la kyrielle de macchabées que j'ai semés derrière moi comme les cailloux du Petit Poucet.

« Bien sûr que tu rentres chez toi, me répond Edgar. Il n'a jamais été question que tu retournes au Raincy. T'as droit à tes 48 heures de perm, toi aussi. »

J'ai une autre question tout aussi importante à lui poser mais voici qu'il barre son front de cette ride verticale que je ne connais que trop bien.

« J'ai un truc à te dire…, il me fait en prenant un air de conspirateur.

– Accouche. »

Ça vient de Saint-Martin et Civipol Conseil.

De plus haut encore.

De la CNRLT [12].

« … La *task force* de Marigny », me dit Edgar.

Après quoi, il prononce du bout des lèvres :

« Le président Dulong *himself.* »

Il se balance nerveusement sur son siège.

Signe que ça sent pas très bon.

Ensuite, il se met à enchaîner des phrases alambiquées :

« Une mission derrière la mission… Une mission *spéciale…* », il me dit.

« À mener avec la plus grande discrétion… », il ajoute, les lèvres en cul-de-poule.

Marc et Shamim n'ont pas été mis au courant.

Ni Theron ni Alpharetro.

Seuls Albert de la DT et Saint-Martin sont dans la confidence.

« La prime de sujétion pour service supplémentaire sera versée par Civipol Conseil… »

Il en décline le montant, coquet, puis me bave :

« Rien d'obligatoire, *of course*. Tu sais comme moi comment ça marche. Disons que le "oui" est fortement recommandé.

– C'est ça, je fais. Prends-moi pour un con.

– Crois-moi, Nico. Tu peux refuser l'offre. Les services comprendront. On te trouvera un remplaçant. Tu pourras poursuivre ton congé maladie au Raincy.

– Celle-là, je l'attendais. Carrément mis au placard par Marigny. C'est quoi ce truc ? »

Il me parle de « conduire discrètement un processus d'acquisition éventuelle… »

« D'acquisition de quoi ?

---

12 Installée à l'hôtel de Marigny et placée sous l'autorité du président de la République, la CNRLT pilote l'ensemble des services de renseignement civil et militaire français.

– Un système d'arme à feu, Nico. Un système révolutionnaire. Il faudra juste le tester et rendre compte.

– Tester un système d'arme à feu à l'insu de mes propres agents sur une île minuscule où le moindre bruit de détonation doit s'entendre à des kilomètres ? Tu te fous de moi, Edgar ?

– Le test sera virtuel. Totalement immersif. Discrétion assurée.

– Attends, j'ai du mal à saisir. Le propriétaire de l'île d'Heropolis se propose de vendre en sous-main un système d'arme au pays censé l'espionner ?

– Pas lui. Pas Z. Un des membres de son staff. Un type du consortium qui n'est pas d'accord avec son projet de cloud planétaire.

– Un qui n'est pas d'accord avec… Oké. Et comment je le repère, celui-là ? Je fais appel à mon fixeur ?

– Surtout pas. La source te contactera de son propre chef.

– Pourquoi pas par mon fixeur ?

– Parce que c'est comme ça. Tu connais comme moi la loi d'airain du renseignement. On ne mélange pas les torchons et les serviettes.

– C'est bien tordu ton truc. Au fait, vous l'avez recruté comment mon fixeur ?

– On l'a pas recruté. C'est lui qui nous a contactés. C'est un ex-converti. Un ancien des Chevaliers de Saint-Jean. Un défroqué d'Heropolis, si tu veux. Un Qatari friqué qui a adoré le principe de vivre comme les Grecs d'il y a deux mille ans, jusqu'à ce qu'il apprenne par hasard l'existence du Nephos.

– Tu veux dire le machin censé contrôler l'avenir de l'humanité à coups d'algorithmes ?

– C'est ça. Gérer les transferts de population, leur nourriture, leur santé, leur reproduction…

– Et qu'est-ce qui le chagrine, le Qatari friqué ?

– Que derrière ce joli projet d'intelligence artificielle se cache une opération d'élimination de masse.

– Rien que ça.

– C'est ce qu'Alpharetro a suggéré lors de la réunion, non ? Tout ça n'est pas clair, je te l'accorde. Le board du consortium lui-même se déchirerait là-dessus. Z compterait les points, apparemment incapable de prendre position. Il y aurait les partisans d'une régulation douce. D'autres de la manière forte.

– La manière forte. Et si c'était eux qui trafiquaient avec Saint-Martin et Marigny ?

– Ça, ce sera à toi de me le dire.

– À moi de… Ça sent vraiment mauvais, Edgar.

– Comme d'habitude, Nico. T'es pas payé pour ça ? Ta mission est à double fond, en somme. D'où l'intérêt de ne pas te compromettre auprès de ton fixeur.

– Et il s'appelle comment, ce riche Qatari ? »

4. MÉTAPOLITIQUE

« Jassim bin Ali Al Tamimi, enchanté de faire votre connaissance... »

La quarantaine bien tassée, des petits yeux noirs cernés de khôl perdus dans un visage bouffi, les cheveux et la barbe longs et huilés, une boucle d'or à chaque oreille et une taille courte sanglée dans une tunique orange à fleurs jaunes tendue sur un ventre rebondi : le Jassim que j'ai en face de moi n'a pas grand-chose à voir avec le jeune homme mince, glabre et en costume cravate des photos transmises par la Direction du renseignement. Les analystes du Burlingue sont vraiment des brêles.

« Ici pas de Covid ni de variole du singe. On se serre la main. »

La sienne est rondelette, surchargée de bagouses, ongles peints en noir. En m'exécutant, je suis troublé par cette évidence à laquelle je m'étais certes préparé pendant mes sept mois d'entraînement à Cercottes, mais qui m'apparaît dans toute sa crudité tandis qu'en ce milieu d'après-midi le soleil d'hiver file bas vers l'Occident : malgré le réchauffement climatique, en janvier, on se les caille en Grèce.

« Vous avez fait bon voyage ?

– Si on veut… », je réponds en fixant mes doigts de pieds frigorifiés.

Une façon comme une autre de dire à mon fixeur que non, évidemment non, je n'ai pas fait bon voyage même si j'ai eu droit à la Business class. Pas à cause d'une tuile qui me serait arrivée au cours de mon périple, bien sûr, mais parce qu'un voyage en avion impliquant la traversée d'une frontière de l'Euroland ne peut *plus* être une partie de plaisir. Dès Roissy, j'ai eu droit à la séance de fouille au corps. Idem à Athènes Elefthérios-Venizélos et dans la zone d'embarquement du Pirée. Passons sur les procédures de vérification d'identité, tout le monde les connaît. La bonne nouvelle, c'est que malgré les mesures en vigueur, il en est encore d'assez fous pour tenter de les contourner. À Roissy, un type qui avait attendu comme moi des plombes qu'on veuille bien l'examiner s'est retrouvé ventre à terre, un flic sur le dos, son collègue lui tordant le bras. « Li-ber-té de cir-cu-la-tion ! », il s'est mis à s'époumoner après avoir refusé qu'on scanne son iris. Les gars de la PAF[13] s'en sont donné à cœur joie. L'un d'eux l'a carrément tasé aux mollets. Le malheureux beuglait comme un bœuf à l'abattoir et je dois dire que c'est avec un certain ahurissement que je nous regardais observer la scène sans bouger de notre file ni émettre la moindre protestation ou tenter de photographier quoi que ce soit, quand bien même l'usage du Smartphone est interdit dans les lieux publics

13 Acronyme de police aux frontières.

et que les keufs sont désormais cagoulés et dépourvus du moindre signe d'identification.

« Vous allez voir : ici aussi, c'est pas piqué des hannetons... », m'a confié tout à l'heure le type à qui je narrais l'anecdote sur le ferry qui nous menait à Heropolis. Il avait un accent yankee à couper au couteau, une tronche au teint brouillé d'alcoolo et portait l'une sur l'autre deux chemises aux cols douteux sous une veste militaire maculée de taches. Entre nous, j'ai reconnu tout de suite l'individu, bien qu'il se fût présenté à moi sous le blase factice de Spyros Bodosakis, « expert en import/export et en défense de la civilisation occidentale ».

« C'est ça. Et moi je suis le roi d'Angleterre, je lui ai lancé à la figure. Ainsi, c'est vous le contact pour le système d'arme qui...

– Shut up, you *moron* ! » il m'a postillonné au visage.

Ensuite, il s'est mordu les lèvres, il s'est excusé et il m'a demandé avec une politesse forcée si je voyageais seul. Comme j'ai répondu par l'affirmative, il m'a proposé de le suivre au bar VIP du ferry.

« ... On y sera plus tranquilles pour parler. »

Il ajouta que le « *lounge Club Class* » était le seul lieu « *absolutely secure* » du « *fucking boat* ».

Exhibant à l'entrée du rade les bracelets biométriques orange qu'on nous avait remis à l'embarquement, on a déboulé dans une espèce de snack de luxe à canapés-coquille en crêpe et mini-palmeraies en bacs. S'y pressaient des milléniaux sportifs avec enfants hyperactifs, des quinquas gagnés par l'embonpoint et le retour d'âge et une poignée de vieux fripés à l'allure juvénile. Tous bien à l'aise dans leurs T-shirts, sneakers et jeans. Ça papotait en *globish*, parfois dans sa version coréenne ou chinoise. Derrière le salon capitonné qui faisait face à de larges baies vitrées se nichait une sorte d'espace zen composé d'alcôves en laine bouillie au creux desquelles je reconnus les archimilliardaires Dan Schnitzler, Makoto Yamaguchi, Jed Bedos et Melon Dusk, la famille Wallenberg au grand complet et je vous le donne en mille, mitraillée sous toutes les coutures par une ribambelle de photographes vêtus de combinaisons noires, Kim Kabasakian *herself.* Cambrée sur un pouf, la star faisait semblant de manger un hamburger en *total look* : lunettes de soleil couvrantes, soutien-gorge et pantalon pailletés, bottes à talons aiguilles, collier ras du cou en cristal avec un pendentif portant un énorme « H » incrusté de diamants.

« ... "H" comme Heropolis, m'a informé le pseudo Bodosakis. J'ai arrangé personnellement ce partenariat entre le propriétaire de l'île et l'agence Split News, il s'est rengorgé. Figurez-vous qu'on utilise des vrais paparazzis pour capturer l'icône. On en fera un clip et on le diffusera sur méta-TikTok. Notre bienfaiteur a besoin de *soft power, you see,* et accessoirement d'une Pythie, et comme Kim K a besoin de rebondir, c'est du gagnant-gagnant.

– Excusez-moi, mais je vois pas très bien le rapport avec...

– Notre affaire ? Vous plaisantez ? *Entertainment, e-learning,* réseaux sociaux, cryptomonnaies, systèmes d'armes... Tout ça relève de la *strategic intelligence,* mon vieux. La *métapolitique,* vous avez entendu parler ? »

Comme je le regardais sans répondre, il haussa les épaules en plissant les lèvres et commanda un whisky (moi un diabolo menthe). Ensuite, il me demanda d'un air maussade si j'avais fait bon voyage, et comme je lui racontais mon histoire de ce type que les flics avaient tasé dans l'aéroport de Roissy, il se mit à rudoyer le « *fucking* » serveur sous prétexte qu'il ne nous servait pas assez vite.

« … Vous allez voir : ici aussi, c'est pas piqué des hannetons, m'a-t-il donc bavé après que le loufiat lui eut apporté son baby.

– À ce point-là ?

– Si je vous le dis. Je parie que vous n'imaginez pas une seconde ce que vous allez trouver en arrivant sur l'île…

– Des gens en toge et des data centers qui tournent à fond sous leurs sandales.

– Vous remontez dans mon estime.

– À propos, c'est quoi, au juste, cette histoire de Nephos ? »

Il poussa un juron.

« Dites donc, vous n'y allez pas par quatre chemins, vous.

– C'est ma façon de faire de la métapolitique. »

Il s'envoya une bonne lampée de rye.

« Une putain de lubie de Z. Plus délirante encore que celle de son copain Dusk. Lui au moins, c'est pas la Terre entière qu'il veut foutre dans sa fusée…

– Faut croire que ces gars ne vivent pas sur la même planète que nous.

– Vous ne croyez pas si bien dire…

– Revenons à Z. C'est quoi son délire ?

– Contrôler, *of course*. Tout. Mais pacifiquement. La forêt vierge, le réchauffement, la consommation, le sexe, les guerres… Comme si c'était pas humain de faire la guerre…

– Pardon ?

– Il ne jure que par Platon. Mais un Platon mou. Le Platon qui s'est fait virer par le tyran de Syracuse et qui n'a pas pu empêcher son disciple Alcibiade de se lancer à la conquête de la Sicile. On n'échappe pas à la guerre, qu'est-ce que vous voulez…

– Si vous le dites.

– Bien sûr que je le dis. Le *fucking* choc des civilisations. La guerre, quoi. Ce qui nous ramène à nos moutons, comme vous dites, les *frenchies*.

– C'est ça, le système d'arme… Il vient d'où par parenthèse, ce matos soi-disant révolutionnaire ?

– Ça, je peux pas vous dire. Du reste, je ne crois pas que ça intéresse vos supérieurs.

– Moi ça m'intéresse.

– Je me fiche bien de savoir ce qui vous intéresse. *No offense* mais je sais pourquoi vous êtes ici et je vous conseille de vous cantonner strictement à votre mission.

– Oké. C'est quoi ce système ?

– Drone. Mais spécial, vous verrez. Vous l'essaierez sur simulateur.

– Quand ?

– Cette nuit. D'où ma présence sur ce ferry. Je suis pressé, voyez-vous. Je n'ai, comment dire, pas tout à fait la même notion du temps que vous…

– D'accord, mais cette nuit je dors chez un ami. Honnêtement, je ne vois pas comment…

– Chez votre fixeur. Je sais. Tout est prévu, je vous rassure. Vous testerez le système cette nuit et vous rendrez compte sur place par un canal spécial. Ensuite, vous n'aurez plus qu'à poursuivre en toute tranquillité votre mission de documentation…

– Je vois que vous êtes au courant de beaucoup de choses.

– C'est mon métier, monsieur Narval. Je sais aussi que vous êtes incollable sur les drones d'attaque Shahed et Neuron et les systèmes électro-optiques de type Harris. Je vous demande juste de tester notre système en toute objectivité. »

J'étais en train de réfléchir à la meilleure façon de lui tirer un peu plus les vers du nez quand la corne de brume a retenti. J'ai vu par les baies du salon que le ferry pénétrait dans une rade artificielle protégée par de hauts murs.

Bodosakis s'est levé d'un bond :

« Venez voir, c'est magnifique ! » il a crié tandis que le bateau entamait une lente rotation sur lui-même.

Au même moment, les passagers se sont mis à pousser des « *thalatta ! thalatta !* » enthousiastes. Je me suis arraché de mon fauteuil et Bodosakis m'a entraîné vers la coursive de tribord. Elle offrait une vue plongeante sur ce qui m'apparut, et pour une fois le binoclard de la DR m'avait bien renseigné, comme la reconstitution à échelle réduite du port antique du Pirée.

« C'est la réplique de l'*emporion*, a précisé Bodosakis. Le port commercial où transitaient jadis les marchandises et les esclaves... »

Il ajouta quelque chose, mais je n'écoutais plus. J'étais absorbé par le spectacle grandiose des dizaines de caboteurs filiformes et de barques rondouillardes qui mouillaient le long des quais. Y grouillaient une nuée de portefaix à moitié nus qui luisaient de transpiration malgré la fraîcheur de l'air. Des groupes déchargeaient des navires de grosses barriques qu'ils faisaient rouler jusqu'aux portiques, d'autres en extrayaient des amphores de vin, qu'ils vidaient dans des jarres encordées sur des chars à bœufs. Les embarcations portaient toutes un œil cerné de noir à la proue et un énorme « Z » à la poupe. Les quais donnaient sur des entrepôts en brique rose que prolongeaient de hauts portiques à colonnades. Sous l'un d'eux, on hissait des sacs de grains sur des ânes. Regroupés dans un coin ombreux, un parti de barbus en toge discutaient le bout de gras. Coiffés de curieux chapeaux pointus à oreillettes et vêtus de pantalons et de tuniques colorés, des nervis munis de longs bâtons paraissaient surveiller tout ce petit monde.

« C'est qui ces gaziers-là ? j'ai demandé à Bodosakis.

– Des archers scythes », il m'a répondu.

Il avait l'air ravi de voir à quel point j'étais stupéfait par ce qui s'offrait à ma vue.

« Qu'est-ce que j'avais dit ? Vous vous attendiez à ça ? »

La corne de brume du bateau s'est remise à ronfler dans l'air frisquet. Je me suis frotté vigoureusement les bras :

« Il est temps de rentrer, non ? »

Au même moment, un officier de bord a surgi. Il m'a salué cérémonieusement et il m'a informé que le débarquement des passagers VIP était imminent. J'ai fait « oui » de la tête, et quand je me suis retourné, Bodosakis avait disparu.

5. DÉCONTAMINATION

À la descente du bateau, ça a été la douche froide. Malgré les séances de briefing à Cercottes, j'avoue que je n'imaginais pas que j'allais me matérialiser dans une version trash d'*Age of Empires* ou d'*Assassin's Creed Odyssey*. Barrant la route à la foule qui descendait par vagues du ferry, les archers scythes faisaient le tri entre les voyageurs, saluant avec déférence les grosses légumes dont j'étais et poussant rudement sur le côté ceux et celles qui ne portaient pas au poignet le bracelet biométrique. J'ai encore dû assister à une scène pénible au cours de laquelle un des gardes à chapeau pointu a bastonné un passager pour lui faire rejoindre au plus vite un groupe d'individus de tous âges à qui l'on remettait des baluchons de toile écrue frappés d'un énorme « H ». L'un des nervis a jappé une série d'ordres et les hommes, femmes et enfants ont dû se déshabiller et se revêtir des frusques piochées dans les baluchons. Le groupe a d'abord agi avec lenteur puis de plus en plus rapidement à mesure que les coups de bâton pleuvaient sur eux. Très vite, j'ai repéré Marc et Shamim. Paumés au milieu du groupe, ils s'exécutaient en jetant des regards mi-incrédules mi-ahuris autour d'eux. J'avoue qu'en les voyant s'acheminer au pas de course vers un portique où des types en combinaison blanche les attendaient pour la décontamination, je n'ai pu m'empêcher d'éprouver une sincère commisération à leur endroit.

Moi, évidemment, en tant que « géomètre expert spécialisé Grande Profondeur », j'ai eu droit à un traitement spécial. Il a tout de même fallu que je remette mes effets personnels à une équipe de sécurité, mais elle était courtoise. Moins drôle : je dus également laisser sur place mes médocs de confort. Capréomycine pour les poumons, *bêta*-bloquants pour le cœur et anti-dépresseurs pour le traitement du stress post-traumatique.

« Comment ça ? j'ai tenté de protester.

– Ne vous inquiétez pas, on m'a répondu poliment, mais fermement. Pour traiter les humeurs on a tout ce qu'il faut ici en naturel… »

J'ai compris qu'il était inutile d'insister. Ensuite, un type aux petits soins m'a fait franchir un portique de détection, puis un sas à air pulsé. Ensuite est venue l'habituelle série des jets décontaminants qu'on trouve désormais à toutes les entrées des secteurs VIP de la planète : brûlant, froid, gelé. À la sortie de ma cabine, j'étais transi mais purifié du moindre toto. Face à moi, sur la paroi de bois qu'éclairait une lampe à huile, une affiche illustrée enseignait, étape par étape, la façon de porter la toge : « *Himation* pour monsieur et *péplos* pour madame », précisait le texte en français.

« Et si je gardais mes chaussettes ? »

La question m'a traversé l'esprit au moment où j'ai enfilé mes sandales de cuir trouvées dans le baluchon.

J'ai fouillé dans le sac.

Évidemment, de chaussettes il n'y avait plus.

6. MAXIMA

« Vous verrez, vous finirez par vous habituer », me chante deux minutes plus tard ce Jassim Al Tamimi en lorgnant mes doigts de pied raidis par le froid.

« Vous permettez ? », s'enquiert-il.

Sans attendre ma réponse, il ajuste ma toge, ce qui est tout de même fort de café vu que j'ai eu sept mois pour apprendre à enfiler ce truc.

Jassim se tourne à présent vers un géant à barbe de hipster qui a l'air de le suivre comme son ombre.

« Dolios ? »

Le géant saisit mon baluchon et le jette sur son épaule.

« Maxima ? »

Cette fois-ci, c'est une jeune femme qu'il hèle.

Ou plutôt une jeune fille.

Difficile à dire car elle nous tourne le dos.

Elle devise un peu plus loin avec un groupe de VIPs qui ont l'air tout jouasses de s'être déguisés comme moi en Socrate de carnaval.

« Maxima ! » réitère mon fixeur.

Braquant son visage vers nous, elle bondit comme quelque chose de léger et gracieux – et paf ! la voici déjà là, devant moi, sa bouche charnue se fendant d'un sourire qu'on dirait complice, tandis que ses yeux en amande à l'iris d'un bleu surréel se fichent dans les miens. Mystère du regard *appuyé*... Ou plutôt hypnotique, car il me happe littéralement, ce regard, provoquant malgré moi un déluge d'images qui défilent en accéléré dans ma tête, images incompréhensibles, effarantes, libidineuses et sanglantes, aux femmes renardes, aux monstres bleus, aux fusées et aux robots mécaniques, aux accouplements bizarres, aux coups de couteau et aux coups de fouet, aux boules de feu et aux espaces immenses, si magnétiques ces images, si suggestives et enivrantes, si follement réelles, tentatrices, tantalisantes plutôt que mes yeux en sont déjà à fuir vers sa coiffure compliquée, un savant entortillement de nattes brunes et de tiges de laurier-rose, avant que, succombant aux stimulations de mon cortex orbito-frontal latéral, ils ne glissent le long de son corps qui ondoie sous le drapé cependant qu'au même moment naît dans mon cortex préfrontal l'assurance intranquille que tout ceci est si invraisemblable, ridicule et tellement plus de mon âge que c'en est juste risible et sans conséquence spéciale. Évidemment, dans les noyaux amygdaliens de mon cerveau bouleversé, je ne ris pas du tout. Je sens que ma gorge se serre au contraire, et que mon cœur bat à tout rompre, je sens que je suis pris de panique et que j'arbore une tronche comiquement constipée tandis que la jeune Maxima pose sur ma tête avec un calme et une délicatesse confondants la couronne « de myrte et de safran entrelacés » (dixit Jassim) qu'elle tenait enroulée à son poignet. Ce faisant, elle me susurre à l'oreille un truc à la sauce attique dont je n'entrave que pouic, mais qui me fait un effet bœuf car je me sens tout à coup prêt à tuer sur-le-champ et de sang-froid quiconque lui manquerait un tant soit peu de respect.

« C'est du dialecte ionien, m'informe Jassim. Ça dit quelque chose comme "qui que tu sois, étranger, accepte cette couronne en attendant celle que tu viens chercher".

– Ah ? mais j-j-je ne vais rien chercher du tout moi… », je bafouille.

La fille me retourne mon niais sourire, s'incline, et se dirige sans plus d'explication vers un parti de jeunes mecs et nanas vêtus d'amples manteaux rouges qui vient de débouler à l'instant sur le quai.

« Vous venez de rencontrer la fille adoptive de Z, me glisse mon fixeur.

– Je sais… », je réponds.

Le binoclard de la DR me l'a assez seriné lors des briefings interminables du Bureau des légendes du Fort Neuf de Vincennes.

« Attendez-vous à ce qu'elle soit là à votre arrivée, il nous avait avertis. D'après nos informations, elle joue le rôle de *proxenos*…

– C'est quoi ça *proxenos* ? j'avais demandé.

– Ça veut dire qu'elle accueille les étrangers et qu'elle informe son père de leur arrivée. Une façon pour lui de savoir qui débarque sur son île, je suppose. »

Proxenos, oikos, parthenos… Laissez-moi vous dire qu'à Cercottes, on en a eu la tête farcie de ces appellations d'origine contrôlée. La plupart me passaient par une oreille et ressortaient par l'autre. Le contractuel embauché par Mortier s'en arrachait les cheveux : « Répétez après moi, monsieur Narval. La diphtongue "é-i" comme dans l'anglais "té-ik", la diphtongue "ô-ou" comme dans "aï gô-ou tou skoul…" » Pauvre Lemichon, quand j'y pense. Shamim n'était pas non plus des plus bûcheurs… Le seul qui prenait ces leçons au sérieux était ce cul serré de Marc Lang : « ἄγαν, ἅλις, μάλα, μᾶλλον, ὀλίγον, ἧττον, τοσοῦτον… » Non content de s'enfiler sans sourciller la liste des mots à apprendre par cœur, ce petit fayot s'isolait dès qu'on avait cinq minutes de répit et il se mettait à dévorer un de ces pensums où l'on vous parle de Périclès ou d'Alcibiade comme s'il s'agissait de votre voisin de palier. Moi, qu'est-ce que vous voulez, c'est quand même pas ma faute si je préfère les romans de gare et le vin de garde. J'étais nettement plus curieux de savoir quelle piquette ces damnés philhellènes pouvaient bien produire sur l'île, si leurs vignobles étaient ou non formés en gobelets bas comme à Paros, s'il s'agissait d'un vin de vendange tardive à la façon du tokay hongrois comme à Lesbos, s'ils y ajoutaient des herbes, des épices voire de l'eau de mer comme on faisait à l'époque, s'ils utilisaient comme à Lemnos ou au mont Athos le cépage limnio triplement millénaire au goût de feuille de laurier, de cassis et de sauge.

« … C'est pas *aussi* de la haute culture, ça ?

– Tsssss. Hors de propos… », me ramenait systématiquement sur terre Montereau.

« Revenons à Maxima, s'impatientait le binoclard de la DR. D'après notre source sur place, la fille adoptive de Z n'est apparue au grand jour qu'il y a six ans. Idem pour son frangin, une espèce de beau bizarre qui se fait appeler Alcibiade. Sortis de nulle part, ces deux ectoplasmes. C'est quand même curieux non ?

– Tout à fait curieux, j'ai abondé. Que Mortier s'avère incapable de retrouver la trace de gosses de riches de cette envergure, je veux dire…

– Très drôle, s'est énervé Olivier. Je vous dis que nos analystes ont tout fouillé. Les établissements huppés du monde entier, écoles et universités ultra-select comprises. On sait que Z a envoyé ses enfants au *Schweiz Paradies,* un *kinderheim* de luxe des Alpes glaronaises géré par une fondation enregistrée au Liechtenstein. Ses gosses, qui ont tous moins de dix ans, y sont toujours, d'ailleurs. Aucun indice en revanche d'un quelconque passage en ces lieux de Maxima et du beau bizarre.

– On a farfouillé de la Chine à l'Amérique en passant par la Suisse, la Normandie et la Californie, a confirmé Marie. Rien. Nada. Aucune trace des enfants adoptés par Z. Mystère et boule de gomme. »

« ... Reste à documenter tout ça sur place », avait conclu Montereau quelques semaines plus tard, lors du briefing de fin de stage au Locogrill de Cercottes.

Il avait attendu que la serveuse nous apporte les bavettes à l'échalote. Il avait alors empoigné son bock de bière et il nous avait lancé :

« Prêts à défendre la République ?

– Tac tac la pêche ! » avaient braillé Marc et Shamim.

Edgar avait levé son demi et il s'était fendu de l'inévitable toast à la nation qui précède toute opération sur le terrain : « Aux veaux et à ceux qui les gouvernent ! »

Je me souviens que l'idée de cette mission associée à la bière trop houblonnée m'avait laissé un goût amer dans la gorge. C'est cette même aigreur désagréable qui me revient en bouche tandis que je regarde Maxima parader au milieu des godelureaux en manteaux rouges qui ont déboulé sur le quai. Des « Spartiates » puisqu'il faut bien les appeler ainsi, mirliflors bien bâtis, la plupart arborant une chevelure teinte en rouge, parfois montée en chignon, certains portant glissé vers l'arrière du crâne un casque à cimier garni d'un panache de la même couleur. Le carnaval continue, en somme. Des filles aussi, athlétiques et à cheveu court, certaines le crâne rasé, toutes sanglées dans des corsets de cuir clouté.

Sur un ordre sec émis par une espèce de balafré à tronche patibulaire et crête de Huron, tout ce beau monde se met à inspecter les pauvres diables arrivés ici en classe éco, au milieu desquels j'aperçois Shamim et Marc. Passé comme moi à la moulinette de la décontamination, le groupe patientait sur le quai en rangs par deux, le baluchon au pied et le petit doigt sur la couture du chiton. L'un des Spartiates ouvre la bouche d'une jeune femme et tâtonne à l'intérieur, un autre palpe le ventre d'un enfant avec des manières de viandard, un troisième inspecte Marc sous toutes les coutures puis le pousse vers un groupe d'hommes et de femmes qui patientent un peu plus loin. Juchée sur une caisse, une fille au crâne rasé peint en bleu, face itou, secoue un grand gaillard par les épaules. Elle pose ensuite ses doigts sur sa carotide et secoue la tête négativement en lançant une vanne qui fait rire ses copains. Derrière elle, le balafré à crête de Huron s'acharne sur Shamim, l'obligeant à enchaîner des pompes claquées. Il le fait se lever, il applique son oreille sur sa poitrine et il hoche la tête en criant « *bombax !* ».

« Bien ça…, me chuchote mon fixeur à l'oreille. Vos agents ont passé la première série de tests.

– Comment la première ? Il y en aura d'autres ?

– Bien sûr qu'il y en aura d'autres. »

Il m'entraîne vers l'ombre d'un portique et ajoute :

« … Et pas des moindres. »

7. LA NOUVELLE ATHÈNES

Ensuite, c'est à pied, sous un ciel grisâtre, que Jassim et moi, nous remontons une allée ceinte de hauts murs, assez large pour que les chariots et les piétons puissent se croiser sans difficulté. Nous doublons une charrette, qui avance au pas pépère d'un couple de bœufs, puis un groupe d'hommes ployant sous des gros sacs. Plus loin, c'est une vieille femme emmaillotée de noir qui nous dépasse en poussant ses trois chèvres devant elle. Nous rencontrons une colonne d'hoplites, casqués et armés, dont la marche en cadence soulève une poussière du diable. Adossés aux hauts murs s'égrènent des entrepôts et des bicoques flanquées d'enclos pouilleux où vaquent des volailles caquetantes et des gosses nus et crasseux. Ici, s'empilent des barriques et des caisses remplies de lianes de cuir ; là, des paniers ventrus qui débordent d'aubergines. Ailleurs, des amphores, cratères et vases à boire, de toilette ou d'aisance s'accumulent sous l'auvent d'une espèce de *showroom* où un gars en pagne fait de la retape pendant que son patron somnole derrière sa banque.

« C'est un des rares comptoirs autorisés sur l'île », m'informe Jassim.

Ce gros malin a insisté pour que nous fassions le chemin à pied, contrairement aux VIP du ferry qui se sont fait voiturer, les veinards, avec leurs baluchons, leurs familles et leurs serviteurs.

« Plus vite vous connaîtrez le terrain, plus vite vous serez opérationnel », m'a assuré mon fixeur.

Moi qui comptais m'offrir un ou deux jours de *break* avant de commencer à taffer pour Mortier et consorts, je suis servi. Et, comme la contrariété me pousse à marcher le dos courbé, les mains croisées derrière le dos, les yeux fixés sur mes sandales où s'agitent mes arpions :

« Sous ces dalles circulent des canalisations qui n'existaient pas dans l'Athènes antique, me barbe mon guide. En revanche nos Longs-Murs sont hauts de trente coudées, comme les originaux…

– Ah ouais ? Et ça fait combien en mètres ?

– Comptez quarante-cinq centimètres par coudée. Ça m'étonne qu'on ne vous ait pas appris ça pendant votre stage de préparation…

– On me l'a appris, mais je ne l'ai pas retenu.

– Ah bon. Je me disais aussi. La DGSE… C'est pas le Guoanbu ou le Mossad mais c'est quand même sérieux. J'ai l'impression que vous ne vous défendez pas mal côté attique. Vous comprenez tout ce que je dis, non ?

– J'entrave à peine un mot sur trois.

– Efforcez-vous de me parler uniquement dans cette langue. Ça va venir, vous verrez.

– *Hê phusis ouden poiei halmata.*[14]

– Absolument ! Je vois que vous cachez bien votre jeu.

– C'est une des rares phrases que j'ai apprises par cœur. J'ai aussi *anthrōpos esti skia monon*[15] en maison…

– En tout cas votre prononciation est correcte. En général, les Français ont du mal avec les diphtongues « é-i » comme dans l'anglais « to take » et « ô-ou » comme dans…

– « Aï gô-ou tou skoul. » Je sais. Je sais aussi que l'ambitus du grec ancien est d'une quinte comme celui du japonais et que son rythme est celui de l'hexamètre. D'autres trucs dont je vous fais grâce. Pour ce qui vous concerne, continuez de mettre une pincée d'attique dans votre français et tout ira bien.

– D'accord, mais je ne vais pas pouvoir faire ça longtemps. Il existe une tolérance pour les périèques qui débarquent, mais au-delà de deux mois, la sanction tombe.

– Je sais ça aussi. J'ai lu vos rapports. Cours de rattrapage dans une institution spécialisée avec interdiction d'en sortir tant qu'on n'a pas maîtrisé le grecomuche. Les coups de férule pleuvent sur le crâne des plus rétifs. On verra ça dans deux mois… Et vous ? Vous avez mis combien de temps avant de venir à bout de ce pataouète ?

– Le plus bel idiome du monde, vous voulez dire. J'ai une facilité pour les langues, voyez-vous. Natif de Doha, étudiant à Londres, Jouy-en-Josas et Madrid, j'ai dû apprendre l'arabe moderne et classique, l'anglais, le français, l'espagnol, un peu de latin et de démotique grec, en plus du khaliji, bien sûr, qui est le dialecte de mon enfance.

---

14 Ἡ φύσις οὐδὲν ποιεῖ ἅλματα. « La nature ne travaille jamais par saut rapide », Aristote.

15 ἄνθρωπος ἐστί σκιά μόνον. « L'homme est une ombre seulement. »

– Super. Et combien de temps vous avez mis pour cesser d'y croire ?

– Cesser de croire à quoi ?

– Mais à tout ça, bon Dieu ! », je m'exclame en désignant les boutiques, l'allée où nous marchons et au bout de l'allée, ce porche en plein cintre qui marque l'entrée d'une Athènes de carton-pâte, et partout où je regarde, tous ces déguisés aux allures de figurants : la vieille aux chèvres, ce marchand qui compte ses pièces sous le nez de ce type qui tient un vase sous le bras ; ces pauvres bougres devant nous, quatre colosses courbés sous des ballots qui suivent comme des chienchiens cette doublette de richards en toge immaculée ; tous ces faux Hellènes en calcif, jupette ou robe de bure qui jouent la comédie avec un sérieux si papal que c'en est à se tordre de rire.

« C'est vrai que j'y ai cru un moment, concède Jassim.

– Vous y avez cru un moment.

– J'avoue.

– Alors racontez-moi comment vous avez cessé d'y croire.

– C'est compliqué.

– Compliqué ou pas, si vous voulez que je vous fasse confiance, mon vieux, il va falloir vous mettre à table… »

On passe au même moment le porche qui marque l'entrée de la ville, non sans que je blêmisse d'horreur, soudain rattrapé par une vision d'un *reel* auquel je ne m'attendais pas : un bébé dont le corps crayeux et immobile est exposé nu sur un tas d'immondices. À quelques pas de là, au pied de la muraille d'enceinte, c'est le cadavre en putréfaction d'un homme adulte qui s'expose au public : assis, nu, jambes écartées, ses torse et bras encordés à une croix basse qu'on a fichée en terre. À son cou, d'où pend de côté sa tête gonflée, rougeâtre, grouillante de mouches noires grosses comme des olives et dont il manque un bout du crâne, s'accroche une affichette sur laquelle est écrit :

Ὀδυσσεύς
δοῦλος[16]

« Et ça ? je m'effare. Qu'est-ce que c'est que…

– Chhhht, fait mon fixeur. Ne faites rien, ne dites rien, je vous expliquerai. »

Il me pousse en avant et l'on se met à gravir « le Collytos » qui est un fouillis de bicoques à toit plat traversé par des ruelles en pente, et bon Dieu est-ce que j'ai vraiment *vu* les horreurs que je viens de voir ?

« Vous remarquerez que les rues sont spécialisées par métier… », Jassim fait scandaleusement diversion tandis que je somnambulise parmi les badauds, les flics scythes, les gosses chargés de ballots d'étoffes, les ânes, les chiens jaunes et les chats pelés, les mendiants et les nuages de mouches, cris stridents, appels, sifflets, rue des boulangers, rue des coiffeurs, rue des tisserands, des verriers, des forgerons, des bouchers, tapage des enclumes, coqs en cage, odeur du coke en combustion, hures et langues de porc empilées en tas, gosses nus comme des vers agitant des sonnettes devant la porte d'un bain public dans lequel pénètrent des types à l'allure louche, et partout, où qu'on aille, ces boutiquiers qui vous tirent par la manche en vous fichant dans la main une de leurs merveilles en vous assurant d'une *eukairia*[17], un mot vieux de trois mille ans dont je ne reviens pas qu'il soit prononcé *pour de vrai* ;

16 Ulysse (Odysseús) - esclave (*doulos*).

17 « Occasion favorable » en grec ancien. Prononcez « yoo-kahee-ree'-ah », d'après Lemichon.

et là-dessus pas un ronflement de transfo, pas un bruit de moteur à explosion, rien que le brouhaha d'une ville antique tel que l'était celui de la médina de Fès d'il y a vingt ans, quand les scooters n'avaient pas remplacé les ânes, ou des bazars d'Istanbul, du Caire et d'Alep avant les destructions massives, n'étaient ces pauvres gens aux chevilles entravées que je viens de croiser ou cette espèce de prêtre hippie à bure, barbe et bite à l'air : ça, je ne l'avais encore jamais vu. Pas plus que ces horribles cadavres exposés à l'entrée de la ville sur ces tas d'ordures…

« Oh, Jassim. Je parlais tout à l'heure de vous mettre à table…

– À propos de table, vous n'avez pas faim ? Qu'est-ce qui vous ferait plaisir ? Salade de raie ? Tourtes ? Escargots à l'ail ? Résiné, je parie.

– Rien du tout, je mens. J'ai mangé et bu sur le ferry. »

À mesure que l'on s'approche de ce que mon guide appelle « la nouvelle Acropole », les rues s'ornent de trottoirs dallés et les maisons de porches à colonnes. Encore une centaine de mètres et nous débouchons sur une place noire de monde cernée d'immenses portiques qui font office de galeries marchandes (« l'agora », m'indique mon fixeur). Outre les habituels badauds, gardes, clodos et enfants cradoques, elle fourmille de filles et de garçons maquillés comme des palettes. La face plâtrée de blanc, les sourcils épaissis de noir, les joues et cils rougis au safran (dixit Jassim), ils braillent des ritournelles stridentes (« magnifique hymne delphique à Apollon », s'ébaubit un moment mon guide) en frappant sur des tambours. Des mimes et des danseurs masqués les accompagnent, tantôt sautillant d'un pied sur l'autre, tantôt se figeant dans une posture exagérément altière, grotesque ou carrément obscène, comme cette gamine à masque de pleureuse, son chiton relevé jusqu'aux reins, qui exhibe son cul peint en bleu en insultant les passants ou en prétendant les exciter, je ne sais trop, mon informateur non plus du reste qui a l'air d'en perdre son grec : « les anthestéries ne commencent que ce soir… », s'étonne-t-il sans que j'en sache plus. Tous ces jeunes sont accoutrés de haillons bariolés tout à fait dans le style des années hippies d'Ibiza :

« La mode chez les *epheboi* est à l'italienne », me souffle Jassim.

Ce qui ne serait apparemment pas « du goût de Z », lequel serait du genre « retenu » voire « raide » voire « bégueule ».

« … Un parangon de vertu, grimace mon fixeur sur un ton mi-réprobateur mi-admiratif. Mais vous aurez l'occasion de vous en rendre compte par vous-même. »

Je suis sur le point de lui demander quand, lorsqu'un cri me fige. C'est celui d'un jeune gars – ado ou jeune adulte, je ne saurais trop le dire tant il est maigre. Il a le crâne rasé et le visage terreux plissé de haine. Deux gardes scythes l'ont alpagué mais malgré leur haute taille, ils ont la plus grande difficulté à maîtriser l'animal, qui se cabre, gueule, fiche des grands coups de pied dans tous les sens.

« C'est encore le jeune Polyctor qui s'est fait surprendre la main dans le sac, sourit mon fixeur. Il va passer un mauvais quart d'heure…

– Mon Dieu et ça ! C'est quoi encore, *ça* ? », je m'exclame.

8. UN MONDE PACIFIÉ

Une dizaine de femmes et d'hommes habillés d'un mauvais chiton sont assis côte à côte sur le bord d'une estrade en bois. Face à la foule, debout au milieu de l'estrade, une femme tourne lentement sur elle-même en grimaçant un sourire pendant qu'un vendeur en fait l'article.

« Un marché aux esclaves, je m'ahuris. Carrément un marché aux esclaves…

– Ah oui ? Et que fait l'Euroland de ses réfugiés, dites-moi ? On ne les laisse pas crever de faim dans des camps à containers, nous. Ici, ils ont un travail, monsieur Narval. Ils feront le ménage, tisseront, broieront l'orge à la meule…

– Je rêve… Et elle vient d'où cette malheureuse ?

– Réfugiée climatique, je suppose. Ou ancienne domestique qu'un patricien possédait à Paris, New York ou Dubaï, et qu'il a revendue à son arrivée sur l'île. Beaucoup nous viennent d'Indonésie, du Bangladesh, ou d'une de ces îles-confettis aujourd'hui immergées qui…

– Mais c'est abject !

– Tout de suite les grands mots, me répond Jassim tandis que nous poursuivons notre chemin. Esclavage ou pas, vous n'imaginez pas combien ils sont nombreux, ceux et celles qui se félicitent de vivre ici, monsieur Narval. Il nous en vient de plus en plus d'Europe, figurez-vous. Hommes et femmes en bout de course, au chômage, cadres parfois. On en fait d'excellents fonctionnaires de la voirie, des taxes ou de la sécurité. Ils ne seront jamais des citoyens à part entière, certes, mais ils mèneront une vie tranquille. Ils pourront se marier entre eux et se loger où ils veulent. Croyez-moi, s'ils ont un brin de jugeote, ils auront la vie facile…

– La vie facile ? V-vous vous fichez de moi ?

– Pas du tout. Il y a des ilotes qui s'en tirent très bien, figurez-vous. Chez eux, c'est comme chez les citoyens libres : il y a les riches et les pas riches. Pareil pour les étrangers. Je connais certains périèques qui ont un sort très enviable, vous savez. C'est ça, la démocratie, non ?

– La démocratie ? Mais vous êtes complètement fou !

– Fou ou pas, monsieur Narval, je ne fais que répéter la doctrine que Z a mise en application sur l'île. Il l'a calquée sur celle du philosophe Platon pour qui l'esclavage est consubstantiel à la République. La servitude a toujours existé, monsieur Narval, partout et en tout temps. Pour qu'ils puissent méditer sur le meilleur des mondes, nos dirigeants ont besoin de temps, n'est-ce pas ? Et pour qu'ils aient du temps, il faut bien que des ilotes s'occupent de l'ordinaire, non ? La tradition occidentale veut nous faire croire que les anciens Grecs ont codifié la liberté. La vérité c'est qu'ils ont codifié l'esclavage. Le reste est une question de vocabulaire. L'Occident s'est contenté d'interdire l'usage du mot tout en remplissant son monde de porte-bâts !

– Ah pardon ! En France…

– En France, l'esclavage a perduré jusqu'à la fin du Moyen Âge, le servage et la domesticité jusqu'à la Révolution, laquelle a accouché du prolétariat. C'est sur son exploitation sans limite et celle d'esclaves des colonies que votre pays s'est bâti, monsieur Narval. Il y a encore un siècle et demi, c'étaient quinze heures de labeur journalier pour un salaire de misère, des conditions de vie indignes dans une stricte ségrégation sociale et spatiale avec pour conséquence la surmortalité infantile, la sous-alimentation, une espérance de vie ridicule, des corps mal poussés, déformés, crevés, rapetassés avant l'âge. Vous n'appelez pas ça de l'esclavage ?

– Pardon, mais la situation en France…

– Ne s'est améliorée qu'à partir des années 1930, avant qu'elle ne s'effondre de nouveau aujourd'hui. Dans votre France patrie des droits de l'Homme, l'esclave a pris le nom de main-d'œuvre saisonnalisée, uberisée, externalisée, offshorisée, précarisée. Les entrepôts de distribution, les exploitations agricoles, les grands domaines viticoles, les usines en sont bourrés. En ville ce sont les groupes racialisés qui servent de main-d'œuvre servile à des castes au sein desquelles les canailles n'encourront jamais la même peine que leurs homologues plébéiens, c'est bien connu. C'est comme ça, monsieur Narval. C'est une loi universelle, en somme. Dans le pays d'où je viens, la quasi-totalité de la population est servile. Chez nous un Noir s'appelle *'abid*, qui veut dire esclave. C'est du reste sur mes compétences à gérer ces populations lors du Mondial de foot au Qatar que j'ai effectué mes premières missions à Heropolis…

– Le Mondial de foot ? Vous parlez d'une catastrophe !

– N'est-ce pas ? Quand je pense que je ne rêvais que d'art. Tout ce que je voulais, c'était offrir à Doha le plus beau musée du monde, monsieur Narval. Des Picasso, des Jeff Koons, des Alshebani, des Bansky… Sauf que mon père bin Ali Al Tamimi avait une autre ambition pour son fils. Il voulait qu'il bétonne consciencieusement le pays. Il voulait qu'il bâtisse des villes privées, des pistes de ski, des malls climatisés en plein désert par cinquante degrés à l'ombre. Il voulait qu'il mette sous cloche les riches comme chez l'ennemi saoudien. Et pour construire des stations martiennes au milieu des dunes, monsieur Narval, il ne faut pas que de l'argent, il faut des esclaves, beaucoup d'esclaves, Kenyans, Philippins, Sri Lankais, Népalais, Bangladais, Indiens, Pakistanais…

– Oké oké.

– La suite, vous la connaissez. Tout le monde la connaît, la *karitha*. L'échec monumental. J'étais ruiné monsieur Narval. À peine ai-je pu réinvestir quelques casuels dans une poignée de palaces en Suisse. Et puis Z est venu. Et Z m'a sauvé. C'est sur la base de cet échec qu'il m'a proposé de travailler pour Heropolis. On n'apprend que de ses erreurs, n'est-ce pas ?

– Et vous avez accepté.

– Vous savez pourquoi ? Je vais vous raconter une histoire édifiante, monsieur Narval. C'est l'histoire d'un jeune homme d'une grande beauté. Un jour qu'il parcourait l'Asie mineure, il se baigna dans les eaux de la fontaine de Salmacis. Vous connaissez Salmacis ? C'était une nymphe. Pas n'importe quelle nymphe. Si folle de la beauté du jeune homme qu'elle demanda aux dieux d'être liée à lui pour l'éternité. Les dieux l'ayant exaucée, le jeune homme et la nymphe ne formèrent plus qu'une seule personne d'une double nature. Platon, par la voix d'Aristophane, évoque ce mythe dans *Le Banquet*, qui est un des livres sacrés de cette île, monsieur Narval. En racontant que les dieux effrayés par la surpuissance de l'indétermination sexuelle décidèrent de créer la femme et l'homme, ce génial farceur a découvert ni plus ni moins l'origine bisexuée de l'être humain.

– Où diable voulez-vous en venir ?

– Vous ne voyez pas ? Imaginez ce que cela signifiait pour moi de vivre dans un monde pacifié, vivre dans une île où le mythe d'Hermaphrodite est devenu une histoire exemplaire. Pour un Qatari amoureux des hommes et des arts, diplômé du King's College de Londres, en rupture de ban avec une famille d'hypocrites qui ne pensent qu'à détruire, ou pire, monsieur Narval, qui ne pensent même pas qu'ils détruisent quoi que ce soit, qui ne pensent qu'à faire du business en préservant les apparences. »

Tandis que Jassim s'épanche de la sorte en gesticulant comme un beau diable, nous tombons sur un groupe d'ahuris plantés comme des piquets au milieu d'une placette. Couronnés de myrte, l'œil révulsé et les paumes braquées vers le ciel, ils font face à une espèce de prêtre à longue barbe qui s'emploie à égorger un agnelet dont le sang gicle par saccades sur un autel orné de fleurs.

« Un monde pacifié, vous disiez..., je titille mon guide en lui pointant la scène.

– C'est ce que je croyais au départ, admet Jassim. Un monde *low tech* et *eco-friendly* capable de mettre un terme à la surexploitation de Gaïa en limitant par tous les moyens l'expansion de l'espèce humaine.

– C'est ça. Et je suppose que vous allez me parler d'abandons de nouveau-nés. C'était bien ce que nous avons vu tout à l'heure, n'est-ce pas ?

– La surpopulation, monsieur Narval. Il faut être aveugle pour ne pas voir que tout le mal vient de là. Et avec elle cette question obsédante : comment limiter les naissances sans passer par une loi propice à toutes les frustrations et donc à toutes les violences ? Ici, toutes les formes de sexualité sont les bienvenues pourvu qu'elles soient non reproductives. Faites l'amour, pas la guerre : c'est aussi simple que ça. Vous comprenez ce qu'une telle philosophie contenait pour moi de libérateur ?

– Je vous parle d'abandon de nouveau-nés et vous me répondez libération sexuelle !

– J'admets que cette pratique est licite sur l'île, même si elle n'est pas encouragée. De même que le sont les méthodes abortives naturelles, l'immigration sélective et la sélection des meilleurs reproducteurs, trois prescriptions qui figurent dans *La République* de Platon. Et je confesse mon enthousiasme, monsieur Narval. Je confesse sans honte que j'ai été emporté par ce projet.

– Une ignominieuse machination, vous voulez dire.

– Il y avait urgence. *Il y a* urgence. Elle se fait chaque jour plus pressante. J'étais persuadé que nous allions sauver la planète en commençant par nous sauver nous-mêmes. Le territoire trois, on s'en occuperait après...

– Vous comptiez réellement vous « occuper » comme vous dites, des huit milliards d'individus qui peuplent la Terre ?

– Nous nous en occupons déjà, monsieur Narval. Le chaos qui règne depuis dix ans sur Gaïa nous a permis de prendre le contrôle d'une partie significative de l'écosystème terrestre. C'est peut-être difficile à croire mais le Nephos existe bel et bien.

– Allons donc ! Ne me dites pas que cette histoire de régulation de la population mondiale via les data centers d'Heropolis est...

– Authentique ? Elle l'est, monsieur Narval. Ça et la solution finale qui viendra avec.

– Et vous avez été enthousiasmé par le projet !

– L'existence du Nephos est une chose que j'ai apprise tardivement. Dès que j'ai su, j'ai tout fait pour alerter le monde.

– Sans blague ? En faisant appel à nous ? Vous voulez rire ? La France est au fond du trou, mon ami. Dulong et son Front Républicain ne maîtrisent plus rien. Aux prochaines élections, ils vont se faire laminer. Quant à nos services, ils sont en lambeaux. Finances et moral en berne. La DS n'a été capable que d'envoyer une équipe réduite d'agents sous-entraînés, moi compris.

– Ne vous énervez pas, monsieur Narval. Dès qu'ils en sauront plus, vos chefs…

– Mes chefs ? Quoi mes chefs ? Vous croyez qu'ils ont les moyens de lancer une opex à deux mille eurodollars-jour par biffin sur une île peuplée jusqu'à preuve du contraire d'inoffensifs babas cool au cœur d'une zone qui fait l'objet d'un contentieux entre deux pays au bord du casus belli ? Vous y croyez, vous ?

– Mais à qui vouliez-vous que je m'adresse, à la fin ? À la CIA ? Aux Russes ? Mais ce sont des alliés de Z monsieur Narval. Certains officiers du GRU ont été formés au hacking dans les labos d'Heropolis. Mike Barnes de la NSA est membre des Chevaliers de Saint-Jean. Quant à la sûreté d'État chinoise et l'opérateur Weilai, je n'ose vous dire à quel point le Nephos, dont Z ne s'est pas privé de vanter les mérites au cours de ses *learning expeditions* à Hangzhou et Guiyang, les a séduits. Quelle meilleure façon pour le leader mondial du cybercredit® et de l'intelligence artificielle de se débarrasser de ses indésirables, n'est-ce pas, Ouïghours, Kazakhs et dissidents compris ? Lors de mes passages à Zurich, j'ai bien essayé de contacter le BND allemand via les services helvétiques, mais comme d'habitude les Suisses ont fait mine de ne rien comprendre. Je n'ai pas osé insister de peur de me trahir. Seule la DGSE a paru intéressée. Après tout, la France est un partenaire militaire de la Grèce, à qui elle vend ses frégates. J'ai pu la joindre grâce à mes accointances avec le renseignement qatarien.

– La France qui sauve le monde maintenant. On aura tout vu… »

C'est dans un silence de plomb à peine troublé par le braiment d'un âne que nous quittons la basse ville. Sauver le monde. Rien que ça… Cheminant derrière Jassim, je gravis les flancs d'une colline pelée sur laquelle s'élève une espèce de fac-similé de l'Acropole. Je la regarde à peine cette Acropole *bis*. Inutile, grotesque, dérisoire. Je regarde surtout mes panards coincés dans leurs sandales. Je suis à deux doigts de me pincer l'aine pour vérifier qu'il ne s'agit pas d'un mauvais rêve. Mais non. L'air sent le thym. L'étoffe rugueuse de ma toge me gratte dans le cou. J'ai trop mal aux pieds pour rêver et tout à l'heure les mouches coprophages qui grouillaient sur ce pauvre type étaient bien réelles. Au vrai, le sentiment qui m'étreint m'est familier. Terriblement même. Au Congo, en Irak, je l'ai eu ce sentiment. Sur le tarmac de l'aéroport de Sarajevo, je l'ai eue cette impression fugace d'exotisme de pacotille juste avant que je sois rendu à un réel qui a pris la forme de bide en vrac, de boutons sur les fesses et de balles de 7,92 mm des Zastavas M76[18] serbes qui sifflaient à nos oreilles. Je pense aux ampoules que je suis en train de me faire aux pieds, à ma fille, à mon ex-femme, à mon studio de la rue Marx-Dormoy, à ce crotale de Saint-Martin et son Civipol Conseil, à Shamim et Marc que

18 En serbo-croate : Застава. Fusil semi-automatique de précision à canon long des armées serbe et bosniaque. Portée de tir efficace jusqu'à 800 mètres avec la lunette de visée télescopique Zrak 4x 5°10'.

j'ai lâchement abandonnés. Qui sait ce qu'il leur arrive en ce moment ? Simple mission de documentation, m'avait dit Montereau. Et ce système d'arme moisi que j'ai pour mission de tester. Ils viennent d'où ces drones pourris ? Bon Dieu, j'ai les pieds en compote et je ne sais pas si je suis en train de trahir les intérêts de la planète en général et de la France en particulier quand j'aperçois, en contrebas, les gradins d'un théâtre antique, du moins sa fidèle reproduction avec son estrade de bois et sa bâtisse percée de fenêtres et de portes qui sert de coulisse et d'avant-scène. Face à l'édifice, disposés en cercle sur le rond de terre battue, une dizaine d'hommes et de femmes chantent en chœur une manière de *Carmina Burana* mâtinée de kabuki japonais, avec coups de cymbales et crissements de cithare.

« Écoutez ça ! C'est magique, non ? se pâme Jassim.

– Quoi ? Je m'arrache à mes noires pensées. Qu'est-ce qui est magique ?

– Le fait qu'ils chantent à l'unisson, pardi. Quand on chante d'une seule voix les battements du cœur finissent par se synchroniser. Vous saviez pas ?

– Ma foi non.

– Eh bien si ! C'est comme ça que je suis tombé amoureux du chef du chœur lausannois des Chevaliers de Saint-Jean, me confie-t-il d'une voix flûtée. Dans notre confrérie, voyez-vous, le chant choral est obligatoire car c'est tout notre idéal de paix qui s'y exprime.

– Vous m'en direz tant.

– C'est ça. Moquez-vous... »

Il me désigne du menton un barbu court sur pattes planté au milieu du groupe qui tient dans ses mains une espèce de lyre formée de défenses d'éléphant.

« L'homme qui dirige le chœur est un ancien de JPMorgan qui a fait vœu de vivre de fromage, d'olives et d'eau fraîche. Ça veut dire quelque chose pour vous, non ?

– Le petit gros, là-bas ?

– Chhhttt. Vous ne trouvez pas ça inspirant ?

– Si. Très. Même si c'est apparemment pas du goût de tout le monde.

– Par Zeus ! »

Surgissant du bâtiment de l'avant-scène une poignée de Spartiates est en train de prendre violemment à partie les choristes. Je reconnais le balafré à crête rouge qui obligeait Shamim à exécuter des pompes sur le quai de l'emporium. Il a déjà attrapé un récitant par le cou et il le force à se prosterner devant lui. Il y a aussi la fille peinte en bleu. Elle vient d'arracher la lyre éléphantine des mains du petit gros et lui en assène des grands coups sur la carafe. Une dizaine de jeunes guerriers poursuivent d'autres membres du chœur qui s'est égaillé en tous sens comme une volée de moineaux. L'un d'eux a réussi à saisir un grand maigre par le pan de sa toge, et il s'amuse à lui botter durement les fesses.

« Ne restons pas là, me glisse mon guide. Ces petits cons seraient capables de nous faire passer un mauvais quart d'heure.

– Pas comme le type qu'on a vu tout à l'heure avec son écriteau autour du cou, quand même ? je l'interroge tandis que nous gagnons au petit trot le couvert d'une chênaie.

– Ça non… Les Spartiates d'Alcibiade s'en sont pris effectivement à lui, mais c'était un doûlos.

– Un esclave ? Odysseús, c'est ça ?

– Chez vous on dit plutôt Ulysse, mais oui, c'était un esclave. Un esclave de ma domesticité, figurez-vous. Un ilote qui m'était particulièrement… cher.

– Je vois ça… Et il lui est arrivé quoi, au juste ?

– C'est à cause de la cryptie. Ils lui ont cassé le crâne parce qu'ils considéraient qu'il était trop faible pour vivre.

– Trop faible pour vivre. Voilà autre chose. Et c'est quoi, ça, la cryptie ?

– On ne vous a pas parlé de cette horrible institution ? Je l'ai évoquée dans un de mes rapports. Chaque année, les apprentis Spartiates sont entraînés aux opérations de surveillance et de police de l'île. Avec l'accord de leurs coachs, qui sont en l'espèce Damotélès et Gorgô, l'anēr aux cheveux rouges et la gunē au visage bleu[19] que vous venez de voir, ils peuvent rosser les citoyens, et même tuer les ilotes sous certaines conditions.

– Ah oui ? Et quelles conditions ?

– Le meurtrier doit être un des meilleurs éléments du groupe et la victime doit être considérée comme improductive. Elle doit en outre être éliminée de nuit avec une arme de poing.

– Ça veut rien dire, ça, improductive…

– N'est-ce pas ? Bien sûr que ça ne veut rien dire. Ulysse était momentanément affaibli, c'est tout.

– Dites donc, ils n'y vont pas de main morte ces gamins.

– Chiens fous… », me répond Jassim.

Bien qu'on se soit arrêté de trottiner, il a l'air de manquer d'air. L'émotion sans doute. Entre deux sifflets de forge, il s'époumone :

« Suppôts d'Alcibiade… Partisans de la guerre… Jeunesse dorée, n'est-ce pas… Soutenus par une bonne partie des Trente… Vraie pétaudière, les Trente… D'ailleurs…

– Calmez-vous, je lui dis. Reprenez votre souffle. C'est qui, d'abord, les Trente ? »

---

19 ἀνήϱ, *anēr* : « homme » / γυνή, *gunē* : « femme ».

Mon guide pose sa main sur sa poitrine qui gonfle, se dégonfle, faseye comme un foc par vent de face.

« Les trente propriétaires de l'île…, il finit par me répondre. Les Zackenberg, Dusk, Bates, Huhan, Yamaguchi, Arnaud, Bedos, Cameron, Wallenberg et tous les autres. La crème de la crème des patriciens. Tous parents de ces *gamins*, comme vous dites. Beaucoup ne sont pas convaincus par le projet pacifique de Z. Trop long. Trop mou. Du coup, ils penchent pour la manière forte, eux aussi…

– Eh bien qu'ils s'entretuent ! Qu'est-ce que vous voulez que j'y fasse ?

– Vous n'avez pas saisi, monsieur Narval. Quand je vous parle de manière forte, je parle de guerre planétaire.

– Une guerre planétaire ? Vous voulez rire ? À coups d'épées, de flèches et de lances ?

– C'est tout le problème, monsieur Narval. Leur meneur Alcibiade semble avoir accès à des armes autrement plus destructrices.

– Des armes ? Quelles armes ?

– Je ne puis rien vous dire dans l'immédiat.

– Comment ça, vous ne pouvez rien me dire ? Vous êtes mon informateur, oui ou non ?

– Ne vous énervez pas, monsieur Narval. Je suis votre informateur, oui. Disons que vous le saurez en temps voulu. Vous le saurez bientôt… »

Suit un long moment de silence méditatif au cours duquel, n'ayant pu tirer les vers du nez de ce cabochard de Jassim, je me répète en boucle une kyrielle de phrases sans queue ni tête, dont une a au moins la vertu d'être claire : « Imbécile, dans quel guêpier t'es-tu encore fourré ? »

…

« Je suis sûr que vous y arriverez, m'en remet une couche mon guide comme nous abordons une allée ombragée de pins et bordée de statues de kouros baraqués et d'Aphrodite cally-piges. Vous et vos agents, vous êtes de la trempe de ceux qui réussissent, pas vrai ?

– Si vous le dites. »

Nous arrivons au bout de l'allée.

« C'est ici que sont hébergés les athlètes, m'informe Jassim. Devant vous, le gymnase. Là, la palestre où se déroulent les épreuves de lutte. »

Et comme je m'apprête à poursuivre mon chemin :

« Tut tut tut, me prend-il par l'épaule. La leçon continue, monsieur Narval. Il faut absolument que vous voyiez ça. »

9. LE GYMNASE

« Ça », c'est un terrain en plein air cerné de murs. Le sol est sablonneux. Des groupes de jeunes gens s'y agitent au son de la flûte. Tous sont nus comme des vers, certains sont à peine pubères quand d'autres sont largement dans leur vingtaine. Le sable qui couvre leurs corps huilés leur donne un aspect brunâtre et grumeleux. Aux quatre coins du terrain, des adultes à longue barbe et manteau rouge sont assis sur des tabourets. Ils sont armés de longs gourdins.

Ouch !

L'un d'eux vient d'en asséner un coup sur l'épaule d'un gamin qui n'a pas émis la moindre plainte. Apparemment, il n'exécutait pas correctement une sorte de pantomime imitant les mouvements d'un guerrier au combat.

« Voyez comme ils apprennent à esquiver pour mieux bondir et riposter », s'excite mon guide.

Je me demande tout à coup s'il ne m'a pas amené ici pour se rincer l'œil.

Schlak !

Cette fois-ci c'est une gamine qu'un des barbus vient de frapper. Ça n'empêche pas la pauvrette de poursuivre en silence son kata à la sauce hoplitique, me renvoyant douloureusement aux séances de combat rapproché qu'un spécialiste de kenjutsu et d'escrime nous a fait subir pendant les mois d'entraînement à Cercottes. Perso, malgré les coups sur la cafetière, j'avais pris ça à la rigolade. Shamim Wazed et Marc Lang nettement moins. Shamim, qui était pourtant du genre aimable, prit un jour tellement la mouche qu'il blessa assez sérieusement au flanc et à la gorge notre maître d'armes, Jo Manganèse, lors d'un atelier de combat gaulois. Il faut dire que ce bon Manga avait cru malin de le titiller de son épée en le traitant tour à tour de timoré, de poltron et de tarlouze. « On me manque pas de respect », Shamim m'avait rétorqué le soir même comme je menaçais de le virer à la prochaine incartade. « Chef, vous n'avez pas idée d'où je viens… », il avait ajouté de sa petite voix douce. Le fait est que si. J'avais lu dans son dossier qu'avant qu'il ne débarque en France dans le flot des réfugiés climatiques et qu'il n'intègre l'armée en explosant le test Luc Léger, Shihabul, car tel était le nom de ce fils d'un ex-ministre bangladais, avait passé six mois dans la prison centrale de Dhaka.

Pan !

Le gamin de tout à l'heure s'en est repris une belle.

« Éducation spartiate, me souffle mon fixeur. Dès l'âge de sept ans, les enfants des patriciens vivent sous la tente et partagent tout. Ils s'établiront un jour en ménage, à deux, trois ou plus s'ils le veulent. Ici, tout leur est permis. Hormis la procréation, bien sûr. La liste des élus autorisés à se reproduire est fixée par voie législative… »

Plus loin, un groupe d'ados armés de boucliers et de lances hurle des imprécations en avançant en rangs serrés.

« Ils simulent un combat en phalange oblique. »

Et, comme je prends un air dubitatif :

« Je vous assure que c'est du sérieux, monsieur Narval. La vie du jeune *Homoios* est celle du soldat menacé par un danger permanent. Dès son jeune âge, il lui est enseigné qu'il n'est pas naturel qu'une minorité de maîtres doive tenir dans le respect et l'obéissance une majorité d'esclaves. Il couche sur la paille, il se lave à l'eau froide, il complète sa pitance par le vol. Et tant pis s'il se fait prendre. Au moment où je vous parle, le jeune Polyctor qu'on a vu tout à l'heure pris en flagrant délit de chapardage par les gardes scythes a reçu sans broncher son lot de coups de fouet. »

Au bout du terrain, un groupe se tient immobile. Bras tendus le long du corps, il n'a pas bougé d'un cil depuis notre arrivée.

« Cette gymnopédie peut durer des heures, m'assure Jassim. Elle est propre à accroître la vigueur et la volonté. La station debout, n'est-ce pas… »

Mais j'ai cessé d'écouter. Pas seulement parce que le tissu d'insanités que mon informateur débite en continu me sort par les oreilles. Ce sont mes yeux qui se sont posés par hasard sur la jeune Maxima. Ou plutôt sur le disque de bronze frotté de sable qu'elle vient de placer dans sa main droite, sa main gauche prenant appui sur son genou droit cependant qu'elle se courbe en avant, son corps à la fois souple et ferme amorçant un lent mouvement de rotation qui…

« Eh ! Ho ! Monsieur Narval ! me réveille Jassim. Je constate que vous venez de découvrir que le gymnase ne sert pas seulement à l'entraînement des athlètes. Ce qui ne devrait pas vous mettre dans des états pareils, mon vieux. Vous êtes rouge comme un coq. »

Il me tire par la manche.

« Allons, venez par ici. Je ne vous ai pas amené ici pour vous faire saliver devant nos “montreuses de cuisses”, puisque ce sont apparemment vers elles que vos goûts vous portent. Il y a cette chose importante que nous devons vérifier… »

10. LE FILS DE Z

La galerie s'ouvre sur un second stade, un chouia plus petit que le précédent.

« La palestre », m'informe Jassim, ajoutant qu'« on s'y bat depuis le début de *meta mesēmbria* »[20].

Nous y accédons par un portique bondé puant la transpiration. De jeunes athlètes y soulèvent des poids de bronze quand une dizaine d'autres martyrisent de grands sacs de sable sous le regard oblique d'individus d'âge mûr vautrés sur des banquettes.

« Ils philosophent… », m'assure mon guide.

Au milieu des croulants, je repère Bodosakis. Il a toujours sa tête caractéristique de bombonne de verre soufflé, mais il a quitté sa veste militaire et ses chemises douteuses pour une toge froissée maculée de taches suspectes.

---

20 « *μετά μεσημβρία* », après-midi.

« Dites donc, le bouffi au cheveu gras qui parle au borgne à tête de yakuza, c'est bien Steve Dannon, non ? je demande discrètement à mon fixeur.

– Absolument, il me répond. C'est désormais un des faucons qui gravitent autour d'Alcibiade. Traqué par le fisc américain, il a disparu des tablettes officielles il y a cinq ans en prenant la nationalité grecque sous une fausse identité. Ici, il se fait appeler Charon.

– Sans blague ? Ainsi, l'ex-âme damnée de feus Trump et Poutine est toujours en état de nuire.

– Et comment ! Depuis qu'il a échoué à monter ses écoles catho-fascistes dans les Abruzzes et orthodoxo-nazies au mont Athos, il a pris secrètement la tête d'une agence de désinformation installée à Tel-Aviv. Dans les milieux informés, il s'est fait une réputation de libéro-anarchiste ami de nababs néo-capitalistes comme Melon Dusk, Z, la Chinoise Zhou Huhan ou les familles Tamimi et Saoud tout en se prétendant grand défenseur de la civilisation occidentale, bien sûr. Il fait partie du groupe des trente oligarques qui gouvernent Heropolis.

– Et le type avec qui il parle, c'est qui ?

– Vous ne reconnaissez pas Makoto Yamaguchi, le milliardaire qui veut racheter la Lune à Dusk ?

– J'avoue que non.

– Ça ne m'étonne pas, rigole Jassim, il y a six mois, il s'est fait le visage de Manji le pirate borgne dans une clinique kawaii de Miami. »

Nous quittons le portique et gagnons l'aire de combat. Comme j'avance à l'air libre, une odeur âcre de sueur, d'huile cuite et peut-être même de sang me monte au nez.

« C'est ici que vos agents vont passer la prochaine étape des sélections », me glisse à l'oreille mon fixeur.

Pour le moment, je ne vois pas grand-chose : le groupe des Spartiates qu'on n'arrête pas de croiser depuis mon arrivée sur l'île stationne le long du terrain.

« Comme j'ai graissé la patte du juge, ça devrait être une formalité, poursuit Jassim. J'espère seulement que vos hommes ont été correctement briefés.

– Bien sûr qu'ils ont été correctement briefés.

– Mon rapport insistait sur la spécificité du pancrace. Vous connaissez le pancrace ? »

Je repense à Jo Manganèse, ses épées en bois, ses nunchakus en PVC et ses faux couteaux à double tranchant. Peut-être qu'on ne l'a pas assez pris au sérieux, l'ami Manga.

« Bien sûr que je connais le pancrace, je réponds. C'est un sport de combat assez violent qui…

– Première erreur. Ce n'est pas un sport. Le sport, c'est les Anglais qui l'ont inventé.

– Ah bon. Alors c'est quoi, si c'est pas un sport ?

– Vous en jugerez par vous-même… »

Encore faut-il que nous parvenions à nous faire une place au milieu de tous ces godelureaux qui nous bouchent la vue. Y paradent le patibulaire à crête de Huron que Jassim désignait tout à l'heure par le nom de Damotélès, et cette Gorgô, la virago à corset de cuir clouté, dont je m'aperçois, à présent que je la vois de plus près, que sa tête en boule de billard n'est pas peinte mais tatouée de bleu.

« Dites donc, je dis à Jassim en la désignant du doigt tout en tapotant ma joue. C'est pas très "grec ancien", ça.

– Qu'est-ce que vous voulez que je vous dise, il me répond d'un air embarrassé, c'est le signe que toute civilisation évolue, voilà tout. Il y a encore cinq ans, le tatouage était une marque d'infamie comme le veut la tradition grecque. À l'époque, on avait même songé à tatouer le mot *phugás*[21] sur le front des esclaves fauteurs de troubles. Et puis un jour un fils de patricien s'est mis en tête de se tatouer le symbole de son dème sur l'épaule, requalifiant instantanément le tatouage en marque de prestige. Z en fut fou de rage, mais que voulez-vous, on ne peut pas tout contrôler. Aujourd'hui, les esclaves récalcitrants sont marqués au fer rouge. Espérons que cela ne créera pas chez nos jeunes un effet de mode… »

Pendant qu'il papote de la sorte, nous taillons notre route au sein de la petite troupe de guerriers. Franchement c'est à se tordre, cette façon que ces messieurs-dames ont de vous lorgner de haut en bas en prenant leur pose badass comme *par inadvertance*. Et ce geste qu'ils ont d'attraper toutes les trois secondes le pan de leur manteau pour le rejeter sur l'épaule. Ça me fait penser à la façon dont, il y a encore vingt ans, les jeunes Mauritaniens jouaient les matamores avec le drâa, qui est la toge maure. Mon fixeur m'a recommandé de ne pas bousculer ces fiers-à-bras, alors je fais gaffe. Je frôle, j'esquive, j'obvie, attentif à ne pas les bousculer ni marcher sur d'augustes panards et je mets donc un petit moment avant de voir ce que je dois voir.

Et ce que je vois n'est pas beau à voir.

Vraiment pas.

C'est à ce point choquant, que je ne reconnais pas tout de suite Shamim.

Il faut dire qu'il a le visage en sang, Shamim.

Courbé en deux, soufflant des naseaux, nu comme un ver et couvert de sable, il porte jusqu'à la moitié de ses avant-bras des espèces de moufles en cuir renforcées d'épaisses lanières qui lui donnent l'allure d'un robot tueur.

---

21 φυγάς, *phugás*, fugitif, fuyard en grec ancien.

Sauf que le robot tueur, il se fait massacrer sur place.

Ludionnant devant lui, équipé des mêmes gantelets, un mastard au visage couturé s'amuse à lui balanstiquer devant la tronche une série de jabs du gauche, histoire, je suppose, de préparer une frappe du –

Schpafff !

Aïe aïe aïe aïe.

Shamim a pris le direct en pleine poire.

Détournant le regard, je tombe sur le profil hérissé de Damotélès. Il m'a tout l'air de mater la scène en connaisseur, ce petit salaud. Il glisse des trucs à l'oreille de sa copine, la râblée au visage bleu et au cou de taureau. Derrière les pugilistes, je repère une dizaine de combattants assis sur le sable, les jambes croisées et la gueule en sang.

Eh merde.

Parmi eux, je vois Marc, pif explosé, face tuméfiée.

Ses deux grands yeux rouges et pochés me fixent avec une rage muette.

Je regarde aussitôt le bout de mes sandalettes.

« Vous devriez vous réjouir, me dit Jassim, qui a suivi mon manège. Ceux qui sont assis là-bas ont été sélectionnés.

– Bon sang, je me lamente, qu'est-ce qui nous a pris de les embarquer dans cette galère ? À mon retour Montereau va m'entendre…

– L'heure n'est plus aux regrets, monsieur Narval. Maintenant, il faut qu'il tienne votre Shamim. J'ai eu beau avoir soudoyé le juge des combats, il doit donner le change un minimum.

– Un minimum ? Vous plaisantez ? Vous avez vu dans quel état le balafré me l'a mis ? »

Un cri.

Shamim vient de plonger la tête la première dans les jambes de son adversaire et il tente de toutes ses forces de le faire basculer sur le dos.

« Bien ça. Il faut qu'il prenne l'initiative. Dioxippos ne s'y attendait pas… », me souffle Jassim.

Ouïe.

Le couturé a fait une espèce de galipette de l'au-delà, façon jiu-jitsu brésilien et il est parvenu je ne sais comment à passer son bras autour du cou de Shamim dont le visage tourne au rouge brique.

« Putain, il va me le tuer, ton Dioxippos… »

Clac !

Le fouet a claqué ; le juge jappe un ordre et pointe de son index le coin où se tient Marc.

« Ouf ! l'hellanodice a tranché, me chuchote mon guide. Votre homme est pris pour le stage.

– Stage ? Quel stage ? je l'interroge tandis qu'un grondement désapprobateur s'élève du groupe des Spartiates.

– Un stage où il va apprendre à se battre, cette question ! Vous avez bien vu qu'ils se sont à peine touchés. Écoutez, nous ne devrions pas rester ici… »

Le ton monte en effet au sein du groupe des jeunes guerriers. La chauve à face bleue prénommée Gorgô et son copain le Huron sont les plus virulents. Ils se sont mis à invectiver le juge à grand renfort de phrases scandées qui me font penser à ces récitatifs que nous infligeait Lemichon à Cercottes, « *mé-ni-naï-dé-té-a-pél-é-iado-a-ki-lé-o !* » ou quelque chose comme ça.

Mais soudain, tout le monde se tait, la foule s'écarte et un monstre apparaît.

« Le fils de Z », grince à mes côtés mon fixeur.

Pour une fois, Olivier de la DR avait raison. L'Alcibiade en question ressortit bel et bien au genre « beau bizarre », avec ses grands yeux de biche cernés de khôl, sa bouche petite et ourlée perdue dans un visage à l'ovale parfait encadré d'une cascade de cheveux bouclés qui roulent sur des épaules si larges que le chlamyde bleu étoilé d'or qu'il a noué autour de son cou ne parvient pas à couvrir l'entier de ses pectoraux, pas plus que sa tablette abdominale ni la forêt bouclée de ses poils pubiens ni son sexe mignard qu'encadrent deux cuissots de bûcheron plantés sur d'épais jambonneaux qui se résolvent en deux fines chevilles prolongées par des petons d'infante chaussés de hauts cothurnes dorés. Princesse charmante gonflée aux stéroïdes anabolisants ou mâle gynécomaste tombé de la planète Aphrodite ? J'en perds mon grec. Lové dans ses bras musculeux une espèce de bichon neigeux promène autour de lui un air furax en émettant des petits couinements lubriques. Reste le détail-qui-tue que j'ai gardé pour le dessert, et qui ne cesse de m'interroger :

« Il a la peau bleue ou j'hallucine ?

– Ben oui, vous voyez bien, me chuchote Jassim, cependant qu'en trois déhanchés aériens, le divin mastard a déjà rejoint le juge. C'est du *full body*. Du tatouage intégral si vous voulez. J'ai ouï-dire qu'il s'est fait faire ça sur la Monster Muscle Beach de Venice. La séance dure une semaine, il paraît. Vous sortez de là en sang, mais entièrement tatoué de bleu. Cet écervelé pousse nos jeunes à l'imiter. Quand je dis qu'il faut ab-so-lument que vous vous occupiez de son matricule, je…

– Écoutez, pour le moment je me documente. Donc le fils adoptif de Z viendrait de Venice.

– Venice, Melrose, Pacific Avenue. On ne sait trop. Ancienne vedette locale, ça c'est sûr. Mi-artiste de rue mi-comédien raté comme il y en a des tonnes à West Hollywood. Une toquade de Z, ça, son adoption. Une manière élégante de se caler sur le vrai Périclès qui l'a fait jadis pour le vrai Alcibiade…

– Ah. Et qu'est-ce qui a poussé le milliardaire à choisir cet énergumène plutôt qu'un autre ?

– Qu'est-ce que j'en sais moi ? Sa beauté irréelle alliée à des qualités d'acteur exceptionnelles, j'imagine. Ce coquin est doué d'une intelligence du jeu assez hallucinante, vous savez. En six ans de présence sur l'île, ce génie de l'acting est parvenu à incarner un Alcibiade plus vrai que nature. Il est allé jusqu'à maîtriser le grec ancien comme personne. Peut-être aussi était-il moins cher que les autres. Quoi qu'il en soit, cet usurpateur a si bien fait son chemin à Heropolis que l'hypothèse de sa prise de pouvoir apparaît de moins en moins invraisemblable pour la plupart des patriciens de l'île.

– Et sa demi-sœur ?

– Maxima ? C'est un autre mystère. Elle s'est matérialisée il y a six ans sur une page payante d'Horizon Realities, la plateforme immersive de Z. On l'a vue un peu dans le talk-show de Kim Kabasakian, puis énormément sur meta-TikTok. Tout le monde a d'abord cru qu'elle incarnait un de ces avatars ultra-réalistes qui apparaissent par centaines sous forme d'influenceurs virtuels avant qu'ils ne se volatilisent dans le cyber espace une fois la fortune de leur créateur faite, mais non, quelques mois plus tard, Maxima faisait son entrée en chair et en os au sein du conseil des Trente. Z l'a adoptée en grande pompe et nommée proxenoi dans la foulée. C'est la dernière décision que notre bienfaiteur a prise en son nom propre. C'était juste avant que sa santé ne décline dramatiquement…

– Ah bon ? Z est malade ?

– C'est un secret de polichinelle, ici. Vous n'avez pas lu mon rapport à ce sujet ?

– Non. Je m'étonne qu'on ne me l'ait pas transmis, d'ailleurs. Il est malade de quoi ?

– Chhht. Regardez… »

Pendant que nous devisions de la sorte, Alcibiade avait penché son poitrail au-dessus de l'hellanodice. Longtemps, il l'avait copieusement engueulé d'une voix de tête éraillée qui m'avait fait penser à celle du Jean Marais période *Peau d'Âne*. Or, voici que le monstre bleu l'empoigne à présent par le collet et le soulève de son tabouret aussi facilement que s'il s'agissait du siège lui-même. Mais il y a pire. Tremblant de tous ses membres, l'autre empégué n'a pas bafouillé trois mots qu'il nous montre déjà d'un doigt accusateur. Le géant braque dans notre direction ses yeux laser plaqués sur son visage d'Adonis et lâche le juge qui retombe lourdement sur son escabelle.

« Qu'est-ce qu'on fait ? je demande, tandis que l'homme bleu s'approche de nous en roulant des épaules autant que du pelvis.

– Rien du tout. Laissez-moi faire… »

Parvenue à une dizaine de pas de nous, l'étrange créature consent à draper sa musculeuse nudité dans l'entier de son manteau, puis, devenu raide comme la justice, elle se met à déblatérer de sa voix criarde une litanie au ton acrimonieux à laquelle je ne comprends strictement rien.

« *Mé-ni-naï-dé-té-a-pél-é-iado-a-ki-lé-os !* »

Ou quelque chose d'approchant.

Mon guide m'expliquera le soir même que le jeune homme aurait déclaré « sur ce ton grandiloquent et boursouflé qui fait son succès parmi la jeunesse décérébrée de l'île », qu'il y a pire qu'être « un imbécile, un fou, un lâche, un histrion ou un faible » :

« … C'est d'être un tricheur.

– Un tricheur ?

– … Sur quoi, je lui ai répondu que je n'en étais pas un, fanfaronne à présent Jassim en me tendant un petit vase à boire qu'on appelle ici *skyphos*.

– J'ai pourtant l'impression qu'il vous aurait pilé sur place si Maxima n'était pas intervenue », je rétorque entre deux rasades d'un résiné dont la finale salée me fait grimacer.

La demi-sœur du monstre avait en effet surgi comme par miracle au milieu de la scène. Débarrassée de sa chapelure de sable et rhabillée de frais d'un péplos qui lui dénudait l'épaule et un sein, la jeune femme arguant de sa qualité de proxenoi avait morigéné son frère avec une telle grâce souriante que l'incident fut clos sur l'instant.

« Alcibiade ? M'agresser physiquement ? Vous voulez rire ? continue de plastronner mon fixeur. Ce démon n'aurait jamais osé lever la main sur un protégé de son père adoptif. »

Il avait tout de même fallu que ledit protégé fléchît du genou et courbât piteusement l'échine en balbutiant des paroles disculpatoires pour que tout fût oublié. Satisfait de ces génuflexions, Alcibiade était parti dans un rire de tête qui s'était résolu en une succession de piaulements aigus d'où perçaient les signes d'une étrange hystérie. Il s'était ensuite incliné devant sa sœur et, ayant jeté un œil scrutateur sur ma personne, il avait levé la main droite, paume braquée vers nous, puis il avait tourné les talons, accompagné de sa bande de Spartiates d'opérette.

« Il faut absolument que vous mettiez au pas ce petit saligaud, s'énerve à présent Jassim. Sans trop nous l'abîmer, bien entendu. Pour le reste, vous avez carte blanche…

– Pop pop pop, je temporise. J'ai l'impression pénible que vous êtes en train de sortir de votre rôle. Ma mission est de documentation, je vous rappelle. Et puis, il faudrait que j'atterrisse. Il y a Shamim et Marc à surveiller comme l'eau sur le feu. De toute façon, rien ne doit être tenté sans l'aval de Montereau… »

Mais voici qu'un serviteur s'avance dans l'atrium où nous nous trouvons. Il annonce l'arrivée d'un messager.

« Qu'il entre ! », ordonne Jassim.

Apparaît un maigrelet simplement vêtu d'une paire de sandalettes. Il tend à Jassim une tablette de cire.

« Nous sommes attendus dans une heure chez Périclès, m'annonce ce dernier.

– Déjà ? Mais je suis crevé, moi.

– Impossible de décliner, désolé. Votre travail se poursuivra cette nuit…

– Comment ça "cette nuit" ?

– Les anthestéries. La fête en l'honneur de Dionysos. Je vous en ai parlé, je crois. Fin de l'hiver. Vin nouveau. Enfin vous voyez, quoi. Hier, on a mis le résiné en perce. Aujourd'hui, on le boit. Je vous ressers, à ce propos ?

– Une larme. Je suis déjà un peu pompette.

– Tant mieux. Ça vous donnera de l'énergie pour ce soir. C'est l'occasion rêvée de rencontrer le gratin de l'île. Vous verrez, c'est assez vivant. Les jeunes en profitent pour débouler chez les uns et les autres. Après notre passage au banquet de Périclès, il faudra suivre le mouvement.

– Suivre le mouvement ? Attendez, j'ai pas encore…

– Allons, du nerf que diable ! Puisque vous êtes fatigué, on ira en char. Vous avez un quart d'heure pour vous changer. Vous puez le bouc, vous savez ça ? »

11. Z

« Ainsi voilà notre géomètre… »

C'est curieux, mais je me le représentais plus grand.

Il arbore la même tête d'emplâtre que nous connaissons tous, ce côté chevreau à cheveux bouclés, qui ont du reste blanchi et se sont raréfiés avec l'âge, mais j'imaginais Z moins court de taille.

« Narval ? C'est ça ? ajoute-t-il dans un français impeccable [22].

– C'est ça, mais, pardonnez-moi, je croyais que l'usage du grec était obligatoire à Heropolis.

– Ici, c'est moi qui fais les lois. Du moins, moi et mes amis oligarques. On m'a dit que vous maîtrisiez mal cette langue.

---

22 J'ai appris depuis que ce tricheur de Z, ainsi que les plus riches *aristoi* de l'île, s'étaient fait implanter dans le cortex cérébral un traducteur instantané de 7 000 langues, dont le grec ancien dans sa version attique. Fonctionnant hors connexion, ce dispositif révolutionnaire et extrêmement onéreux était couplé avec un système de *deep learning* capable de se connecter aux aires de Broca et de Wernicke par influx de neurotransmetteurs.

– Je vois que les nouvelles vont vite.

– Il faudra vous mettre rapidement à niveau. Vous savez ça, n'est-ce pas ? Suivez-moi, c'est par ici… »

Je m'attendais, en revanche, à ce côté pète-sec :

« Comme ses modèles Périclès, Steve Jobs et Gill Bates, Z cultive une extrême retenue dans ses rapports avec autrui », avait prévenu Olivier. Là-dessus non plus, le binoclard de la DR ne s'était pas trompé : tout au long de notre échange, le multimilliardaire m'a parlé comme à un mur, les bras rivés le long du corps, sans qu'aucune expression ne vienne froncer les traits de son visage que j'ai effectivement trouvé d'une pâleur effrayante. Z est-il réellement malade ? Pourquoi les analystes de la DR ne m'ont-ils rien dit à ce sujet ? Ont-ils considéré que la faiblesse supposée de son état relevait d'une rumeur sans fondement ? Pourquoi n'ont-ils pas tenu compte de l'avis de mon fixeur ? À moins qu'ils ne l'aient su et qu'ils aient volontairement tu l'info. Mais alors pourquoi auraient-ils agi de la sorte ? Que cache Mortier de si important à ses meilleurs opérationnels ? Et d'abord qui dans la Boîte aurait intérêt à le faire ? Saint-Martin ? Le Squelette ? Alpharetro ? Je me perds en conjectures… Ce qui n'est pas nouveau, hélas. C'est précisément le moment où l'agent de base que je suis qualifie sa Boîte de « Piège-à-Cons ». Finissons-en au passage avec cet autre secret de polichinelle que ce damné cachottier d'Olivier a refusé jusqu'au dernier moment de nous révéler (« désolé les gars, mais vous n'avez pas le BEC[23] », nous serinait-il à tous les quatre, Montereau compris). Très vite il n'a plus été un secret pour quiconque s'intéresse un tant soit peu

23 Besoin d'en connaître. Acronyme qualifiant l'accès ou non à une information considérée comme sensible par la DGSE.

à la question, à Cercottes, aux Pistoliers d'Auteuil, au Fort Neuf de Vincennes ou dans les brasseries environnantes, que l'individu qui se cachait derrière la sixième lettre de l'alphabet grec n'était autre que le richissime Mark Zackenberg, un homme si modeste qu'il tint à nous accueillir en personne à l'entrée de son palais.

Lequel n'a rien de modeste, lui. Et c'est peut-être un signe. Son espèce de pâtisserie greco-mastoc faite d'un aggloméré peinturluré de portiques, rampes, bastions et temples à colonnades qu'encombrent une multitude d'autels et de statues mordorées, n'a rien à voir avec les demeures du quartier de Scambonidaï où mon fixeur et la plupart des milliardaires de la planète ont élu domicile. Quand Jassim m'a conduit à ses pénates, j'ai dû salement déchanter. Sa « villa », comme il dit, n'est qu'une modeste bicoque aux murs peints à la chaux, flanquée d'une courette où languissent un laurier rabougri et une fontaine sans eau. Quant à ma chambre, du moins ce qui en tient lieu, elle a été aménagée dans le cellier. C'est un espace étroit cerné d'amphores plantées en terre où je n'ai trouvé qu'un lit de paille, une mince couverture de laine et une vasque remplie d'eau. En m'y débarbouillant j'ai fait la connaissance des belettes locales. Elles assurent, m'a révélé mon fixeur, « la chasse aux souris et aux rats ». Et comme je m'étonnais des conditions qui m'étaient faites, Jassim m'a répondu que je n'étais « pas le plus à plaindre », ses esclaves dormant, eux, « là où ils peuvent ».

Zackenberg n'a pas ces soucis d'espace ou de confort. Décorée de marbre et de mosaïques, et éclairée par de magnifiques torchères de bronze, la haute et large galerie où nous progressons fait au bas mot la longueur d'une piscine olympique. À ce propos, je suis en train de me demander si les allégations de Jassim sur l'état de santé de Z ne sont pas sans fondement, car notre hôte y chemine au rythme languissant de l'escargot, tête penchée bizarrement sur le côté, ses pieds se soulevant à peine à chaque pas, au point qu'il m'est difficile de ne pas le dépasser, ce qu'a fait, du reste, Jassim, qui caracole loin devant nous quand les torchères s'éteignent soudainement, plongeant le couloir dans une profonde obscurité.

« C'est un jeu ?... Périclès, où êtes-vous ? », se hasarde Jassim dont la silhouette ventrue se découpe au bout de la galerie.

Je m'apprête à le rejoindre quand, profitant visiblement de la pénombre, Z me saisit brusquement par l'épaule.

« Écoutez-moi, me chuchote-t-il à l'oreille. Ne dites rien. Je suis… Surveillé… Mordu au cœur… Peut-être drogué… Mon monde est contesté… L'Atlantide, n'est-ce pas… Alcibiade… »

Mais les torchères se rallument comme par miracle.

« Ah ! Vous voilà ! s'écrie Jassim, qui a rebroussé chemin. Tout va bien, Périclès ?

– Oui, oui, oui… », bafouille ce pauvre Zackenberg dont les yeux mi-clos chavirent à plusieurs reprises.

Et comme mon fixeur ne répond rien :

« Allez, allez, allez… », nous ordonne-t-il en agitant une main molle vers la lumière crue.

12. LE BANQUET

Des rires, une musique bourdonnante, une odeur âcre de brûle-parfum, quelques aaaah euphoriques dont je ne sais s'ils nous sont destinés quand nous débouchons dans cette salle gigantesque aux murs décorés de scènes étranges où des fantassins grecs à la peau bleue combattent des oiseaux géants à tête humaine et des humains à tête d'oiseau.

Y banquettent plusieurs dizaines de pékins.

« … Les Trente », me précise Jassim.

Encore bouleversé par ce qui vient de se passer, je parviens à saluer tout ce petit monde, contraignant ma bouche à montrer les dents au grumeleux Steve Dannon (qui fait mine de ne pas me reconnaître), au lifté Tom Cruise Jr., à l'œil unique de Makoto Yamaguchi, le milliardaire borgne qui veut racheter la Lune à Melon Dusk. Je hoche poliment la tête en croisant les yeux en trou de pine dudit Dusk, le sourire timide de l'influenceuse Mac Ja Yun, alias Pony Ma, le triple menton d'Arnaud Jr., la calvitie rutilante de ce vrai faux jeune qu'est Jed Bedos. Plus loin derrière, c'est plus difficile à dire, quoique je sois sûr de reconnaître Michael Burckhardt, l'un des Chief Investment Officers de la banque de Crédit suisse. Raide sur sa banquette, l'air morose, n'ayant rien touché ni de son verre ni des victuailles qui débordent de sa table, il paraît relégué en bout de salle. À côté de lui, je repère la minceur à en être maigre, le teint réglisse, le nez aquilin et la chevelure gris lipizzan de Christiane Lagardère. Tout comme l'austère Burckhardt, elle a l'air de se morfondre à cent sous de l'heure, se triturant les doigts avec un air de souffrance résignée.

« Ceux-là ne font pas partie des Trente, marmotte mon guide. Ces stars du placement *offshore* sont ici pour sécuriser le retour sur investissement de la banque de Crédit suisse et du fonds de pension Tower Retirement Thrift. De la Qatar Financial Authority aussi, je crois. Il y a quelques années, ces mastodontes de la finance mondiale ont signé des gros chèques, ici... »

Mais voici que Z débarque enfin, traînant avec lui ses pieds gourds et son air hagard. La salle l'accueille de sonores « vive Périclès ! » cependant que des serviteurs le couronnent d'une guirlande de fleurs et le hissent sur une banquette qui trône au milieu des convives.

« Prenez place », nous invite le mégamilliardaire en désignant deux banquettes contiguës à la sienne. Comme on s'exécute, une tripotée d'esclaves accourent pour nous offrir du vin et des friandises, et peut-être même plus à en juger par les mains baladeuses dont s'autorisent à leur endroit certains membres de l'assistance. Soudain, la plainte d'un hautbois se fait entendre, les conversations s'éteignent et une jongleuse de cerceaux surgit du néant en faisant onduler ses monts clairs et ses vals ombreux. Ça dure un moment, le temps pour mon fixeur de me renseigner sur l'identité d'autres personnalités présentes. Côté femmes, j'enregistre la milliardaire canadienne Toni McCloud, qui s'est fait refaire un visage moins juvénile et j'apprends que la fausse jeune femme couchée à ses côtés n'est autre que la vénérable Zhou Huhan, l'une des actionnaires principales de l'opérateur Weihai, « le pionnier du cybercredit®, de l'intelligence artificielle et de la généralisation du travail forcé en Chine ». Entre-temps, la cithare a pris la relève du hautbois et c'est sur des accents grinçants que la danseuse se livre à des culbutes au-dessus d'un cercle garni d'épées. Tout le monde a l'air d'apprécier, sauf cette madone d'un certain âge, quoique prodigieusement bien conservée, que j'avais repérée dès mon arrivée : Kim Kabasakian *herself*. Étendue à la droite de Z, ses formidables fesses soigneusement rangées sur leur banquette, la star stéatopyge se donne un mal fou pour faire semblant de se désintéresser de ce qui l'entoure en *total look* : péplos ultramoulant pailleté d'or et d'argent, bottes-sandales à talons aiguilles, collier ras du cou en cristal avec pendentif doré en forme de « H », lunettes de soleil couvrantes.

« La nouvelle Pythie… », me glisse mon fixeur en roulant des yeux en bille de loto.

Conversant en américain, parfois en américano-chinois[24], les convives s'envoient des grandes lampées d'un résiné qu'on leur verse dans des pintes en terre cuite. Deux types que je ne reconnais pas et qui étaient déjà ivres morts quand je suis arrivé sont évacués par des esclaves.

---

24 Les dialogues qui vont suivre sont traduits en français lorsqu'ils sont émis dans une langue étrangère.

« Le magnat Potanine et son adjoint Ousmanov », m'informe mon fixeur.

Melon Dusk, dont mon guide me confie qu'il s'est fait attribuer le patronyme d'Aristophane, m'a l'air bien imbibé, lui aussi. Je le vois se lever en hurlant et flanquer des coups de reins dans le vide avant de se jeter, hilare, sur sa banquette. Z, lui, n'a touché à rien. Ni bu ni mangé. J'ai l'impression que les serveurs ont pour ordre de l'éviter. Mais voici qu'un danseur rejoint la danseuse, qui abandonne gracieusement son cerceau, le couple se lançant dans une série de figures gymniques compliquées.

« C'est une demande de Dusk, m'explique mon guide. L'hétaïre tient le rôle d'Ariane et l'acrobate celui de Dionysos. »

Ce dernier entraîne sa cavalière dans une sorte de collé-serré assez polisson, ce qui conduit Jassim à se jeter à l'eau en faisant l'éloge de la danse, qu'il voudrait pratiquer « afin de réduire à de plus sages proportions [son] ventre qui dépasse la juste mesure ». Ça fait rire les convives, à l'exception de Christiane Lagardère qui a visiblement d'autres préoccupations en tête. Sauver la finance mondiale et les bas de laine des seniors de Tower Retirement Thrift, je suppose. De sensuelle, la danse tourne au scabreux. Mais Z claque des doigts. La musique s'arrête. Sous les applaudissements généreux, les danseurs saluent et quittent la salle.

« Comme vous le voyez, nos distractions sont bon enfant, me dit Z. Nous affectionnons aussi les jeux d'esprit, les charades et les jeux d'adresse…

– Et si on jouait au jeu des portraits ? propose Melon Dusk en frappant des mains. Quel est votre nom ? m'interroge-t-il avant que quiconque ait pu répondre à sa proposition.

– Narval.

– Μάλιστα ![25] Narval comme le mammifère marin, le multimilliardaire américain, refrappe-t-il des mains.

– Dont la défense en éperon est droite comme la justice, intervient le Japonais Yamaguchi.

– À moins qu'elle ne personnifie la dent du ressentiment, rebondit la Canadienne McCloud.

– Ou le nez de Pinocchio qui fait mentir comme un arracheur de dents, enchaîne le Français Arnaud Jr.

– Plutôt le phallos d'un bandard fou. Il paraît que seuls les mâles arborent ce rostre génésique, minaude la Chinoise Zhou Huhan.

– Lequel est torsadé comme le pénis et les cornes du rustique Pan, s'esclaffe Dusk.

– Qui, ne l'oublions pas, est mi-homme mi-animal, précise McCloud.

– Mais je vois que notre Narval reste coi, se moque Huhan.

– Pris de panique, dirait-on, par ce qui lui arrive, rigole Bedos.

– Cas classique de *panikon deima,* repartit Dusk.

– Est-ce parce qu'il a compris que son espèce est en voie de disparition ? avance Arnaud Jr.

– Ce qui n'a pas l'air de le faire réagir le moins du monde, constate Yamaguchi.

– C'est pourquoi nous l'appellerons Jason comme le marin docile de la légende, décrète Dusk.

– Jason, le prisonnier d'une vie qui n'en finit pas, enchaîne McCloud.

---

25 « *Málista* ! » Oui, tout à fait ! en grec ancien.

– Jusqu'à ce qu'il décide d'en finir avec l'existence après avoir échoué dans toutes ses entreprises, grince Yamaguchi.

– Ce que nous ne vous souhaitons évidemment pas, tempère la souriante Pony Ma.

– Qu'en dites-vous ? Ce nom de Jason vous agrée-t-il ? m'interroge Dusk.

– Pardon, mais c'est au maître de cérémonie d'en décider, recadre Huhan.

– C'est au grand Z, en effet, de se prononcer, approuve Bedos.

– Z comme le divin Zeus, le roi de l'Olympe, l'amant inassouvi de Léda, Dioné, Alcmène, tant d'autres…, fait mine de se pâmer Pony Ma.

– Suffit ! coupe Z d'une voix à peine plus forte que d'habitude. Va pour Jason. Quant à moi, je ne veux boire à aucune source divine.

– Parce que tu es avant tout notre Périclès, l'homme simple qui veut le bonheur de tous, avance Jassim.

– Et qui est peut-être sur ce point en passe d'échouer…, assène Z d'une voix presque éteinte.

– Comment ça ÉCHOUER ? tonne soudain Dannon-Charon, qu'on n'avait pas entendu jusque-là, l'homme s'étant appliqué à s'empiffrer de cochonneries tout en lutinant les serveurs et serveuses qui passaient à sa portée. Dans cette PUTAIN de guerre mondiale contre les forces du MAL nous sommes au cœur du RÉACTEUR au contraire, et nous allons l'EMPORTER !

– Charon parle d'or, confirme la fausse jeune Zhou Huhan. Nos machines numériques tournent à plein régime, à Heropolis comme au Ghizou et au Qinghai.

– Je dois dire que chaque jour qui passe est un progrès pour le Nephos, son omnisciente IA et son *deep learning*[26], agrée Jed Bedos.

– Bientôt nous serons prêts au GRAND COMBAT que nous attendons tous ! » expectore Dannon-Charon en agitant son poing au-dessus de sa tête.

« Ouais » – « Bravo » – « Yeepee » ! s'enthousiasme une bonne partie de la salle. Pas Lagardère ni Burckhardt qui tirent une tronche de dix mètres de long.

« Qu'est-ce que c'est que ce cirque ? je glisse à Jassim. Ces gens sont fous, non ?

– Oui et non, me répond ambigument mon guide. Ne vous en faites pas... C'est un jeu entre eux. Ils appellent ça « parler au milieu ». *Legein es me son,* comme disait Hérodote. Entre égaux unis par l'amitié. C'est aussi une manière pour eux de se jauger sans s'affronter. De compter sans en avoir l'air ses alliés et ses adversaires. Les tenants de la guerre et les apôtres de la paix. Faucons contre colombes, si vous voulez. Pour ce qui vous concerne, c'est une sorte de bizutage. Jason, ce nom totem... Tout est préparé à l'avance...

– C'est trop d'honneur pour ma petite personne.

– Ne vous méprenez pas. Tous les étrangers de marque détachés sur l'île y ont droit. C'est juste une manière ludique de les faire connaître auprès de l'hétairie.

– L'hétairie ?

– Le club des meilleurs, voyons. Les Trente *aristoi. The best of the best...*

---

26 Le *deep learning* est une classe d'algorithmes qui peuvent apprendre à partir de données sans être explicitement programmés.

– J'ai du mal à croire que ces gens qui ont une si grande opinion d'eux-mêmes s'abaissent à de tels enfantillages.

– C'est humain, qu'est-ce que vous voulez. Sur l'île, les occasions d'échapper à l'ennui sont rares. Les *aristoi* ont beau être super riches et super puissants, ils sont super vieux, ils sont super seuls et ils s'emmerdent superbement. La Pythie est là pour le leur rappeler. Voyez comme notre Kim joue magnifiquement l'incurable vacuité dont, ici, toutes et tous sont frappés.

– Se rendent-ils seulement compte que leurs élucubrations pourraient être rapportées hors de l'île ?

– Quelle importance ? Ils ont tous les droits, non ? De toute façon, ces causeries privées ne sont pas enregistrées… »

Pendant ce court aparté, la conversation générale a pris un tour plus polémique. C'est au sujet de la progéniture de ces messieurs-dames.

« Notre *jeunesse dorée* ! », s'emporte Mac Cloud en levant les bras.

J'ai l'impression que les plus avinés veulent la mettre au pas tandis que les sobres jouent la modération.

« Ils sont poussés aux limites par ce diable d'Alcibiade, se désole la milliardaire canadienne.

– Si beau et si séduisant, qu'il les a convaincus de prendre d'assaut le monde, a l'air de s'émerveiller Zhou Huhan.

– L'appétit sensuel, n'est-ce pas ? cligne de l'œil Dusk.

– Ça et ces histoires de héros sanguinaires qu'on leur a fourrées dans le crâne, s'énerve Christiane Lagardère. Les Achille, les Héraclès, les Œdipe, les Thésée. Toutes ces coucheries, ces trahisons, ces crimes impunis…

– Parlons-en des crimes impunis, intervient soudain Burckhardt. Laissez-moi vous dire que nos contributeurs ne seraient pas ravis ravis d'apprendre que les cas de meurtres d'esclaves se multiplient sur l'île.

– On dirait que c'est devenu la mode chez nos jeunes depuis que notre Jassim a perdu son cher Odysseús, sourit gentiment Pony Ma.

– Q-quoi ? Comment n'avez-vous pas songé que ce genre d'incidents se multiplieraient ? se désole Christiane Lagardère.

– Allons allons, la PLEURNICHARDE, intervient Dannon dont la dévoration d'un poulet a rendu les lèvres luisantes. La cryptie est INDISPENSABLE si l'on veut éliminer les faibles et les bouches INUTILES et préparer notre jeunesse au COMBAT. Il faut juste la CANALISER cette jeunesse, poursuit-il en s'essuyant les mains sur la chevelure d'une doulé qu'il a couchée à ses pieds. Il faut la faire PATIENTER avant que le système N'EXPLOSE. Quitte à BOTTER LE CUL aux chevaux les plus FOUGUEUX qui mordent leur maître et veulent bondir trop tôt HORS DE L'ENCLOS.

– Ah pardon ! Il n'a jamais été question de faire exploser quoi que ce soit ! se met à glapir Christiane Lagardère dont la peau du visage s'est plissée sous l'effet de la colère.

– Tout à fait d'accord ! abonde Burckhardt. Comme nous le disait encore récemment notre regretté Marc-Olivier, il ne s'agit que « de réduire le monde à de plus justes proportions ».

– Marc-O' voyait tellement juste ! s'exclame Jassim à mes côtés.

– Le grand maître des Chevaliers de Saint-Jean avait de belles intuitions, concède la milliardaire Zhou Huhan. (« Paix à son âme » se met-on à ânonner mécaniquement autour de moi.) Mais vous admettrez avec moi que l'effondrement de Gaïa a été beaucoup moins rapide que prévu…

– C'est idiot, n'est-ce pas ? On se figure toujours que les changements espérés vont être aussi rapides que radicaux, sourit timidement Pony Ma.

– Mais ils le SONT rapides et radicaux ! Il faut s'attendre à une EXPLOSION TOTALE du système, postillonne Dannon.

– Ah ! mais pas du tout ! glapissent à l'unisson Lagardère et Burckhardt.

– Bien… Mais vous, le géomètre, qu'en pensez-vous ? » m'interroge Z d'une voix languissante.

Je m'apprête à sortir une incongruité sans conséquence (j'ai compris de toute façon que ces cinglés n'attendent qu'une chose, c'est que j'ouvre la bouche pour m'interrompre aussitôt) quand un grand tapage se fait entendre au fond de la salle.

« Alcibiade et sa clique, maugrée Burckhardt dont la banquette est située près de l'entrée.

– Le divin Alci et sa compagnie de noceurs, roucoule Zhou Huhan.

– Mais qu'il est beau ton fils ! » s'émerveille Huhan tandis que l'athlète bleu débarque dans la salle.

Visiblement saoul comme une vache, à demi-dévêtu d'une toge qui souligne plutôt qu'elle ne cache sa nudité azuréenne, il est soutenu avec peine par sa sœur Maxima, elle aussi à moitié dénudée, et par un esclave en jupette bâti comme un pilier de rugby.

« Par Zeus, c'est toute la jeunesse de l'île que tu nous amènes, Alcibiade ! », s'exclame une Zhou Huhan aux anges.

C'est en effet une ruée juvénile qui suit derrière : enfants, adolescents, jeunes adultes, criant, riant, trépignant, courant dans tous les sens, soufflant dans des flûtes à double anche, frappant des mains ou sur des tambourins. Les mêmes, en vérité, que ceux que j'ai déjà croisés sur le port, en ville, au théâtre ou dans le stade : les mimes, danseurs et musiciens de l'agora, l'ado montreuse de fesses et ce gamin au visage terreux, ce jeune Polyctor que les gardes scythes ont alpagué sur l'agora et qui a dû se faire la malle depuis. Il est accompagné d'une bonne vingtaine de jeunes délinquants qu'il pousse à chaparder, croquer, jeter en l'air les fruits, fromages, charcutailles, galettes, olives, toutes ces bricoles huileuses qu'on a entassées sur nos tables. Il les fait boire à nos coupes à la grande joie des convives. Les plus jeunes d'entre eux sont couronnés de lierre, la plupart sont nus ou parés d'une simple tresse de végétaux ou d'une guirlande de fleurs. Ça ressemble à du théâtre vivant, à de l'art pompier, à du Jean-Léon Gérôme mâtiné de Jérôme Bosch, à du Chassériau tout enguirlandé de pampres, d'éros et de victoires ailées. Les Spartiates sont là aussi. À leur tête, la fille Gorgô et son pote le Huron Damotélès. Ils ont troqué leurs parures guerrières contre des drapés vaporeux qu'ils retiennent à la hanche ou au creux du bras en prenant des poses tantôt alanguies, tantôt martiales, dévoilant au gré de leur effeuillage un foisonnement de tatouages cernés de rinceaux de vigne et de feuilles d'acanthes si compacts parfois qu'ils me font penser à des irezumi de yakusas. À côté de Maxima, un géant Atlas à la peau bleue, encore plus haut de taille qu'Alcibiade, mais je ne m'étonne plus de rien, pose un genou à terre et cale contre son épaule l'énorme plateau jonché de couronnes de roses et de lierre entrelacés qu'il tenait au-dessus de sa tête.

Aussitôt c'est un grand chahut, enfants et jeunes adultes tenant à se saisir d'une couronne au milieu des ris, pour en coiffer tel ou tel convive en criant « voici des couronnes pour l'amant » ou « voici pour le poète » ou encore « voici pour le guerrier ». J'ai personnellement droit au « guerrier-poète » de la part de Maxima, tandis qu'à mes côtés, un jeune homme qualifie Jassim « d'amant ». Plus loin, j'entends que Z a droit au titre de « Grand Guerrier » de la part d'une gamine à fossettes, celle-là même qui montrait ses fesses sur le marché d'Heropolis ; elle reçoit en retour un sourire de givre de la part de Z qui se tourne à présent vers ses enfants adoptifs. Ayant levé la main pour obtenir le silence, il leur demande sur un ton monocorde :

« Que faites-vous ici, mes chers enfants ?

– Nous cherchons l'amour, répond Maxima. (C'est Jassim qui me chuchote la traduction à l'oreille, ajoutant qu'il s'agit d'« une sorte de rituel immuable ».) L'île d'Heropolis n'est-elle pas la terre des amours et de la poésie ?

– *Ou ma Dia*[27] *!* proteste Alcibiade d'une voix alcoolisée. C'est le saccage du monde, la Moire violente, le combat héroïque que nous recherchons !

– Es-tu fou de parler ainsi à notre père ? s'indigne Maxima. Ne sommes-nous pas nés pour pratiquer l'agapè qui est une offrande à l'amour confraternel ?

– Nous sommes nés en héros, et les héros s'illustrent au combat ! se met à hurler Alcibiade en se frappant la poitrine. Ah ! Que Zeus, le fils de Chronos, et Apollon nous donnent la victoire. Je dis, ô père et garde mes paroles dans ton esprit : les hommes ne vivront point longtemps, et leur mort est proche ! »

Dannon et Yamaguchi manifestent leur approbation. Zhou Huhan va jusqu'à bêler, s'adressant au père adoptif :

« Ah ! Mais qu'il est beau ton fils ! »

---

27 « Οὐ μὰ Δία ! », « Non par Zeus ! » en grec ancien.

Z a l'air complètement dépassé par les événements. Il fixe un point près de mon oreille si intensément qu'un réflexe me pousse à en tirailler le lobe. Ailleurs dans la salle, Kim Kabasakian, le lifté Tom Cruise Jr., d'autres convives, les uns buvant, les autres mangeant, lutinant ou bavardant, affectent à tort ou à raison une indifférence totale à l'égard de ce qui se passe devant leurs yeux.

Soudain, miracle, il se fait un silence général.

Jassim me souffle d'un ton sec :

« Les jeunes sont sur le point de partir. C'est le moment de les suivre. »

Comme il se lève, je me lève.

Je me retiens aussitôt à ma banquette.

« Ça tourne, je dis.

– C'est le résiné », me répond Jassim.

Puis, s'adressant avec déférence à Z :

« Vous permettez ? s'incline-t-il.

– Allez… Allez… répond Zackenberg.

– Lui non plus n'a pas l'air dans son assiette, je glisse à mon guide tout en claudiquant vers la sortie.

– Qu'est-ce que je vous avais dit… »

Derrière nous, la conversation a repris entre les adultes :

« Le Chaos ! Môssieur n'a que ce mot à la bouche ! Il croit qu'on va s'en sortir en fichant tout en l'air ! »

C'est la voix de Christiane Lagardère.

Après quoi, un tonitruant « FUCK you LADY ! » asséné par Dannon a l'air de faire rigoler tout le monde.

Ensuite, c'est un « Yeepee ! » retentissant qu'émet certainement ce clown de Dusk.

La suite me devient incompréhensible. Pas seulement parce que les gamins qui me précèdent dans le couloir font grand bruit : j'ai l'impression que les convives ont définitivement abandonné le français, le chinois ou l'anglais pour le grec ancien.

« *So what's your first impression of the island, mister spy* ? », me fait sursauter Maxima.

La dulcinée a surgi à mes côtés, le sourire aux lèvres, les yeux pétillant de curiosité.

« *Mister spy ?* » Elle m'a appelé « *mister spy ?* »

« Je… *I*… »

Mince. Je ne sais plus parler l'anglais.

Ça doit être la fatigue du voyage. Ou ce vin résiné coupé d'absinthe qui n'a même pas étanché ma soif.

« *I was told that you had a hard time with the greek language…* »

J'ai la langue comme du carton.

Ces rires autour de moi.

Ce couloir qui n'en finit plus.

C'est drôle, mais je me sens bien.

Ça tourne, mais bon Dieu, comme je me sens bien.

C'est ça qui aurait dû m'inquiéter.

13. L'ATLANTE

La suite est terriblement embrouillée. Il faut s'accrocher. Il y est question de la déesse Hécate, du dieu Pan, de silènes et de satyres, de robots tueurs, de mini-hologrammes bleutés, d'Atlantes, de magie blanche, d'une retraite au flambeau et d'un sarcophage dans lequel j'ai bien cru mourir. Le tout énoncé en anglais. Ou plutôt en américain. Plus précisément en « californien de la vallée », me dit Maxima.

Mais reprenons les choses par le début.

Maxima m'a pris la main et elle me répète à l'envi : « *you know… it's like… you know…* » en graillonnant de la voix comme font les jeunes Californiens. Conduit par Alcibiade et ses Spartiates, le flot de la joyeuse compagnie nous a emportés comme des fétus de paille dans les rues d'Athènes. Non pas l'Athènes d'aujourd'hui, bien sûr, mais cette *Athênai* d'antan que Z a reconstituée sur l'île, avec ses statues d'Hermès au sexe dressé que je découvre à tous les coins de rue, et, banquetant derrière leurs portes closes, ses financiers occultes, ses industriels marrons, ses patrons des *Babam*[28] et ses politiciens véreux assistés de leurs factotums et de leurs esclaves. Et moi, passablement saoul, j'escorte tant bien que mal ces lurons qui gueulent des insanités et poussent à pleins poumons des chants guerriers en agitant leurs flambeaux pour multiplier les ombres, histoire de susciter la panique chez les honnêtes gens, lesquels sont accessoirement leurs parents et les plus gros pollueurs de la planète malgré leur prétendu mode de vie « à l'antique ». C'est du moins ce que Maxima me raconte tandis que l'air se charge d'électricité et que les visages s'écarquillent et s'étrécissent bizarrement autour de moi. À ce moment précis, l'idée me traverse l'esprit que le vin bu a peut-être été drogué à mon insu. Par qui ? Pourquoi ? Je m'en fiche comme de ma première paire de bottes.

« De quelle vallée parles-tu ? je lui demande, pas tout à fait sûr de maîtriser le californien, mais absolument certain, en revanche, que tout ce qui m'entoure est un treillis rigoureux de rayons bleutés et rouge vif mêlé à de la pâte de bruit d'où jaillissent des cônes sonores qui se fichent comme des aiguilles dans mes oreilles.

– La vallée de San Bernardo, me répond Maxima. Tu ne connais pas la vallée de San Bernardo ? C'est dans la banlieue de Los Angeles… »

Mais je ne l'écoute pas vraiment. J'ai beau marcher à ses côtés dans les rues d'Athènes, j'ai la tête ailleurs. Je suis loin de tout. Loin d'Athènes, loin de Paris, loin du Fort Neuf de Vincennes, de la rue Marx-Dormoy, de Dulong et Montereau,

---

28 Les Baba ou Babam sont des acronymes reprenant l'initiale des plus puissantes multinationales des technologies de l'information et de la communication. Ces lettres font référence aux cinq plus grosses entreprises du secteur : Boogle, Atoll, Béta, Amazure et Mycroft.

de ma fille, de mon ex, de ma mère, de feue la cafétéria de Mortier et son odeur rance, loin de Saint-Martin et son Civipol Conseil. Je suis surtout loin de mon quintal bien tassé d'années vécues à la dure qui se sont amoncelées derrière moi sans que j'y prenne garde. Je suis loin de mon âge, donc, et je m'illusionne à propos de cette Maxima qui marche à mes côtés, cette jeune femme assez grande, bien proportionnée, avec des seins charnus, une bouche généreuse, des yeux de renarde, le teint subtilement azuré, les cheveux d'or pâle, et au bas mot vingt-cinq ans de moins que moi. Je crois naïvement que je serai bientôt ce taureau blanc qui monta jadis la princesse Europe, ce cygne qui s'accoupla avec Léda, cet aigle qui ravit Ganymède…

« … C'est une illusion, poursuit Maxima. La vérité, c'est que tout ceci est une légende forgée par Zackenberg. Ni moi ni mon frère ne venons de Californie, cette terre maudite rendue par l'homme aux sécheresses meurtrières et aux pluies diluviennes. Nous venons de l'Atlantide… »

L'Atlantide. *Okay. Why not.* Pourquoi pas ? Je ne sais plus très bien ce que je lui réponds. Quelque chose qui me conforte dans l'illusion qu'un badinage d'ordre sexuel est en cours. Ah si. Je lui dis que je viens moi aussi de la planète Mars ou quelque chose comme ça.

« … K2-18b, corrige Maxima.

– Pardon ?

– Les Atlantes s'apprêtent à fuir sur une planète beaucoup plus éloignée de la Terre que Mars, qui n'est qu'à trois minutes et deux secondes-lumière d'ici, me dit-elle d'un air grave. K2-18b est à cent vingt-quatre années-lumière de la Terre… »

Et comme je ne trouve rien à répondre :

« Dans deux siècles au plus les carottes seront cuites pour l'humanité, tu n'as toujours pas compris ? Nous autres, Atlantes, nous prenons les devants... »

Elle me lâche la main et je la vois sortir de dessous son péplos une sorte d'écran tactile d'où s'échappent des espèces de mini-hologrammes bleutés, un peu comme dans un vieux *Star Wars*, sauf qu'à la place du maître Jedi en capuche ce sont trois micro-individus qui s'agitent en émettant des mini-sons que je n'arrive pas à entendre.

« Je te présente Psi, Neupho et Icare », elle me dit.

« Ces jeunes sont tous issus du pays des MMOG », elle ajoute.

« *Massively Multiplayer Online Games* », elle précise.

Ensuite, elle me parle de dictature digitale généralisée à la planète.

« A digital dictatorship generalized to the planet. »

Elle parle trop vite. Je n'arrive pas à suivre. C'est énervant.

Tout à coup, je me souviens de ma mission de documentation.

J'essaie de toutes mes forces de me concentrer.

« K2 quoi t'as dit ?

– K2-18b. C'est une planète tellurique qui gravite autour d'une géante rouge. Elle a été repérée il y a une vingtaine d'années terrestres par la Nasa. En hackant les données des télescopes spatiaux Kepler, James Webb et Darwin, nos savants ont découvert qu'elle était habitable par les Atlantes. En témoignage de gratitude pour les Terriens, ils ont tenu à conserver son appellation d'origine... »

Il faudrait que je NOTE tout cela.

À propos, où est passé Jassim ?

« Que vous êtes beaux tous les deux », nous a-t-il lancé tout à l'heure avant de partir au bras d'un jeune écervelé.

Mais déjà Maxima escamote son écran aussi vite qu'elle l'a fait apparaître.

« Le temps presse… », elle me dit en hâtant effectivement le pas.

« Ça te dirait de devenir un héros ? Notre héros, je veux dire… », elle me demande.

Moi, évidemment, je ne dis pas non. Je m'empresse de dire oui, même. J'aimerais en finir avec ces bizarreries. Je me vois déjà presser son corps contre le mien. Ou vice versa. Ça tombe bien : passé les dernières habitations, nous débouchons sur une plage qui rend le ciel immense. Chouette, nous allons faire l'amour dans les dunes. Au-delà, la mer se devine par vagues. Devant moi, l'ombre d'une sculpture gigantesque se dresse contre un ruissellement d'étoiles. Elle est en bois. Elle a six bras et trois énormes têtes ma foi fort bien imitées : une tête de lion, une tête de chien et une tête de cheval. Elle porte au bout de chacun de ses bras une torche déjà enflammée.

« C'est Hécate, me dit Maxima, la déesse de la Lune, des carrefours et des sorcières. Cette nuit nous allons la brûler. *Do you know Burning Man* ? »

Ensuite, elle me parle de jaïnisme, de taoïsme, du mythe d'Orphée, de la traversée du Styx et d'autres trucs marrants. Je ne comprends rien, mais ça m'a l'air passionnant. N'empêche que ma patience a des limites. Là-bas, je vois Alcibiade qui pose délicatement son chien sur le sable, près de la sculpture de bois. Et tandis que son roquet se met à piauler à la mort, je le vois lever ses deux bras musculeux au ciel et lancer de sa voix nasillarde de Jean Marais :

« Je déclare la bacchanale en l'honneur de Dionysos ouverte ! »

Youpi, je me dis. À ses côtés, un type à masque de bouc, mamelles tombantes et braquemart dressé souffle dans un énorme coquillage. Une conque. Jetant derechef leurs flambeaux sur l'idole de bois, une ribambelle de faunes, nymphes et ménades commencent à courir autour d'elle en poussant des jappements du tonnerre sur un rythme entraînant de bouzouki.

C'est beau.

« Je vais te faire faire un voyage dans le temps, me dit Maxima.

– Super. Les voyages dans le temps, je suis pour. D'ailleurs, c'est ce que je suis en train de faire, non ? »

Allez, je me lance. Je suis certain, à voir son visage, ses yeux, ses lèvres grandes ouvertes, que Maxima ne dira pas non. Il y a des choses qui ne trompent pas.

Je fais un pas vers elle.

Je lui prends la main.

Je…

« Cet individu t'importune-t-il, ma sœur ? »

C'est Alcibiade. Il a pris de nouveau son bichon duveteux dans les bras et il s'est entouré de deux gardes scythes et du grumeleux Steve Dannon – un Steve Dannon qui se gratte le sourcil droit en me lorgnant d'un air salace avec un sourire luisant en coin que je n'aime pas du tout.

« Non, non…, dit Maxima.

– Tu sais quelles sont les règles, n'est-ce pas ? Pas plus de 24 heures, dit Alcibiade.

– Bien sûr.

– Vous cherchez quelque chose ? » je demande.

Dannon hoche la tête :

« Oui, vous. »

Puis, avançant une bouche obséquieuse en direction de Maxima :

« Je peux vous l'emprunter une heure ou deux ?

– Tant que vous voudrez… », elle lui répond.

Ce qui me brise tout net le cœur, on imagine bien. Ensuite, je me souviens qu'elle se barre avec son demi-frère et que je me retrouve à emprunter ce layon sablonneux bordé de lentisques avec Dannon et ses deux sbires.

Chemin faisant, j'enlève mes sandales :

« C'est plus facile pour marcher, je leur dis.

– Je me demande si vous êtes en état, s'interroge Dannon.

– Bien sûr que je suis en état, je mens.

– Vous êtes sûr ?

– Il est où votre simulatruc ? », je m'énerve.

De fait, le simulateur est un peu en retrait du chemin, encordé sur un char à bœufs. C'est une boîte oblongue, une sorte de sarcophage high-tech fabriqué dans du plastoc bleu semi-transparent ou peut-être dans un de ces nouveaux matériaux, ces trucs fortiches en graphène que fabrique la Nasa. (« C'est un procédé d'alliage renforcé par dispersion d'oxyde », m'entortille Dannon. « Ah ouais. Je croyais que ce type de matériel était interdit sur l'île », je rigole. « Pas pour tout le monde », il me répond avec le plus grand sérieux.) Bref, les deux Scythes me hissent tant bien que mal sur la plateforme du char ; un des gardes appuie sur le couvercle du bidule qui s'ouvre dans un bruit mat de portière de bagnole de luxe. Là-dedans, c'est plein de tuyaux, de bitoniaux et de fils lumineux genre fibre optique qui s'agitent comme des vers de terre.

« Pourriez me dire en quoi consiste ce machin ? je demande à Dannon.

– Rien de compliqué, je vous assure. Vous verrez par vous-même… »

Comme les gardes me saisissent sous les bras et m'obligent à m'allonger, je m'aperçois qu'après s'être rétractés à mon contact comme des antennes d'escargots, les fils et les tuyaux se collent à moi.

« Bhééé ! C'est bizarre comme sensation, je m'affole un peu. J'ai l'impression que mon corps se détend comme un élastique…

– Z'inquiétez pas, me répond Dannon tandis que le couvercle se referme peu à peu sur moi. Un moment l'élastique se cassera et vous serez à la fois ici et là-bas…

– Ici et là-bas ? C'est impossible, ça », je me dis en tombant vertigineusement dans les pommes.

14. DANS LE NEPHOS®

« Monsieur **[#narval@Civipol_conseil]** ? »

...

« Vous êtes avec moi monsieur **[#narval@Civipol_conseil]** ? »

...

« Ah, ça y est, il se réactive... Allons, oui, calmez-vous, monsieur **[#narval@Civipol_conseil].** Dans l'immédiat, je dois vous informer que nous avons dû retirer une bonne partie de l'alcool que vous aviez dans le sang et que cela nous a mis un peu en retard. D'autres substances aussi, qui... Pardon ? Non, non, je vous rassure. Une heure et demie. Deux heures tout au plus. Vous serez de retour à temps pour finir ce que vous avez commencé. Bien. À présent que vous êtes rendu à la sobriété, place aux affaires, si je puis dire. Mais avant toute chose, permettez-moi de me présenter. Nephos®, pour vous servir. C'est cela. Une intelligence artificielle générative tout ce qu'il y a de plus banale. Oui, j'ai pris bêtement la forme d'un flux mental le temps de cette petite démonstration. Pardon ? Ça non, ce sera à vos commanditaires de vous le dire. Bien. Maintenant, si vous voulez bien… Oui oui, c'est cela. Vous leur rendrez compte tout à l'heure via un protocole spécial que je vous expliquerai en temps voulu. Absolument. Ce que vous allez tester est un matériel unique qui permettra aux forces armées du pays que vous représentez, non pas seulement d'*opérer* sur le terrain, mais d'*être* à la fois en *back-office* et *in situ*. Comment ? C'est une excellente question, monsieur **[# narval@Civipol_conseil]** et permettez-moi de la reprendre au vol : "Peut-on être à la fois ici *et* là-bas en même temps ?" Eh bien ! Figurez-vous que nous sommes en mesure de vous répondre "oui". Grâce à la technologie que nous avons mise au point, il est désormais tout à fait possible d'être mettons sur l'île d'Heropolis *et* à l'autre bout de la planète. Comment ? Je vous explique. L'idée qui a longtemps prévalu chez nos scientifiques, voyez-vous, était que cela pouvait parfaitement se faire au moyen d'un de ces « trous de ver » qui relient par une géométrie spatiotemporelle exotique des régions distantes de l'espace-temps. Pour simplifier, disons que l'on se coucherait dans un caisson spécial, et paf ! l'entier de notre être serait transporté instantanément à l'autre bout de l'univers, ce qui est là-bas se retrouvant ici, et vice versa. C'est théoriquement possible mais pratiquement irréalisable, nous ont annoncé après bien des tâtonnements nos biologistes, principalement en raison des effets de masse sur tout corps vivant qui est comme vous le savez composé pour l'essentiel d'oxyde d'hydrogène. Sans parler du problème, par définition insolvable, des fluctuations quantiques. L'homme est-il transportable instantanément ? Oui. Sans être instantanément pulvérisé ? Non. Alors, que faire ? Comme souvent, la solution est venue de nos ingénieurs et techniciens. L'idée toute simple, évidente, *triviale*, étant de faire piloter des robots qu'on enverrait à l'autre bout de la Terre par des individus placés en immersion totale. Comme on fait de vulgaires drones, si vous voulez. Tenez, pendant que je vous parle, auriez-vous l'obligeance d'enfiler mentalement cette combinaison virtuelle ? Merci. Oui, par l'arrière. Allons, faites un peu marcher votre cortex somatosensoriel, monsieur **[#narval@Civipol_conseil]**. C'est cela. La fermeture éclair. Fantastique invention terrienne, ça, la fermeture éclair. Le costume vous paraîtra rudimentaire mais je vous assure qu'il fonctionne à merveille. Songez que les capteurs qui le constellent permettent au robot qui vous est assujetti de reproduire vos mouvements avec une marge d'erreur de l'ordre du centième de millimètre. Pardon ? Oui, effectivement. En termes techniques, je dirais que la combinaison et les gants se doublent d'un exosquelette thermoélectrique parsemé de micro-poches gonflables et d'une myriade d'actionneurs vibrotactiles miniaturisés. Ils vous permettront de sentir votre environnement quand vous le toucherez, mais aussi quand il pleut, quand le soleil darde et que le vent souffle. Enfilez à présent votre casque. Facile, n'est-ce pas ? Il est en orichalque, monsieur **[#narval@Civipol_conseil]**, un métal précieux et rare, donc cher, si cher que depuis quelque temps nous le mélangeons avec le moins onéreux tantale, qui nous vient de République démocratique du Congo. Oui, d'un joli bleuté, n'est-ce pas ? Une teinte que votre peau prendra passagèrement à son contact, je vous préviens. L'étoupe remplace la mousse et le serre-tête est en cuir. Il est encore un peu lourd pour se faire oublier mais je dois dire que les systèmes de reconnaissance audio et vidéo qui l'équipent sont parfaitement au point. L'écran offre une profondeur de noir absolument unique. Il est composé de diodes organiques dont la fréquence d'affichage est de cent quatre-vingts images par seconde avec un temps de persistance proche de zéro. Je vous épargne les petites tricheries relatives aux informations visuelles et auditives destinées à aider votre cerveau à construire une expérience virtuelle tactile totale et j'arrête là l'autopromotion. Vous allez juger sur pièces. Maintenant, si j'appuie ici : tac ! Alors ? Impressionnant, n'est-ce pas ? D'abord le toucher. Ce côté humide et frisquet. L'odeur de caverne ensuite, terreuse, aqueuse. Légèrement boisée ? Je vois que j'ai affaire à un connaisseur. Comment ? Absolument. Ces tesselles de galets que vous voyez à présent représentent Atlas et Apollon. Vous vous êtes réincarné provisoirement, si je puis dire, dans une annexe d'une salle souterraine de l'île dédiée à Poséidon, le dieu de la mer et des océans. L'endroit est en principe sacré, un adyton que nous avons dû aménager par manque de place, mais là n'est pas le sujet, monsieur **[#narval@Civipol_conseil]**. Le sujet, c'est votre corps en action, pas les voûtes en berceau appareillées en rouleaux d'un ancien temple atlante requalifié en Fab Lab. L'important, c'est votre soi qui s'éveille... Je vais monter un peu la température. L'équivalent d'un pull léger si vous voulez. Pas trop chaud ? Bien. Maintenant, regardez vos mains. C'est cela. Eh oui. Il fallait bien qu'on en vienne aux mains, si je puis me permettre ce jeu de mots facile, qui a la vertu de nous remettre les pieds sur terre. On est dans la vraie vie, que voulez-vous. Alors oui. Je vais vous répondre. La main gauche est équipée d'un lance-grenades anti-personnel, antichar, fumigène, à paillettes et à feux d'illumination de type Mk 47 Striker, avec une cadence de tir d'environ 740 coups par minute. Le dispositif se complète d'un calculateur balistique, d'un système de vision nocturne et d'un laser de visée. Le magasin d'alimentation est logé sous votre cou. Votre main droite est emmanchée d'une mitrailleuse de type Daewoo K3 de calibre 5,56 mm. Le même engin qui équipait le robot militaire sud-coréen Samsung SGR-A1 dans la zone démilitarisée qui se trouvait à la frontière sud de l'ancienne Corée du Nord. Je passe rapidement sur les bras-laser pliants logés dans vos cuisses ainsi que sur la bombe intelligente de type StormBreaker insérée dans votre poitrine, une arme autonome que l'on peut parfaitement remplacer par un missile à tête hydrogène. Ces dispositifs sont dotés d'un système de transmission d'informations associé à votre casque, lequel dispose d'une vision à cent quatre-vingts degrés. Tel que vous êtes équipé, monsieur **[#narval@Civipol_conseil]** vous seriez capable d'éliminer de jour comme de nuit plusieurs centaines de cibles, et ce, jusqu'à une distance de sept mille cinq cents kilomètres, ce qui équivaut à la trajectoire orthodromique reliant la ville de New York à celle de Moscou. Pardon ? Non, je ne vous dirai pas comment nous sommes parvenus à nous procurer cette merveille. Disons que si nous avons pu le faire, c'est un peu grâce aux faucons et un peu à l'insu des colombes. À présent, jetez un œil sur vos flancs et vos épaules. C'est cela oui. Huit au total. Huit élytres qui font de vous un octocoptère, comme diraient les entomologistes. Le système autorise une grande stabilité en vol et permet d'atteindre une vitesse de croisière de l'ordre de huit cents kilomètres par heure, avec des pointes à neuf cents. Bien. Maintenant, si vous le voulez bien, nous allons passer aux travaux pratiques. Vos commanditaires qui sont des gens prudents nous ont réclamé un test en conditions réelles. Pour des raisons de sécurité, nous allons d'abord vous faire voler en automatique. Ce n'est que lorsque nos réseaux neuronaux se seront suffisamment synchronisés que nous fonctionnerons en double commande. Prêt au décollage ? Attention. Je lance l'OS[29]... Trois... deux... un... C'est parti ! Oulah ! Je redresse un peu... Le processus de matérialisation est encore assez délicat. Que ressentez-vous à présent ? Bravo ! Nos physiciens ont un adjectif pour ça. Ils appellent cela la "spaghettification". Comme un corps qui plongerait dans un trou noir et s'allongerait à l'infini sous l'effet de la gravitation, si vous voulez. Le processus étant virtuel, nous avons la possibilité de le suspendre dans le temps, ce qui vous permet d'être à la fois ici *et* ailleurs. Notez au passage la façon dont les informations de vol vous parviennent. N'est-ce pas ? Sans même le vouloir, vous *savez* que vous volez au-dessus du Dodécanèse à une altitude de 11 500 pieds et à une vitesse de sept cent dix kilomètres par heure. Songez, tandis que nous traversons ces magnifiques nuages, que vos commanditaires pourront créer des essaims de plusieurs centaines de ces machines. Tenez, prenez un instant les commandes... Pardon ? Une sensation qui pourrait être celle de Superman ? Je suppose que vous avez raison. Mais ne nous égarons pas. Il s'agit tout de même d'une mission assez délicate. La cible que vos commanditaires ont choisie est assez éloignée de la côte turque. C'est ça. Vous savez à présent qu'il s'agit de la base aérienne d'Incirlik. Absolument. Base de l'Otan. Elle est située à proximité d'Adana, au sud de la Turquie. Ses coordonnées sont 37°00'12"N 35°25'15"E. La distance est de 823 kilomètres, que nous parcourrons en un peu plus d'une heure. Pardon ? Écoutez, vos commanditaires l'ont choisie pour des raisons

---

29 Abréviation de l'anglais « *Operating system* » ou « système d'exploitation » d'un ordinateur ou d'une application numérique.

qui ne sont pas les nôtres, mais qui nous agréent. Je ne crois pas qu'il soit nécessaire pour vous d'en savoir plus. C'est cela. Dans le strict cadre de votre mission, monsieur **[#narval@Civipol_conseil]**. En grandeur réelle, oui. Non, bien entendu. Une simple action de dissuasion. Ici, il est uniquement question de démontrer sans aucun doute possible que notre munition intelligente est capable d'obtenir un taux de coup au but de cent pour cent tout en réduisant à zéro les dommages collatéraux. Notez en passant que le tir sur coordonnées GPS reste possible, mais nous ne l'utiliserons pas. Votre bombe intelligente dispose d'une ogive à charge creuse et… Pardon ? Oui, je comprends. Les circonstances. L'alcool bu. Le cadre de votre mission, dites-vous ? Je vais reprendre les commandes, si vous le voulez bien. Je comprends parfaitement. Je déclencherai moi-même le dispositif. Ensuite, je vous demanderai simplement de rendre compte du résultat via un protocole spécial que je vous expliquerai en tttwwwzzzzzz ALERTE Ne partez pas monsieur **[#narval@Civipol_cons**0111011100110011101HACKER_ATTACK On me signale que vous parttt011 quittez monsieur **[na ??al@Civipol_conseil]** On me signale une faille de type CVE-2028-497228_ne partez pas monsieur **[#narv**1111001011 Action requise sur vulnérabilité de type Log8j (CVE-2028-497228). On me signale un trans transpondage illégal. Ne partez0110111 **faille particulièrement dangereuse puisqu'elle offre une possibilité d e faire fonctionner du code à dissss**SYSTEM_WARNING11011001111001111001_ _ _ _ _ _

Deuxième partie

TROU NOIR

1. UN LÉGER DÉCALAGE VERS LE FUTUR

L'image réapparaît instantanément.

C'est une vue en surplomb qu'on aurait pu faire filmer par un drone muni d'une caméra embarquée placé en vol stationnaire.

Tout en bas, il y a ce lit à baldaquin où s'entortillent les corps nus d'un homme et d'une femme.

Tout me porte à croire que le corps de l'homme est le mien : son visage est pris dans l'ombre de son bras, mais le tatouage assez hideux qui figure sur son épaule ne fait aucun doute pour moi.

18-05-1999

Le dix-huit mai mille neuf cent quatre-vingt-dix-neuf, je suis caporal en Alsace au 152e régiment d'infanterie de ligne et je deviens père de famille. Ce tatouage, je me le suis fait au coton, au charbon de bois et à la vaseline à Colmar, quartier Walter, une nuit de déprime arrosée à la Kro.

Les tons de la scène sont assez ternes.

L'image vibre bizarrement, grésille plutôt, comme si elle était traversée par un courant à haute tension. Les dominantes sont verdâtres, grises, bleues. Quelques pointes sanguines et jaune pisseux. Il y a aussi ces flashs de lumière, ces crépitements tantôt rouges, tantôt blancs, qui émanent des hautes fenêtres ouvertes sur l'extérieur.

Le drone se cabre, plonge vers le couple, fonce sur le profil de l'homme, bifurque vers son œil droit, pénètre dans sa cornée, traverse l'iris, puis se diffracte dans la lentille du cristallin pour réapparaître, inversé, dans la sphère gélifiée de la rétine, une sphère qui gonfle, gonfle, devient immense, vitreuse et se vascularise à mesure que, pris comme une mouche dans la soie gluante d'une toile d'araignée, je m'y débats, je cherche mon souffle, je happe, m'étrangle, suffoque, manque de m'étouffer, jusqu'à ce que, me dressant sur le lit, j'emplisse mes poumons d'un air épais comme de la poix, et crie :

« Maxima ! »

Elle s'est redressée.

Elle me presse le bras :

« Hé oh. Du calme. »

Elle me tape rudement sur le dos :

« Il faut d'abord cracher…

– Bloooeurrrrkh ! »

Ça me brûle dans la gorge, ça sort en glaires bleuâtres, en filets de sang aussi.

Quand j'ai fini, je regarde autour de moi.

« Que ?… Qui ?…

– Du calme, j'ai dit. »

Je la regarde. Elle est nue. Et bleue.

« Bon Dieu, t'es toute bleue », je dis avec une drôle de voix, profonde, ronflante, presque feulante qui fait comme un écho électrique dans l'air sec, métallique.

« Toi aussi. Regarde… »

Mes mains, mes bras, mon sexe, mes jambes.

Ils ne sont pas seulement énormes, ils luisent de cette même lueur bleutée qui irise la peau de Maxima, et qui me fait hurler d'effroi.

« Caaalme-toi. On appelle ça de l'hypertrophie sarcomère. C'est l'effet de l'orichalque.

– L'ori-quoi ?

– L'orichalque. Notre source d'énergie. Elle a un effet extraordinaire quand on l'ingère. On t'en a gavé et tu es devenu l'homme le plus fort du monde. Et pour certaines choses, ma foi, c'est pas désagréable.

– Co-comment ça ? » Je m'affole.

D'étranges images se bousculent dans ma tête. Une génisse. Une femme renarde. Un sarcophage aux fils mouvants…

« J'étais pas dans ce truc, là, ce drone ?

– Calme-toi, je te dis. Tu y étais, mais tu n'y es plus. On a piraté le système qui te tenait en immersion et on t'a transpondé jusqu'ici.

– Vous avez fait quoi ?

– Chhhhht… Je t'expliquerai… Respire… Prends le temps de te calmer… »

Autour de moi, le monde paraît bizarrement plat ; les choses s'étirent légèrement au milieu de mon champ de vision et s'étrécissent sur les côtés, à l'infini, comme si je voyais le monde à travers une surface convexe. Ce que je vois est un décor de théâtre, ou de cinéma, vaguement orientaliste, assez kitsch, d'une netteté extraordinaire. Des vases, des colonnades, des tapis, des draperies. Le tout violemment contrasté, avec des effets de contre-jour dramatisants. Au fond de la pièce, une espèce de gargouille à cornes de bouc me fait la grimace. Dans mes oreilles bouillonnent des babillages incessants, assourdis, inconnus. On dirait une bande-son qu'on passerait à l'envers. Tout à coup, mes fosses nasales s'emplissent d'une odeur terreuse. J'essaie de me lever et je me trouve déjà debout, sautillant comme un cabri sur le lit.

« Là, là…, me dit Maxima. Fais attention. Chargé comme tu es en orichalque, tu es si puissant que tu fonctionnes avec un léger décalage vers le futur.

– Un décalage vers quoi ? »

Je sens que ma voix pourrait éclater dans un rugissement énorme. Je roule des épaules. Je me sens fort. Très fort. Je me sens invincible :

« Je suis encore dans une espèce de truc immersif, c'est ça ? »

Je saute au bas du lit. Je plonge à terre. J'entame une série de pompes claquées :

« C'est la suite de la démo de tout à l'heure, je parie. Une hallucination dirigée. On me fait essayer quoi, cette fois ? »

Au bout de la trentième pompe, je me lève. Je suis eu-phorique. Je trottine sur place.

« Hop… hop… hop… T'as vu ça ? Dannon est dans le coup, pas vrai ? Et Saint-Martin, cette espèce de…

– Calme-toi !

– Mais je me calme ! »

La colère est montée en moi comme une énorme lame de fond, aussi soudaine que jouissive.

Elle me presse le bras :

« Ce n'est pas encore le moment…»

Elle me dit :

« L'Atlantide.

– Quoi l'Atlantide ?

– C'est une sorte de monde inversé… Comme un gant qu'on retournerait sur lui-même. Tu es ici tout en étant ailleurs. Un peu comme le chat de Schrödinger…

– Comprends rien à ce charabia.

– Ça veut dire que tu es toi, Nicolas. Si tu étais d'ici, tu comprendrais parfaitement ce que je veux te dire.

– Nicolas ? Tu connais mon vrai prénom ?

– Qui n'est pas ton *vrai* prénom. Ton vrai prénom, tu as fait une croix dessus le 6 juin 2006, à ton arrivée à la DGSE, cher Jean-Luc Prieur.

– Quoi ? Mais…

– Rien d'extraordinaire à ça, je te rassure. Ici beaucoup de gens sont capables de percer les codes du MSS comme de la NSA[30]. Les Atlantes sont des as du *crack game*, mon vieux.

– Tu parles comme si on était dans un jeu vidéo.

– Pas totalement faux. Pas vrai non plus. Viens par ici… »

Elle m'attrape la main et elle m'entraîne vers les hautes fenêtres, d'où je découvre une espèce de cité-Lego à l'aspect ridiculement fantastique : des dizaines de bâtiments en forme de cubes, de cônes renversés, de gouttes d'eau, des dômes géants, des ponts suspendus, le tout agrémenté de colonnades, de rampes d'escaliers torsadées, de sculptures greco-kitsch géantes. Tout ça s'égrène sur des kilomètres, sous la voûte opalescente d'une grotte aux proportions

30 Le MSS (Ministry of State Security) ou Guoanbu est l'agence de renseignement et de contre-espionnage de la République populaire de Chine. La NSA (National Security Agency) dirige les activités de cryptologie du gouvernement américain.

gigantesques. S'y agite une foule de gens à l'apparence humaine mais dont la peau offre toutes les nuances du bleu, depuis le violet le plus sombre jusqu'au turquoise le plus vif en passant par l'azur, l'indigo, le bleu nuit, le rose mauve… Certains se véhiculent sur des trottinettes qui flottent dans l'air. Beaucoup sont habillés d'espèces de robes de chambre, façon yukata japonais. Quelques femmes en minijupe. Les jeunes portent des combinaisons qui font saillir leur musculature. Les vieux ont des espèces de costumes stricts à la Mao. Tout ce petit monde paraît se mouvoir dans un léger halo bleuté, le même qui émane de ma peau violacée et de celle, azuréenne, de Maxima.

« Bon Dieu, qu'est-ce que c'est que ce cirque ?

– Nos épistémones[31] ont une expression pour ça, me sourit Maxima. Ils parlent de plate-forme chimico-numérisée englobante. C'est un état immersif, mais on n'est pas dans un jeu, Nico. On est dans le réel *pur et dur*. Le rêve réalisé de Mark Zackenberg, en somme. Un meta-monde qui se serait constitué par couches successives depuis des millénaires. Dans l'Atlantide, les informations du monde réel nous arrivent par paquets. Elles sont ensuite transformées en hologrammes par intrication quantique. Un peu comme les images qui se trouvent à la surface des trous noirs dont la courbure est capable de reproduire une image tridimensionnelle…

– C'est ça. Et moi, je suis le roi d'Angleterre quadridimensionnel.

– Ne t'énerve pas Nico.

– Qui s'énerve ici ? Quelqu'un s'énerve ici ? »

Elle me prend de nouveau la main.

---

31 ἐπιστήμονοι, savants en grec ancien.

« Je suppose, me dit-elle en la serrant fort, qu'il t'est arrivé un jour de te plonger dans un jeu ou un livre ou je ne sais quoi d'autre avec une telle ferveur qu'il te paraissait plus vrai que nature ?

– Ben oui. Comme tout le monde…

– Eh bien ! Ce que tu es en train de vivre, c'est en quelque sorte le pas suivant. Depuis ton transpondage, c'est devenu tellement *vrai*, que c'est devenu *réel*. Une réalité si tangible que tu peux agir sur elle. C'est d'ailleurs pourquoi nous avons besoin de toi ici et de ta force herculéenne… »

Comme je reste interdit, elle m'entraîne vers une colonne tronquée qui supporte une énorme vasque en pierre emplie d'une poussière d'or très fine scintillant de reflets azurins.

« Prends cette vasque d'orichalque et soulève-la.

– Tu plaisantes. Elle doit peser une tonne.

– Elle ne pèsera pas plus d'une plume pour toi. »

Je l'empoigne. Je la repose avec mille précautions, aussi excité qu'inquiet.

« Ainsi, je suis devenu une force de la nature…

– Oui, mais provisoirement. L'effet de l'orichalque a une durée limitée.

– Comme une potion magique…

– Il n'y a rien de magique à ça, Nico. On est dans la réalité. Une réalité fluctuante, certes. Sa géométrie est un peu compliquée. Elle a seize dimensions si tu veux tout savoir. Si compliquée que ton cerveau de Terrien n'est pas entièrement prêt à la reconnaître…

– Comment ça ? Je bouge, je raisonne, je me sens parfaitement lucide.

– D'accord, mais pourrais-tu me dire dans quelle langue tu me parles ? »

Je veux répondre, mais quelque chose m'arrête.

L'anglais, le français, le grec ancien ?

Je suis incapable de le dire.

« Il y a d'autres effets, disons, indésirables, poursuit Maxima. Le premier est lié à un problème d'échange d'électrons et de décalage de spin. Enfile-moi ça et suis-moi… »

Elle me tend une espèce de kurta à la mode atlante, se vêt elle-même d'un péplos blanc à glands d'émeraude, puis m'entraîne vers le fond de la pièce. Dissimulé derrière un dais, un couloir nous amène vers une salle en forme de cube dont les parois, sol et plafond compris, sont en miroir.

« On dirait un morceau d'infini…

– Tu ne crois pas si bien dire », me répond Maxima en tapotant sur l'une des parois ce qui pourrait être un code.

Aussitôt, la tête énorme d'un jeune barbichu surgit en vision subjective devant mes yeux éberlués. Elle remplit l'entier du mur qui est en face de nous. Les autres font apparaître une sorte d'open space avec poufs multicolores et bureaux saturés d'écrans, où officient une tripotée de gamins en toge. J'ai un mouvement de recul quand la bouche monstrueuse s'approche de nous et se tord dans une intense grimace.

« Ça date d'il y a deux jours… Je ne mets pas le son, ça nous casserait les oreilles », me dit Maxima.

Le pauvre gars à travers les yeux duquel on assiste à la scène m'a tout l'air de se faire copieusement engueuler.

Soudain, je sens nettement que le jeune barbichu lui a attrapé le col ou quelque chose comme ça, car l'image se met à s'agiter en tous sens.

« Dis donc. C'est qui ce malotru ? je demande à Maxima en portant instinctivement mes doigts à mon cou.

– John Landorf, 28 ans, diplômé de l'université de Maryland, ancien Big Data chief de chez Metasoft, aujourd'hui chargé de la mise en eau du data center NMEC[56] de l'île d'Heropolis.

– Landorf ? Tu veux dire le Landorf que je dois rencontrer dans les prochains jours ? Et il gueule sur qui, cet abruti ?

– Sur toi.

– Comment ça sur moi ?

– Plus exactement sur ton double terrestre, ajoute Maxima en tapotant sur la paroi de verre, l'image s'éteignant sur-le-champ. C'est un des effets indésirables dont je parlais. Le décalage temporel. Tu es à la fois ici et là-bas, mais tu es ici depuis la nuit dernière, alors que ça fait déjà un bon mois que ton double est sur l'île.

– Mon double ? Quel double ?

– Le vrai Narval, Nico. Toi, tu es son clone. Son avatar si tu veux. D'où l'impératif d'agir au plus vite. La course contre la montre a commencé. D'autant qu'il existe un autre effet indésirable, plus problématique encore... »

Prenant ma main, elle me dit :

« Plus tu es chargé ici d'orichalque, moins ton avatar est doté en énergie. Et comme on a mis le paquet sur toi, il est devenu, disons, partiellement inapte...

– Comment ça partiellement inapte ?

– Totalement inapte, en fait. C'est tout le problème du transpondeur quantique... Vidé d'une bonne partie de son énergie vitale ton double terrestre est devenu aboulique. Physiquement et intellectuellement. D'où le remontage de bretelles de Landorf qui s'est soldé il y a deux jours par un renvoi pur et simple...

– Un renv- Ah mais c'est pas bien ça ! j'explose, ma voix de stentor survitaminé faisant trembler les parois de la pièce.

– Personne n'y échappe, Nico. Pas même les meilleurs…

– Je suis en train de foirer ma mission sur l'île ? C'est ça que tu me dis ? À l'heure qu'il est Montereau doit être aux anges !

– À l'heure qu'il est, il en a pris son parti. La situation est sous contrôle, Nico. Après ton transpondage, ton double terrestre est sorti du sarcophage visiblement diminué. Ton fixeur a fait son rapport et il en a imputé la faute à Dannon et consorts. Ton chef de mission a transmis l'info à ses chefs. À Paris, Saint-Martin et les responsables de Civipol Conseil sont dans leurs petits souliers. Malgré ton renvoi par Landorf, Jassim a reçu l'ordre de te traiter aux petits oignons en attendant que les choses se tassent. Et pendant ce temps, tes agents Lang et Wazed poursuivent le travail de documentation. J'y veille d'ailleurs personnellement…

– Comment ça *personnellement* ?

– Ça fait un mois que la Maxima d'Heropolis a pris tes agents sous son aile. Il y a six années terrestres, mon père a manœuvré pour que Zackenberg l'adopte avec mon frère en gage d'amitié. Comme je ne suis pas dopée à l'orichalque, elle n'a rien perdu de son énergie, elle. Une vraie sœur jumelle ! C'est elle qui nous permet d'espionner tout ce petit monde : Z, la clique des milliardaires, sans oublier ce dadais d'Alcibiade que Dannon a persuadé qu'il pouvait conquérir la gloire terrestre. Crois-moi, ma moitié îlienne n'a pas chômé. Elle n'a d'ailleurs pas mis longtemps à convaincre ces nobles esprits que sont Marc Lang et Shamim Wazed d'organiser la révolte sur Heropolis. Toi, tu as une autre mission ici. Du moins si tu acceptes de rester…

– Rester ? Moi ? Et pour quoi faire, d'abord ?

– Comment ? Tu ne te souviens pas de ce dont on a parlé avant de faire l'amour ?

– Avant de faire… »

Dans un coin de ma tête surgissent les images insensées d'une espèce de bacchanale obscure, avec couronnes de fleurs et de pampres, cris de douleur et de joie scandés par des coups de fouet et deux corps nus dressés l'un contre l'autre, tendus et tumescents, infernaux et serpentiformes, s'enlaçant, s'embrassant, se battant, et peut-être même s'entre-dévorant.

« Q-qu'est ce qui s'est passé exactement après mon transpondage ? je bafouille.

– Réponds-moi d'abord. Tu pars ou tu restes ?

– Mais pourquoi m'avoir choisi moi ? Pourquoi *justement* moi ? Je me mets à râler comme un gosse.

– Eh bien ! Je vois qu'il faut à nouveau que je te délivre des réponses… »

Elle se tait quelques secondes, puis elle me dit :

« Il n'y a pas qu'une seule raison à cela, Nicolas. Il y a un faisceau de raisons, et elles sont toutes excellentes. La première est que tu es un agent de la DGSE, donc un allié objectif. Nous aussi, nous avons nos informateurs, vois-tu. Nous savons quel est l'objet de ta mission et surtout, nous savons qui tu es…

– Ah oui ? Et en quoi un quinqua pas trop mal conservé pourrait-il vous intéresser ? Si tu as tes informateurs, comme tu dis, tu devrais savoir que mes agents Wazed et Lang feraient mieux l'affaire que moi.

– Justement non. Et pas seulement parce que nous leur avons assigné leurs propres missions sur l'île. Ici, tu nous seras infiniment plus utile qu'eux.

– Plus utiles qu'eux ? Allons donc ! Ça me paraît complètement invraisemblable…

– "ESPT", ça te dit quelque chose ?

– Q-quoi ?

– "État de stress post-traumatique chronique". Tu as un passé, Nico. Désolée, mais ma team de hackers a eu accès à ton dossier. Un passé compliqué. Vingt-cinq ans que tu es suivi pour ça. Irak, Kosovo, Afrique… Tu as vu des choses. Tu les as senties. Tu as souffert dans ta chair. C'est de cela dont on a besoin ici…

– Quel rapport avec…

– Tu le verras au moment voulu. Sache déjà que nous aurons besoin de cette force qui est la plaie vive de ton existence sur Terre. Elle t'aidera si nécessaire à passer l'épreuve de vérité. Et puis, il y a Kerberos…

– Kerbé-quoi ?

– Allons, fais-moi confiance. Si nous t'avons choisi, ce n'est pas par hasard.

– Comprends rien à ces manigances, mais admettons. N'empêche que physiquement, Shamim ou même Marc…

– Tu oublies l'orichalque, Nico. Il transforme n'importe qui en superhéros.

– Les autres aussi, alors. Tous les autres, je veux dire. Et parmi eux, tous ceux qui se vendent au plus offrant à Heropolis. Pourquoi ne les avoir pas ciblés, ceux-là ? L'un d'entre eux ne pouvait-il pas faire l'affaire ? »

Maxima pousse un long soupir à l'odeur de rose légèrement oxydée qui fait vibrer l'air autour de moi.

« Il faut que je t'avoue quelque chose, Nico.

– Vas-y.

– L'un d'entre eux a fait effectivement l'affaire.

– À la bonne heure.

– … Et Zeus sait si mon double en a passé des nuits dans son lit nuptial, à chercher la perle rare parmi ceux et celles qui débarquaient sur l'île !…

– Ravi de l'apprendre. C'était qui cette perle rare ?

– Un Terrien parmi d'autres… Un doué. Il s'appelait Qadir. Courageux, volontaire, Qadir. Il avait mis sept ans d'un périlleux voyage avant de rallier Heropolis depuis Jalalabad. Jassim l'avait acheté au détail et l'avait rebaptisé Odysseús. Malgré les problèmes techniques, on avait pu le transponder sans trop de difficulté jusqu'ici. On avait peut-être un peu trop forcé sur l'orichalque…

– Qu'est-ce qui s'est passé exactement ?

– Après le transpondage, son double terrestre s'est trouvé très affaibli. Trop, apparemment, pour faire un esclave convenable. Jassim a bien essayé de le cacher, mais sur l'île tout finit par se savoir. Des bruits ont couru qu'il hébergeait un parasite pour son seul plaisir. Odysseús a fini par être repéré par les jeunes fanatiques de la cryptie. On l'a retrouvé un matin au pied de la porte du Pirée, le crâne défoncé, le…

– L'horreur, quoi.

– C'était juste avant que tu ne débarques, Nico. Toi, on peut dire que tu es tombé à pic. J'avoue que c'était pas forcément esbroufant, mais il a fallu parer au plus pressé. Sache que tu es désormais notre seul espoir…

– Ah ouais. Et pourquoi pas un Atlante ? Pourquoi pas des dizaines d'Atlantes pendant qu'on y est ?

– Parce qu'ici, ils ont un corps, Nico. Toi, tu es un hologramme, un horizon d'événements, un pur potentiel d'action. Exactement comme mon double et celui d'Alcibiade sur Terre. Ici, tu ne subiras dans ta chair aucune des épreuves qui seront les tiennes.

– Donc si je comprends bien, tu m'as choisi parce que je suis un vieux traumatisé doublé d'un remplaçant virtuel de dernière minute. C'est ça ? Un vulgaire pis-aller en somme.

– C'est ça », elle me répond avec aplomb.

Ses yeux de renarde plongent dans les miens :

« ... Et parce que tel est mon bon plaisir. »

Elle pose sa main sur mon bras.

« Alors ? Tu pars ou tu restes ? »

Je regarde mes bras violacés aux veines gonflées, qu'étranglent les manches trop étroites de ma kurta.

Un jouet. Une sorte de jouet.

Un gros jouet, invincible, mais un jouet quand même, non ?

« Je... je reste. »

J'ai lâché ça dans un moment de surexcitation, hasardant ma main vers les rotondités qui percent sous son péplos.

« À la bonne heure, me dit-elle en me repoussant doucement. Maintenant, suis-moi... »

2. UN MONDE ÉTRANGE

On sort de chez elle et on emprunte une espèce d'ascenseur qui donne sur le palier. Assez luxueux l'ascenseur, du moins s'il s'agit réellement d'un ascenseur, avec miroirs, lambris laqués céladon et une manière de sirtaki électro en bruit de fond.

« Il est à pompe hydraulique… », croit bon de me préciser Maxima.

Mais j'écoute à peine, occupé que je suis à me lorgner sous toutes les coutures dans les miroirs. Bon Dieu, je suis devenu un monstre, une espèce d'Hulk version cyanosée, et curieusement, ça n'est pas pour me déplaire. Les portes s'ouvrent et l'on débouche sur une plate-forme aux allures de parking de supermarché qu'un bétonneur résipiscent aurait fait édifier en pierre de taille. Personne en vue. On monte un escalier assez raide et je prends tout à coup conscience que quelque chose ne tourne pas rond, au propre comme au figuré : l'escalier qu'on est censé gravir paraît bizarrement inversé, comme si, au lieu de monter, il descendait, ses balustres se dressant à l'horizontale et ses marches et contremarches se présentant à l'envers. Quoique nous n'éprouvons aucune difficulté à passer d'une marche à l'autre, j'ai l'impression que nous nous mouvons la tête en bas, à moins qu'à reculons, ou plutôt comme si nous étions dans un miroir inversé, tout en faisant en quelque sorte du « sur place », un peu comme le ferait un mime, nonobstant le décor, qui paraît défiler sans problème autour de nous en fuyant vers de multiples points de perspective.

L'impression s'accentue quand nous parvenons à une espèce de galerie marchande dont le plafond se trouve parfois au sol et le sol parfois au plafond. Malgré la présence de bâtons d'encens qui brûlent aux seize coins des échoppes, une forte odeur de marée qui m'emplit soudain les narines a la vertu de me remettre les pieds sur terre. Autour de nous, je vois que les enfants, les femmes et les hommes se meuvent quelquefois la tête en l'air, quelquefois la tête en bas, quand ça n'est pas à reculons, de face, de dos, en contre-plongée, ou comme face à un miroir, les rues se présentant souvent à l'envers ou de côté, nous obligeant à emprunter des chemins qui n'auraient normalement mené nulle part ou qui auraient abouti à leur point de départ, comme si l'on avait suivi un cercle immense, ou qui n'auraient jamais atteint leur but comme sur un ruban de Möbius, avec toujours cette impression qu'aux extrémités de mon champ de vision le monde se courbe et plonge vers l'infini.

« Ton esprit de Terrien s'y fera vite, me répond Maxima comme je lui fais part de mon trouble. Quant à ton corps, il n'a pas à s'habituer à notre monde, puisqu'il en fait partie. »

Tous saluent Maxima d'un hochement de tête déférent et même si certains Atlantes me jettent au passage un regard empreint de curiosité, car je fais au bas mot une bonne tête de plus que les plus costauds d'entre eux, personne n'ose l'interroger sur ma présence à ses côtés.

« … C'est normal ça ? j'interroge Maxima.

– Les Atlantes sont des gens pacifiques et discrets qui ne se mêlent pas de la vie des autres, elle me rétorque. Tu ne présentes de toute façon aucun danger pour eux puisque tu te balades à mes côtés. Et puis, tout le monde est au courant de ta présence ici…

– Ah bon ? Et qui les a mis au courant ?

– Moi. Cette fois-ci, j'ai décidé de suivre scrupuleusement la procédure et j'ai transmis l'info de ton arrivée à l'aréopage et à la Boulè. Toute présence étrangère, même sous la forme d'un transpondage simple comme ça a été ton cas, doit faire en principe l'objet d'une information auprès du conseil des anciens et de l'assemblée des citoyens. Même mon père est au courant de ta présence ici, c'est dire…

– C'est qui ton père, au fait ? S'il a réussi à faire adopter ton double terrestre par Z, il doit être puissant, non ?

– C'est le Basileus. Le roi de l'Atlantide, si tu veux.

– Tu es la fille du roi…

– Oui mon cher. Je suis même son "rayon de soleil" si tu veux tout savoir. Tu n'as pas idée de ce que ça veut dire, ici, "rayon de soleil". Mon frère Alcibiade, lui, c'est plutôt son œil dans la tombe, à mon père. Celui qui regarde Caïn au fond de son âme. Il cède aveuglément à tous ses caprices. Le truc œdipien classique. Il y a trois de nos mois, il l'a fait nommer polémarque. Mon incapable de frère devenu chef de la milice atlante, tu te rends compte ? À compter de cette date, cet imbécile a tout fait pour empêcher notre nation de partir et tout pour que son double reste sur Terre.

– Et c'est Dannon qui le téléguide.

– C'est Steve Dannon, en effet. Il lui a instillé le poison d'Achlys dans la tête. Depuis que ce démon sait que tu es ici, il s'emploie à te neutraliser…

– Comment ça ? Dannon est ici aussi ?

– Ça fait même trop longtemps qu'il squatte l'Atlantide, fulmine Maxima. Il a trouvé le moyen de se dédoubler sans l'aide de l'orichalque.

– Comment a-t-il fait ?

– Pfff… Parricide, inceste, cannibalisme… Il a usé de sorcellerie…

– Q-quoi ? Et comment ce saligaud compte-t-il me neutraliser ?

– Eh bien ! Il fera tout pour que tu passes l'épreuve, Nicolas. Et il y a fort à parier qu'il y parviendra…

– L'épreuve ? Quelle épreuve ? »

Mais Maxima ne répond pas. Nous marchons de toute façon trop vite pour soutenir plus longtemps cette conversation – à moins que ce soit le monde qui défile trop rapidement autour de nous. Mon corps a beau faire partie de cet espace à la géométrie fluctuante, je dois me concentrer un minimum pour m'y mouvoir de façon fluide. J'ai du reste assez de mal à voir exactement ce qu'on vend dans les échoppes que nous longeons – ou qui s'écoulent un peu partout autour de moi. Des produits de la mer, semble-t-il : poissons, oursins, calamars, algues bleues ; des tissus et des tapis ; une foule d'objets usuels : pots, vases, bijoux, outils, ainsi qu'une série de matériels sophistiqués dont je ne parviens pas à deviner la destination : boîtes, manettes, écrans, casques, bornes de toutes formes et tailles fabriqués dans une espèce de matériau gris-bleu constellé de fils et de loupiotes. Mais je ne puis en dire plus, car l'espace s'ouvre à l'instant sur une grotte nouvelle, d'où partent une dizaine de galeries semblables à celle que nous avons empruntée, l'ensemble semblant s'enrouler sur soi-même à l'infini. Au fond de la grotte s'élève un mur immense et lisse qui semble lui aussi défiler sans paraître véritablement bouger.

« Le bouleutérion, m'indique Maxima. L'assemblée du conseil… »

Hâtant le pas, la jeune Atlante m'explique que l'on pourrait croire que ce mur immense n'est que le tablier d'un barrage hydroélectrique (« ce qu'il est assurément », précise-t-elle) si sa façade ne s'ouvrait à sa base sur un porche de taille modeste surmonté d'une frise faite de petits écussons colorés :

« Les armoiries de nos dèmes », m'informe-t-elle.

À l'entrée du porche, des gardes casqués écartent leurs lances-hallebardes aux allures de bâtons de sucre d'orge géant pour nous laisser passer.

« L'endroit est ouvert à tous, m'explique Maxima.

– Qu'allons-nous y faire ?

– Rien, sinon que tu vas te rendre compte par toi-même du chaos qui règne dans la Boulè… »

L'intérieur de l'édifice est pareil à ces hautes salles des antiques sénats romains, avec piédestaux agrémentés de bustes et jeux d'estrades accolées aux murs, à cette différence qu'il donne l'impression que l'on pénètre, non pas sous un dôme, mais à l'intérieur d'une sphère qui serait dépourvue de sol et dont les parois seraient des miroirs, ce qui est impossible, puisqu'alors, comment les estrades seraient-elles accolées aux murs ?

« … L'architecte a utilisé toutes les ressources de la géométrie d'Atlantis pour réaliser ce chef-d'œuvre », m'indique à ce propos Maxima.

Des dizaines d'Atlantes, hommes et femmes de tous âges à l'exception des enfants, la plupart en toge, s'entretiennent par groupes dans les travées sans que l'on sache exactement s'ils parlent entre eux, s'ils se parlent à eux-mêmes ou s'ils tentent de parler à l'assemblée entière. Parfois, on entend un bruit mat, comme une porte que l'on claquerait, et soudain, tout le monde fait silence autour d'une voix plus claire qui s'élève dans l'espace, articulant un problème, présentant un dossier ou plaidant une affaire, mais avant même que l'on sache exactement qui a émis cette voix et de quoi il s'agit réellement, le brouhaha se fait de nouveau entendre, la voix s'y noyant, d'autres voix venant bientôt la couvrir, puis se couvrant mutuellement, les appels, les protestations, les effets de manche se multipliant dans les travées, suivis d'échos et de clameurs, de cris stridents, de hurlements perçant les tympans, si bien que n'y tenant plus, mes paumes collées à mes oreilles, je fais signe à Maxima qu'il est temps de sortir, d'autant que je viens de voir dans la foule caquetante son frère Alcibiade en compagnie d'une espèce de prêtre à barbe longue, bâton noueux et mine contrite. Mais soudain, un choc mat se fait entendre, sans doute est-ce ledit bâton qui vient de frapper le sol et je vois le prêtre qui me montre du doigt, j'entends sa voix claire qui s'élève au milieu des autres voix, qui tente de les faire taire, qui n'y parvient qu'à moitié…

« C'est ce maudit Lacoon, me dit Maxima en m'entraînant vers un point de l'horizon qui m'a tout l'air d'être la sortie. Il tente de convaincre l'assemblée que tu es un terroriste.

– Un terroriste ? Non mais ! Il a le droit ? Je me scandalise.

– Bien sûr qu'il a le droit. Article 25-1-706 du code Κριτίας ἢ Ἀτλαντικός[32]. Il veut que tu passes l'épreuve de vérité.

---

32 Code de *Critias* ou *Sur l'Atlantide* (en grec ancien *Kritias ē Atlantikos*).

Suis-moi…, me souffle-t-elle cependant que le point s'élargit devant nous, que nous sommes déjà dehors, que les gardes postés devant le porche sont loin derrière nous, que nous avons emprunté une galerie marchande, puis une autre galerie marchande, puis bifurqué sur une rue étroite, puis sur une autre rue plus étroite encore, puis sur une rue encore plus étroite, puis sur une rue de la taille d'un trou de souris, puis sur une rue à peine plus large qu'un chas, puis, de fil en aiguille, sur des rues de plus en plus minuscules sans que nous ayons été le moins du monde incommodés par l'énormité de nos tailles respectives qui m'ont paru rester pendant tout ce temps les mêmes.

3. UNE TEAM DE WINNERS

Enfin, Maxima fait halte devant une porte en bois rongée d'humidité.

Elle saisit un heurtoir à gueule de Poséidon rouillé.

Elle frappe deux coups, puis trois, puis deux.

Claquement de pêne, grincement de verrou.

« Venez… », chuchote une voix.

Un couloir sombre nous mène à une pièce aveugle et chichement éclairée, plus débarras ou armoire géante qu'autre chose. Un grand miroir incongru s'accote contre un des murs ; les autres sont chargés d'outils étranges. Traînent au sol des matériels pareillement bizarres, truffés de tuyaux, d'ampoules et d'interrupteurs, dont une caisse de belle taille remplie de durites, tubes et fils lumineux qui me fait penser à cette espèce de cercueil high-tech par lequel j'ai été transpondé depuis la plage d'Heropolis jusqu'en Atlantide. De longues tables, enfin, derrière lesquelles je vois s'agiter des silhouettes indistinctes, qu'encombre un bric-à-brac d'écrans, moniteurs, boîtiers et claviers de toutes sortes, sans parler des mugs Pac-Man, lampes Minecraft, sous-verres Mandalorian et autres gadgets *geeks* que je n'aurais jamais imaginé voir en ce lieu.

« Bon. Je vous l'ai ramené, annonce Maxima.

– Yoh ! »

Le premier qui a daigné se lever de derrière ce capharnaüm est un rondouillard souriant à coiffure afro et peau bleu nuit. Il est suivi d'une jeune fille au corps longiligne et aux cheveux raides, couleur aigue-marine, et d'un grand sifflet bleu canard, à mèche pendante et lunettes bizarres composées d'éclats de verre multicolores qui gravitent devant ses mirettes. Ces deux-là me considèrent d'un air soupçonneux.

« C'est quoi ton blase ? me demande tout à trac le rondouillard à coupe afro.

– Mon blase ? Heu… Nicolas. Ou Narval. Pas Jean-Luc en tout cas. Je déteste ce prénom.

– C'est rhéné, considère le rondouillard. Faut qu'on t'en trouve un qui tienne la route. Moi je dirais Musclor le cador.

– Pourquoi pas Narvalo le charo ? propose le méchu à lunettes gravitantes.

– Nicolas le niqué ? », rebondit la filiforme aux cheveux raides.

Là-dessus, le trio se met à rire comme bossu.

Bon Dieu, si je m'attendais à ça.

« Ah ouais ? Et vous c'est quoi, les vôtres ? Bouffi le clown, Mèche sur l'œil et Tête à claques ? je réplique du tac au tac.

– Là là, intervient Maxima. C'est que des gosses, Narval. J'aurais dû te prévenir. Ils ont à peine trois de nos années au compteur. Les gosses, c'est parfois d'un ballot…

– Carrément con tu veux dire. Sur ce point, je vois que les Atlantes n'ont rien à envier aux humains.

– Hé ho, pas si cons que as' cousin, réplique le rondouillard. On t'a quand même transpondé sans dégrader un seul de tes protos. Et ça, même les tarbos du CSA savent pas le raif'.

– Les tarbos ? Qu'est-ce que…

– Les chercheurs du Centre scientifique atlante, traduit Maxima. Beaucoup moins forts que ma team de winners. Parce qu'ils ont l'air ballots comme ça, mes minots, mais ils en ont dans la tête. Bon, on va dire Nico, ça te va ? – Appelez-le Nico, ça sera bien comme ça », elle répète.

Là-dessus, le rondouillard me lance :

« Moi, j'préfère Musclor mais c'est toi qui oiv'. Sinon, moi c'est Icare, mais tu peux m'appeler Raki.

– Ah. Bien. Alors, bonjour Raki, ravi de faire ta –

– Moi c'est Neupho, me coupe la fille aux cheveux raides.

– Moi c'est Psi, enchaîne le méchu à lunettes-satellites.

– Oké… Maintenant que vous avez fait les présentations, il est temps de passer aux choses sérieuses, enchaîne Maxima.

– Avant ça, j'aimerais quand même qu'on m'explique ce qui m'est arrivé exactement, je lance à la cantonade. C'est quoi, cette histoire de transpondage ?

– Laisse béton, tu capterais rien comme la plupart des humains venus ici, me répond la fille prénommée Neupho.

– Ouah ! la raciste, s'indigne pour rire Raki.

– Moi, j'dirais que c'est comme entrer dans un trou noir réversible, élabore Psi en relevant ses lunettes sur son front.

– Yesss. Une sorte d'anus cosmique si tu veux mieux, sourit Raki.

– Moi, j'dirais plutôt une hallucination négative, fronce des sourcils Neupho.

– C'est ça, foutez-vous de moi ! je m'indigne.

– Par Zeus, ne t'énerve pas », m'implore Maxima.

Il y a ce moment où je me sens partir dans les vapes.

« Merde, il est en train de psychoter... », s'alarme Raki.

Et puis non, je m'accroche vaillamment à l'une des tables, je prends une profonde inspiration, je bloque, j'expire lentement. Après quoi, je dis :

« D'accord. Une hallu cosmique. Un trou noir réversible. Admettons. Il y a surtout cette chose qui me turlupine...

– Laquelle ?

– L'épreuve. Maxima me parlait de passer une épreuve.

– L'épreuve de vérité ? Tu y auras certainement droit, me confirme Maxima.

– Sérieusement ? Qu'est-ce qui va m'arriver ?

– À toi ? Pas grand-chose, hausse les épaules Raki.

– Physiquement, ils ne peuvent rien contre toi, t'avais pas compris ? s'étonne Psi.

– Franchement, ça ne m'étonne pas, m'embrouille Neupho.

– Écoute-moi, Nicolas... », intervient Maxima.

Elle pose sa main sur mon bras et un calme artificiel m'envahit de nouveau.

« Ils vont juste essayer de jouer sur ton imaginaire, prononce-t-elle doucement. Ils vont fouiller dans ton petit crâne de Terrien pour trouver les bonnes façons de t'affaiblir, voilà tout.

– Ils vont tout faire pour savoir ce qui t'amène ici, mais comme de toute façon tu ne sais rien, ajoute Psi.

– Ou pas grand-chose, corrige Raki.

– Et comme ce que tu sais, tu ne le comprends de toute façon pas, m'embrouille Neupho.

– Mais bon Dieu, pourquoi ? je me mets à gémir.

– Article 25-1-706 du code Κριτίας ἢ Ἀτλαντικός, t'as pas entendu tout à l'heure ? me dit Maxima.

– Ils vont invoquer à tous les coups les questions de sécurité, grimace Psi.

– Ne nous dis pas que ça se passe pas aussi comme ça sur Terre, ironise Neupho.

– Et je suis censé la passer quand, cette épreuve ?

– Si la Boulè a approuvé sa mise en œuvre, dès qu'ils nous auront retrouvés… », me répond Maxima.

Elle se tourne vers une de ces cruches quantiques qui semblent meubler chacune des pièces :

« … Autrement dit, dans une demi-heure tout au plus.

– C'est pas vrai ! je me mets à gémir. Et combien de temps ça va durer cette histoire ?

– Là on peut pas dire, répond Maxima.

– C'est à la fois très court et très long, précise Raki.

– Ça revient sans cesse à la case départ, m'embrouille Neupho.

– Faut juste résister en lâchant prise de temps à autre, poursuit Psi.

– Ce qui te permettra de ne pas épuiser tes batteries, dit Raki.

– On t'a chargé au max mais ton énergie n'est pas infinie, approuve Psi.

– C'est vrai que dix millions de watts humains ça file vite quand on est dans la larnax, m'embrouille Neupho.

– La larnax ? C'est quoi ça, la larnax ? je me lamente.

– Oh. Frère. T'inquiète on te dit, me répond Raki.

– Le principal, c'est que tu saches que tout se passera là-dedans, me dit Maxima en tapotant sa tempe.

– … Et que tout ce qui s'y passera n'en sortira pas, complète Psi.

– Après tout, c'est qu'une histoire de relations synaptiques perturbées par un flux quantique contradictoire, m'embrouille une fois de plus Neupho.

– Mort, pas mort, mort, pas mort... L'histoire du chat de Schrödinger, t'as saisi ? tente de me rassurer Raki.

– Faudra juste bloquer-débloquer les passages, croit bon d'ajouter quelqu'un.

– Fermer la porte qui mène au thalamus, enchaîne un autre.

– L'entrouvrir parfois, mais la refermer ensuite, précise une troisième.

– Jouer avec elle sans trop perdre d'énergie, approuve un quatrième.

– Résister en laissant des passages qui feront diversion, reprend le premier.

– Surtout pas penser à Kerberos, poursuit le deuxième.

– De toute façon, tu ne sais pas qui c'est, alors..., affirme la troisième.

– C'est ici que ton passé va te servir et c'est précisément pour ça qu'on t'a fait venir ici, intervient Maxima.

– Stop ! », je gueule.

Suivent une poignée de secondes au cours desquelles ils me regardent tous avec des yeux de merlan frit.

« Et si je refuse, qu'est-ce qu'il se passe ? »

Maxima se penche sur une table, elle appuie sur la touche d'un clavier et l'image sautillante de ce qui paraît être un entrepôt immense s'anime sur un des écrans. S'y alignent à perte de vue des dizaines de fusées en forme de goutte d'eau. Elles sont peintes d'un joli turquoise et sont couvertes de marquages cryptiques. À leur pied s'affairent des types en combinaison blanche. Certains sont équipés de matériels qui émettent des éclairs éblouissants, d'autres manœuvrent des machines oblongues abouchées à de gros tuyaux qui me font penser à de vieux aspirateurs Electrolux des années 1950.

« Si tu refuses, il y a fort à parier que nous ne pourrons pas prendre notre envol pour K2-18b, me dit Maxima. Tu te souviens ? La planète géante dont nos epistémones pensent qu'elle est habitable…

– Ah oui ? Comment en sont-ils si sûrs, tes épistrucs ?

– Rien de sorcier à ça. Ils n'ont eu qu'à croiser les données des télescopes terriens les plus récents avec celles fournies par nos engins qui prospectent l'espace-temps. Je t'épargne les détails, mais ils sont arrivés à la conclusion qu'il y a neuf virgule quatre-vingt-dix-neuf chances sur dix pour que cette planète ressemble à la Terre d'il y a trois cent cinquante millions d'années, une période que vous appelez « carbonifère » et qui se caractérisait par le gigantisme de certains insectes et amphibiens dû à un fort taux d'oxygénation de l'air.

– Et comment allez-vous réussir à survivre à un périple qui devrait prendre des siècles à la vitesse d'une fusée ordinaire ?

– Ça prendra des millénaires, tu veux dire. À cent cinquante kilomètres par seconde, nous mettrons environ deux cent cinquante mille ans pour atteindre K2-18b, qui est du reste la première étape d'un périple beaucoup plus long. Mais là-dessus, je ne peux t'en dire plus. Secret d'Atlante. Désolée, mais nous avons tous prêté serment… »

Ayant dit cela, Maxima se touche les lèvres de l'index de sa main droite, bientôt suivie par ses trois collaborateurs.

« Tout ça me paraît passablement tordu, je m'obstine. Quel intérêt y aurait-il à passer un temps infini cloîtrés dans un cercueil spatial quand la vie au grand air est encore possible pendant des milliers d'années sur notre bonne vieille Terre ?

– N'oublie pas que nous ne vivons pas *sur* mais *sous* terre, me répond Maxima. Mais là n'est pas le problème. Le problème, c'est que, compte tenu des déprédations engendrées par l'Homme, nos scientifiques lui ont donné une durée d'habitabilité tolérable bien plus courte que celle que tu crois. Un siècle, tout au plus, si l'humanité n'arrête pas ses ravages ; mille ans si elle se décide à faire sa révolution, une éventualité tellement improbable que nos savants la considèrent comme illusoire. Quant à nos devins, ils évaluent à deux petits siècles l'échéance cataclysmique qui sera fatale à l'Homme et par contrecoup au monde parallèle des Atlantes, s'il est encore terrestre à cette date.

– Deux siècles ? Bah ! C'est déjà pas si mal…

– Tu veux rire, j'espère. Mais qu'importe. La vérité, c'est que ça fait bientôt cent dix de vos années qu'on travaille d'arrache-pied[33] pour trouver une solution afin que que cinquante mille Atlantes parviennent à échapper au sort funeste qui attend dans quelques décennies les huit milliards d'êtres humains. Nous étions à deux doigts d'aboutir quand les bouleutes ont accepté, il y a six de vos années, que des Terriens triés sur le volet assistent à nos préparatifs de départ et profitent de certaines de nos découvertes pour prolonger un tant soit peu l'existence terrestre de leurs castes de privilégiés.

– Sans blague ? C'était quoi le deal ? Ne me dis pas que vous avez fait ça par pur altruisme…

---

33 Il faut donc remonter peu ou prou à la date de création, en 1917, du télescope terrien Hooker (Mont Wilson, Californie), le plus puissant du monde jusqu'en 1948. Outre la découverte, dès les années 1920, de supernovae et de nébuleuses planétaires, il permit à l'astronome Edwin Hubble de mener des travaux confirmant la thèse de l'expansion de l'univers.

– Non, bien sûr. Nous l'avons fait pour des raisons purement pratiques, ce qui ne les rend pas pour autant honorables, je te l'accorde. En contrepartie de notre aide, les Chevaliers de Saint-Jean nous ont livré du coltan, du tungstène et du platine qu'ils ont extraits des mines du Katanga, en République démocratique du Congo. Transpondés, ces matériaux nous ont permis de finaliser la fabrication de nos moteurs-fusées.

– Et pendant ce temps, tes Terriens triés sur le volet, comme tu dis, s'amusaient à foutre le ouaille à Atlantis. Voilà ce qui arrive quand on pactise avec le diable !

– Tu as raison… Ça a commencé par ce Zackenberg qui a eu le toupet d'essayer de nous vendre son projet ! À nous, les Atlantes ! s'exclame Maxima.

– Le Nephos, c'est ça ?

– Une horreur. Ce fol croit sauver la Terre avec des moteurs d'algorithmes et une intelligence artificielle censée tout maîtriser de A à Z : les flux d'argent comme les morts par cancer, la pluie comme le beau temps, le travail comme les loisirs, le sexe comme la religion, jusqu'au nombre d'heures minimal que les accros à son métaverse devront passer d'ici quelques années à l'air libre.

– Putain de prison virtuelle…, grimace Psi.

– Il a été assez malin pour débarquer l'an dernier avec l'aréopage que tu as vu lors du banquet organisé à ton arrivée sur l'île, poursuit Maxima. Depuis, ça fait six années terrestres que son double atlante tente de convaincre la Boulè d'abandonner le programme K2-18b et d'adopter son Nephos.

– … Qui n'a en réalité qu'un but : asservir le plus grand nombre pour assurer le bien-être d'une minorité, s'indigne Psi.

– Un truc de ouf'…, acquiesce Raki.

– N'empêche qu'il a réussi à mettre le doute dans certains esprits au point de pousser les bouleutes à différer sans cesse notre départ pour K2-18b, déplore Maxima.

– Et puis, il y a aussi l'autre, là, maugrée Neupho, celui qui veut absolument nous accompagner sur K2-18b avec son fan-club de cinglés...

– Melon Dusk, je parie.

– C'est ça, Nico. Il a tellement insisté pour partir que le Basileus a fini par accepter de les faire passer par le... »

Maxima hésite.

« Par le quoi ? je la relance.

– Le trou. T'as qu'à dire le trou, suggère Raki.

– C'est ça, par le trou..., me dit Maxima.

– Sauf que ce qu'il ne sait pas, c'est que sans traitement spécial, il va se transformer en spaghetti, ce boloss, pouffe Raki.

– Pas de quoi en faire un plat de pâtes ! s'esclaffe Neupho.

– Mais il y a pire..., poursuit Maxima.

– Dannon.

– Parfaitement, Nico. Dannon l'ordurier. Dannon l'apôtre du chaos sur Terre. Dannon l'autrement plus coriace que les deux autres énergumènes. Il y a un an, son double s'est présenté insinueusement en nouveau Socrate à Alcibiade. Il a fini par trouver son oreille en le convainquant d'envahir la Sicile. La Sicile ! Tu te rends compte, Nico ?

– Bien sûr que je m'en rends compte, je réponds en contractant nerveusement mes énormes biceps. Et je me demande bien comment ma ridicule personne va pouvoir vous aider à contrecarrer d'aussi noirs desseins.

– Tu as la réponse sous les yeux, gros malin ! se met à rigoler Raki.

– T'es devenu une bête de molosse, t'a pas encore pigé ? s'étonne Psi.

– Laissez tomber, notre héros capte que tchi », raille Neupho.

Maxima pose une fois de plus sa main magnétique sur mon bras musculeux :

« Patience Nico, me dit-elle d'une voix douce, presque suave, peut-être aussi un brin condescendante, on te le dira quand tu auras passé brillamment l'épreuve de vérité. »

J'ai envie de répliquer un truc, qu'il ne faudrait pas non plus qu'on me prenne pour un… pour une…

Mais voici qu'on tambourine à la porte.

« Ce sont eux. Allez, courage », me susurre Maxima en plongeant ses yeux marine dans les miens.

Mon cœur se met à battre à cent à l'heure.

« T'affole pas, ça va bien s'passer, m'encourage Raki.

– C'est juste un feu intérieur qu'il te faudra dompter, me lance Psi en remontant vigoureusement ses lunettes-satellites sur son nez, tandis que les coups redoublent dans ma poitrine et au bout du couloir.

– Va vers la douleur pour t'affranchir de l'obsession de la douleur… », m'embrouille une fois de plus Neupho.

Ensuite, il y a ce vacarme énorme qui me fait comprendre qu'on vient de défoncer la porte.

Puis, me parvient cette voix stridente, que je reconnais sans mal, et qui hurle entre deux hoquets de joie :

« Ah ! Enfin le voilà ! »

4. RETROUVAILLES

J'avoue que c'est un choc.

Alcibiade a le même physique de bubble gum sous stéroïdes que sur l'île d'Heropolis mais malgré la présence à ses pieds de ses cothurnes à semelles compensées, il ne m'arrive plus qu'à l'épaule ! Ça doit être l'effet de l'orichalque dont il a dû se gaver lors de son transpondage sur l'île : en survitaminant l'Alcibiade d'Heropolis, il a transformé celui d'Atlantis en *minus habens*. L'exact inverse de ce qui m'est arrivé en somme. Perché sur son épaule, une manière d'oiseau partiellement déplumé, quelque chose entre l'ara de contrebande et le pigeon parisien, me regarde d'un œil fixe en agitant une petite face grumeleuse à bec aplati que je reconnais sans confusion possible comme étant celle de l'homme d'affaires et homme politique américain né le 27 novembre 1953, à Norfolk, Virginie, j'ai nommé Stephen Kevin Dannon. Le nabot et son étrange volatile sont accompagnés d'un prêtre à mine sévère, bâton noueux et barbe généreuse, le même que j'ai vu s'agiter dans la Boulè, et de deux gardes casqués qui braquent sur nous leurs lances-hallebardes en forme de bâton de sucre d'orge. Maxima leur désigne du doigt Raki, Psi et Neupho :

« Ceux-là ne sont pas concernés. Laissez-les partir ! », leur ordonne-t-elle.

Les sucettes géantes hésitent, puis s'écartent, les jeunes ne se faisant pas prier pour déguerpir. L'action ne s'est pas faite sans l'approbation d'Alcibiade, qui a hoché la tête en silence, mais elle prouve qu'émane de la fille du Basileus un semblant d'autorité, ce qui n'est pas sans me réconforter un brin.

« Alors comme ça, tu croyais qu'absorbé par *Burning Man*, je n'avais pas vu que tu fricotais avec ce type ? se met à piailler Alcibiade de la voix éraillée de Jean Marais.

– De quoi tu me parles, mon frère ? Et d'abord "bonjour", ô malpoli. N'est-il pas de règle chez les gens bien élevés de se saisir la main droite et de s'adresser l'un à l'autre ce mot ailé ? lui répond Maxima dans une attitude de minauderie dont l'incongruité me plonge dans le plus vif étonnement.

– C'est ça ! Fais ta mijaurée, lui rétorque l'Alcibiade miniature. Comme si c'était le premier humain que tu transpondes pour satisfaire tes fantasmes ! Tu lui as fait faire quoi, à celui-là ? La brouette à une roue de Lesbos ? La flûte à deux trous de Syrinx ? Les trois mamelles de Tirésias ? Le pacte à quatre de Nicomaque ? En as-tu usé et abusé de ton étalon d'Augias ? Allons ! Tu ne dis pas οὐχί [34] ? À la bonne heure ! À présent que tu as eu ta dose, il faut qu'il dégage, ton éraste. Pas plus d'une nuit telle est la règle. Combien de fois te l'a-t-on rappelée ? On ne peut risquer qu'un humain non habilité ait mémoire d'Atlantis. Au-delà de vingt-quatre de nos heures, le

34 *Oukhi*, « non » en grec ancien.

risque de souvenance est trop grand. Cette règle d'or, en tant que polémarque, je compte bien la faire respecter. Aussi mes gardes vont-ils emporter l'indésirable afin qu'il retrouve au plus vite son double sur l'île d'Heropolis.

– Pardonne-moi, ô archonte, mais n'étions-nous point convenus qu'on l'interrogeât d'abord ? graillonne soudain Dannon, agitant sa petite figure grenue et faisant bruisser ses ailes qui sont bien plutôt des moignons pelés.

– Comment ça, ô oiseau de bon augure ?

– Rappelle-toi, ô très glorieux fils de Poséidon, notre prêtre Lacoon l'exposait tout à l'heure devant la Boulè après que j'en eus touché deux mots aux Trente. Cet avatar n'est pas celui d'un humain ordinaire mais d'un agent mandé par cette société secrète française qui nous aide à combattre les Siciliens.

– Et alors ? l'Alcibiade miniature écarquille-t-il ses yeux si bleus qu'ils en paraissent idiots.

– Alors ? Ô Alcibiade pareil aux dieux ? Alors, il y a eu cet incident à Heropolis qui pourrait nous faire accroire qu'il est un agent double.

– Un agent… Ah oui, c'est vrai ça ! semble tout à coup se souvenir l'Alcibiade mineur.

– N'importe quoi ! fait mine de se scandaliser Maxima. J'ai fait venir cet homme pour mon seul plaisir, tu l'as dit toi-même ô mon frère.

– Bien sûr, ô fille du grand Zeus par la beauté, la stature et la grâce, minaude l'oiseau Dannon. Mais peut-être as-tu pu être toi-même trompée par cet individu flaccide certainement rompu au jeu duplice du contre-espionnage ? Si tel est le cas, peut-être possède-t-il de traîtreux alliés susceptibles de mettre en danger la sécurité intérieure d'Atlantis ? »

Les yeux fixes de l'oiseau ont jeté des éclairs en direction de Maxima.

« Ah oui oui, des alliés…, se rappelle à présent le fils du roi. Et donc, il faut l'interroger, c'est cela ?

– C'est cela, ô Alcibiade, le plus beau des hommes. Des alliés, n'est-ce pas. Des complices. Des comparses. Des espions qui pourraient nuire à notre grand projet. C'est ce que nous aimerions savoir, nous, les bouleutes et les Trente. Aussi tenez-vous dans vos mains, ô archonte, l'ordonnance qui nous autorise à lui faire passer l'épreuve de vérité.

– C'est ma foi vrai ! opine Alcibiade en fixant sa main droite, qui tient une tablette qui m'a l'air de bois et enduite d'une cire bleuâtre. L'interroger, il le faut… »

Il se tourne vers le prêtre à face contrite et barbe broussailleuse :

« Pourvu que Lacoon le veuille aussi.

– Mais… si… »

D'un geste impérieux Alcibiade signifie au volatile Dannon que le moment n'est pas aux « mais » ni aux « si ».

« Qu'en dites-vous Lacoon ? »

Le Lacoon en question tend son bâton à l'un des gardes, il s'approche de moi, et, se haussant sur le bout de ses sandales, il entreprend de me renifler de bas en haut en roulant des yeux d'effaré :

« L'œil, l'œil, l'œil… Mmmmmh… Que dit l'œil ? » s'interroge-t-il en m'envoyant son haleine puante dans le nez.

Il ouvre grand sa bouche hérissée de dards, et je vois avec stupeur deux cornes de bouc lui pousser sur le front.

« L'œil me dit que le fer et le feu vont s'abattre sur Heropolis, annonce-t-il d'une voix caverneuse. Il faut trouver sens à cela… »

Sa bouche s'amollit. Il lâche un pet incongru, puis, redevenant un vieillard ordinaire, il déclare :

« Il faut donc l'interroger. »

Je n'en crois évidemment ni mes yeux ni mes oreilles.

« Allezzz. Soyez sympa. Laissez-le tranquille... », quémande à mes côtés Maxima.

Je suis proprement scandalisé par le manque de conviction qu'elle met dans sa requête.

Je veux faire cesser sur-le-champ ce cauchemar.

Je lève le poing.

Mais où frapper ?

Des ombres indistinctes s'agitent devant mes yeux.

« Tu te prends pour qui ? Un *world boss* ? » virevolte autour de moi une voix d'outre-tombe. Je vois la tablette de bois s'ouvrir comme un livre, aussitôt une camisole d'airain comprime ma poitrine à l'écraser, je m'évanouis de douleur et j'entends au loin la voix aigrelette de Jean Marais qui ordonne : « Qu'on lui fasse passer l'épreuve de vérité ! »

5. UN MONDE DE FOU

« Tu vas parler ?… Tu vas parler, oui ?… »

J'entame alors un rêve si dément qu'il m'est impossible de croire qu'il n'est pas *réel.*

Il y a d'abord cette bouche énorme qui s'affiche sur ce masque effroyable, et qui gonfle, gonfle encore, devient cette gueule béante d'où six rangées de dents jaillissent tandis qu'un râle sourd et profond de bête prise au piège s'exsude de ma gorge perforée de mille lames pointues.

« Méfie-toi, m'avait dit la voix de Maxima, la machine va puiser en toi, dans tes souvenirs, dans tes pires souvenirs… »

C'est ensuite un geste indicible, un coup douloureux, une excision sanglante dans une chair tendre comme celle d'un abricot mûr, puis c'est un aileron haineux qui s'élève sur mon dos, mes jambes fusionnant en une queue de carpe qui fouette, fouette sans trêve les remords tapis, mon squelette se rongeant, s'enkystant, se torturant de chocs aux bruits nets.

Vient le grand soupir : une odeur de putréfaction envahit la pièce pour disparaître aussitôt dans le corridor de l'informulé. J'éclate en sanglots comme quand j'étais enfant. Combien ? Six ? Huit ans ? Perdu au bout de ce couloir vide éblouissant de néons blafards : « Maman ? Papa ? » Je vois ce masque d'asphyxie. Ce spectre aux yeux écarquillés. Ces barbelés jusqu'à l'horizon. Je vois cette figue grosse de suc tomber de l'arbre, ces chaussures en tas, ces valises en tas, ces cadavres en tas. Une lame perfore un œil qui grossit, grossit sur l'écran d'un cinéma d'après-guerre qui ne diffuse que l'arrivée en gare de wagons à bestiaux. Les crissements d'essieux prennent fin dans une odeur de graisse brûlée et le silence envahit la salle. Mais déjà dix chiens de berger sautent des marchepieds du wagon de tête, talonnés par un renard gris en chapeau melon et bottes de cuir. Au pas de course, chacun des chiens vient se placer devant la porte du véhicule qu'il est censé déverrouiller. Le renard pousse un puissant jappement et les serrures sautent dans un claquement métallique. Alors les portes s'ouvrent et les wagons vomissent sur le quai une fournée de souvenirs : hommes, femmes, enfants, vieillards, bœufs épuisés, chevaux de labour efflanqués, loups décharnés, chiens de traîne assoiffés lapant l'air d'une langue croûteuse, ânes bâtés troués au flanc, rats bruns, gris ou noirs, tous encore vêtus de leurs kakis crasseux ; certains salement éclopés, une oreille ou une patte en moins, d'autres édentés, sans queue, sans truffe, cornes manquantes ; d'anciens balèzes cramés toussant sans discontinuer, des types ramollis ou secs comme des coups de trique, le crâne pelé comme un oignon, la face bouffie ou anormalement évidée, parfois grêlée, suintante, blafarde ou couverte de croûtes noires ; beaucoup de géants anéantis, beaucoup de petits agités ; des tout maigres, des tout en angles, la plupart si jeunes, très jeunes parfois ; tout cela remontant de ma mémoire comme une lame, un shrapnel qui se fiche entre mes côtes et fouaille mes viscères comme un soc au labour, cependant qu'une voix s'interroge au loin :

« Que dit le cloaque ?... Mmmh, oui, oui... le gras du cou ?... Le foie ?... Que dit le foie... et la rate ? »

Mes oreilles sont pleines de cliquetis d'éperons, d'ébrouements de montures, de claquements de sabots sur les pierres d'un sentier escarpé, mon index frôlant la détente d'un fusil à canon rayé Enfield ou d'une carabine Winchester manipulée par un Indien en plastique chevauchant un mustang : « ta-ta-ta, t'es mort ! », et soudain le petit szmugler du ghetto de Varsovie photographié par Joe Heydecker surgit au milieu de la scène et sourit à l'histoire de cow-boys et d'Indiens que lui raconte ce grand gaillard tellement bien nourri qu'il paraît beau comme un *Amerykanin*.

« Qu'est-ce qu'il raconte ? s'enquiert la voix éraillée de Jean Marais.

– Il va parler... Il va parler ô fils de Poséidon... »

Ce n'est ensuite qu'un bruit de clapotis, d'exploration de tripes, mon ventre ouvert à tous les vents.

Soudain, j'ai le canon court d'un revolver Smith & Wesson modèle 29 collé au pif.

Ça fait un peu mal.

« Plus vite tu parleras, plus vite tu seras soigné... », résonne-t-on dans ma tête.

Je m'aperçois que je respire par la bouche. Ah ça ! Ces cons m'ont fourré des bouts de papier dans le nez. Et tout à coup, je me souviens de Jean-No. Jean-No, bon sang. Je n'en reviens pas d'avoir oublié Jean-No, mort d'une rafale d'AK 47 dans le buffet sur la route de la Gineste. « Ah non ! Moi, c'est Mercie, me dit la fille. Tu te souviens ? Tu m'as laissé crever le 7 juin 1997 à dix mètres de la station-service Total et de la succursale du Crédit lyonnais de Brazza. »

« Qu'est-ce qu'il dit ?

– Il est coriace, ô polémarque. Mais il va parler. Je te jure qu'il va parler. Laisse-moi lui couper les… »

Une habitude locale, ça, les mains coupées. Inventée par un Belge. Retenez bien ce nom : Victor-Léon Fiévez. *Een Belgisch koloniaal en militair*, comme disaient les anciens maîtres. Le cousin Dondivin, lui, il s'est fait brûler la peau, casser les dents, couper le nez et la main gauche par Léon-Vital Kalombo dit aussi André-Alain Batachoka – ou énucléer, mon chef de mission Edgar Montereau ne sait plus trop non plus. Il me dira plus tard qu'il a tout oublié, lui aussi, de ce qui s'est passé ce jour-là à Kamituga, au Sud-Kivu, dans un pays qui s'appelait encore à l'époque le Zaïre. Il ne lui reste, comme moi, que des flashs incohérents dans un océan noir et abyssal.

« Il se fiche de nous, non ? Il nous embrouille complètement avec ses histoires à dormir debout.

– Je vais essayer de l'asphyxier, ô polémarque. Je vais lui enfoncer des aiguilles sous les ongles comme font les humains, l'amputer ou l'empaler. Ils sont d'une imagination sans bornes, ces hommes de la Terre. Je vais l'ensevelir avec juste un tuyau pour qu'il respire comme faisait Abou Nidal ou je vais faire comme Wissam Al-Mutanabbi, je vais le dénuder, l'accrocher au plafond par les poignets et je vais le battre. »

« … Vous m'entendez, monsieur Narval ? »

Je fais oui de la tête.

« Avec un câble. Les pieds. Le dessus des pieds, mais surtout la plante des pieds. Vous m'entendez ? »

Je fais oui de la tête.

« Il arrive un moment où la douleur change d'objet, monsieur Narval. Le corps ne répond plus. On se met à penser aux proches. Amis, femme, enfants, parents. Heureusement, ça ne dure pas. À la fin, on veut juste que ça s'arrête. "Faites-le, mais vite", vous supplierez. On le fera, soyez sans crainte. Pas seulement pour abréger vos souffrances. On le fera parce qu'après une telle séance, vous ne pourrez plus vivre normalement. On vous aura transformé. On vous aura réduit à zéro, vous m'entendez ?»

Je fais oui de la tête.

Soudain, je suis couché sur ce matelas. En pyjama. Je veux parler mais ils ne m'écoutent pas.

« Il y a comme un bug, confirme une voix d'outre-tombe.

– Un bug ? Quel bug ? », s'étonne la voix de Jean Marais.

Quand je pense qu'ils ont eu à peine le temps de me frapper. Ils m'ont foutu à poil. Malmené, un peu… Deux coups de latte bien ajustés. Je les ai bien sentis ceux-là. Comme je ne voyais rien avec cette putain de cagoule, je n'ai pas pu esquiver.

« Qu'est-ce qu'il dit ?

– Il dit qu'il ne peut pas esquiver. Il se joue de nous ô fils de Poséidon. Il essaie de nous égarer. Mais il n'ira pas loin. Il souffre, vois-tu. Il s'affaiblit.

– Il s'affaiblit mais il résiste. Le temps presse, Lacoon. Là-haut, le soleil décline déjà derrière les flots. »

Soudain tout s'efface, puis tout recommence, puis tout s'efface, puis tout recommence : on m'écorche vif, on me coule du plomb dans les orbites, on me fait mourir de faim pendant des semaines, on m'attache contre un arbre piqueté de clous rouillés, on me promène sur un âne après m'avoir passé en plusieurs endroits du corps des mèches de lin trempées d'huile, et la foule me conspue, me frappe, me frappe encore. Alors le prêtre de Moloch saisit son couteau qui sert à dépecer la viande ; il écarte ma poitrine ; il en extirpe le cœur ; et, levant son bras ruisselant de sang, il l'offre au soleil :

« Tu vas parler, oui ? »

Un enfant me déchire l'oreille, une jeune fille me fend la joue avec la pointe d'un fuseau, on m'arrache les cheveux par poignées, on m'extrait des lambeaux de chair, on me tamponne le visage avec des bâtons ficelés d'éponges imbibées d'immondices. Du côté droit de ma gorge, un flot de sang jaillit. Quelqu'un brandit un trépied rougi par des charbons et le glissant sous mes chaînes, il le presse contre mes plaies.

« Que dit-il ?

– Il dit qu'il souffre, ô polémarque. Il va parler… »

La chair fume, part en volutes blanches. Et déjà, c'est un autre supplice : on m'asperge d'huile bouillante, on sème sous mes pas des tessons de bouteille.

« C'est incroyable, il continue de marcher, non ? »

Au coin de la rue de Sateb, je n'avance plus. Des hommes me frappent avec leurs fouets en cuir d'hippopotame, si furieusement et pendant si longtemps que les franges de leur tunique sont trempées de sueur. Mais je ne sens rien. Je ne sens plus rien.

« On va le perdre… », fait la voix.

Tout à coup, je prends mon élan, et je me mets à courir au hasard en faisant avec mes lèvres le bruit des gens qui grelottent par grand froid. J'enfile la rue de Boudès, la rue de Soepo, je traverse le Marché-aux-Herbes et j'arrive sur la place de Khamon. Je suis en Bosnie, au Rwanda, en Sierra Leone, au Timor oriental, à Heropolis. Tous s'écartent devant moi. Tous, sauf Djamila, Jean-No, Dondivin et Mercie. Tous sauf Maxima. Tous sauf ma femme, dont j'ai oublié le nom.

« Que dit-il ?

– Il dit qu'il a oublié son nom… »

Devant moi, ce n'est plus qu'un immense parterre de fleurs noires qui s'étend à perte de vue. C'est alors que je la vois enfin. Elle me parle de notre fils que nous n'avons jamais eu. Nous sommes dans cette Renault gris métallisé. « Quand je pense que j'ai dû arrêter de travailler pour qu'on passe notre vie à se croiser… » Nous sommes le 29 septembre, nous avons passé à Cercottes une journée morose à fêter la Saint-Michel, le patron des paras. Sur les côtés de la route, des champs à perte de vue. J'entends ma fille qui glousse à l'arrière de la Renault. Ma fille qui ne veut plus me parler. Ma fille qui ne veut plus me prendre au téléphone.

« Qu'est-ce qu'il dit ?

– J'ai l'impression qu'on a perdu la communication.

– On l'a perdu ?

– Un coriace, ô… »

Notre fille qui éclate de rire. Elle nous crie : « Oh les amoureux ! » Alors ma femme et moi, et bientôt notre fille, nous nous mettons à chanter à tue-tête dans la voiture, nous chantons cette chanson populaire, cette chanson si simple et si juste qui accompagne ces happy ends un peu téléguidés qui nous aident à survivre dans ce monde fou.

6. PARADIS PERDU

« Il est là, ô Basileus… »

J'ouvre les paupières.

Je m'aperçois que je suis toujours incarcéré à l'horizontale dans ce cercueil d'airain qui m'interdit tout mouvement. À travers mes yeux pleins de larmes, je vois que le prêtre Lacoon, le nabot Alcibiade et l'oiseau Dannon ont tourné la tête vers le fond de la pièce.

« Libérez cet homme », ordonne une puissante voix de basse.

Le cercueil bascule dans un orage d'engrenages rouillés, les plaques cloutées qui m'enserraient s'ouvrent en hennissant et je me retrouve debout, nu et chancelant face à ce vieillard à barbe bleue, au regard de feu et à la tiare altière. Il est entouré de Maxima et de gardes à tunique violette armés de glaives aux allures de pistolets laser. Les sbires d'Alcibiade, eux, ont jeté penaudement leurs bâtons de sucre au sol.

Le court silence qui suit me permet de réaliser que je suis indemne. Éreinté mais indemne. Dans ma tête résonne l'écho lointain de choses affreuses. De lambeaux ignobles. De douleurs inhumaines. Mais désormais tout est fini. Comme si une porte s'était brusquement refermée sur mon propre musée des horreurs.

« Nicolas ! » crie Maxima.

Oubliant toute réserve, elle bouscule les deux gardes atlantes qui se trouvaient sur son chemin et se jette dans mes bras. Alors, je me sens bien. Je me sens heureux même si j'ai l'impression que la jeune femme qui s'est blottie contre ma poitrine surjoue un peu son rôle.

« Merci, murmure-t-elle à mon oreille.

– Pas de quoi… », je réponds crânement.

Relâchant son étreinte, elle me tend un voile avec lequel je cache ma nudité, puis elle fait retraite sous le regard bienveillant de son père, réarrangeant avec grâce sa nouvelle coiffure en plumes de paon étoilée de pierreries.

Ensuite les choses deviennent assez floues. Sans doute n'ai-je pas, malgré ma constitution exceptionnelle, recouvré totalement mes esprits. Je me rappelle d'un garde qui vient vers moi, qui me donne à boire, et de la sensation extraordinaire d'une eau fraîche qui coule dans ma gorge asséchée. Je me souviens que je me sens fort, plus fort que jamais même, mais que les minutes qui suivent me font l'effet d'un tunnel interminable et indistinct. Les harangues sans fin auxquels se livrèrent Alcibiade et son père le Basileus n'intéresseraient de toute façon qu'une poignée de philologues férus de Grèce antique ou de physiciens spécialisés dans la théorie des cordes. Il advint, en effet, qu'au bout d'un temps qui me parut infini, mais qui aux dires de Maxima, ne dura qu'une fraction de *Qubits*[35], l'espace ayant été volontairement réduit voire *inversé* par les savants du Basileus selon une méthode de compression-torsion gravitationnelle incompréhensible pour le commun des mortels, je fus libéré sur parole par un roi magnanime qui me parut pour l'occasion plus complaisant encore pour sa fille que pour son fils. Au grand dam de ce dernier (et surtout de l'oiseau de malheur perché sur son épaule qui se mit à piailler de telles insanités que son maître dut l'enfermer dans une cage recouverte d'un drap), il fit simplement promettre à Maxima qu'elle s'engagerait à me faire transponder « sur l'heure », ce qui signifierait selon la mesure relativiste du temps atlante, à la fois « hier », « maintenant » et « demain ».

« … Aussi aurez-vous amplement le temps de vous joindre à nous pour assister à la petite sauterie de ce soir », le père de Maxima me lance-t-il à présent sur un ton incroyablement badin, sa voix de basse profonde résonnant dans la galerie comme un bourdon de cathédrale.

« Pas toi Alcibiade, poursuit le Basileus. Toi, mon petit, tu es puni… »

Et tandis qu'accompagné de sa mauvaise troupe, le fils indigne s'éclipse, la tête basse et ronchonnante, Maxima et moi, à présent entièrement remis sur pied, nous suivons le monarque et son escorte dans un dédale de couloirs dont les décorations de marbre et de mosaïques se font de plus en plus fastueuses. Gagné par un sentiment d'euphorie bien compréhensible après ce que j'ai dû subir, je suis pris d'une furieuse envie d'interroger le monarque sur « les aventures forcément

---

35 Minuscules éléments d'information liés par le phénomène d'intrication quantique, qui constitueraient, selon une théorie récente, la trame de l'espace-temps.

palpitantes » que les « fils et filles de Poséidon » ont dû vivre « depuis que Platon, Strabon et Hérodote en ont narré les exploits ».

« Boarf. Qu'est-ce que vous voulez que je vous dise ? me réfrigère direct le Basileus. L'histoire de mon peuple n'a été qu'un enchaînement de coucheries, de jalousies mal placées, de parjures, de massacres et de trahisons qui ont provoqué une succession de catastrophes où l'amour du fer s'est déchaîné et où les dents se sont mêlées au sang », égrène-t-il de sa voix de basson.

Et comme j'en suis comme deux ronds de flan :

« Ce sont au fond les mêmes rodomontades que celles qu'on vous monte en épingle sur Terre, non ? me tape-t-il affectueusement sur l'épaule. L'assommant combat des Lancastre contre les York, du Gondor contre le Mordor, de Mars contre la Terre, des cow-boys contre les Indiens, des superhéros contre je-ne-sais quelles forces du mal. En cela, mon ami, je crains que le penchant des Atlantes pour la bravacherie et le trivial ne diffère en rien de celui des humains. »

Là-dessus, il part dans un rire tonitruant qui fait trembler les parois de la galerie ! Mais voici que nos pas nous mènent jusqu'à une nouvelle grotte. Sur un immense belvédère rocheux s'étagent d'imposantes villas d'agrément parées de terrasses, de portiques et de vérandas. Par je ne sais quel prodige technologique, ces merveilles font face à une immense paroi cristalline laissant voir les profondeurs de la mer. Le spectacle est grandiose. Sur de vertigineux tombants creusés d'anfractuosités ombreuses et peuplées d'éponges, d'anémones et de gorgones, fourmillent des myriades de saupes, sars, muges, dentis, sarrans et girelles. Surgissant du néant, un couple de requins à robe cobalt glisse devant nous avant de disparaître dans la nuit abyssale. Plus haut, dans l'azur de la proche surface, des bancs de muges s'enroulent et se déroulent comme font dans le ciel les nuées d'étourneaux. Ils sont chassés par des nageurs armés de tridents dont les plus habiles parviennent à ferrer trois poissons à la fois. « Les fils et fils d'Atlantis ont appris à nager "sans liège, en pleine eau" comme dit Horace », me glisse le Basileus. Au loin, à peine éclairée par le halo bleuâtre émis par les luminaires d'orichalque qui parsèment les tombants de l'île, s'agite une masse indistincte, énorme et sombre.

« J'aurais aimé que tu voies de plus près ce formidable combat, me dit le Basileus. L'un des adversaires est une mâchoire géante qui happe et qui retient son souffle. L'autre est un paquet de bras frêles armés de ventouses. Il arrive souvent que la mâchoire rentre bredouille et que son propriétaire en soit épouvantablement cloqué. »

Sur ce, le Basileus part dans un nouveau rire tapageur qui résonne dans la grotte entière. Puis, se tournant vers les villas étagées sur le belvédère :

« Ah ! comme je regretterai cet endroit si cher à mon cœur ! se met-il à marmotter sur mon épaule. C'est notre Riviera à nous, comprends-tu ? Quel Atlante ne rêverait-il d'y posséder sa résidence secondaire, loin du centre-ville d'Atlantis qu'encombre à toute heure de la journée la classe querelleuse des *mercatores* ? Combien de fois y ai-je médité dans la pénombre de quelque fraîche alcôve, roulant et déroulant dans mon esprit tourmenté l'opération qui nous fera quitter pour toujours les entrailles de Gaïa, la mère vénérée d'Atlas, notre généreux ancêtre qui soulève de son épaule les astres du ciel ? Allons, cette fois écoute-moi avec sérieux tandis que je confie ces mots à ton oreille charmante, ô noble rejeton de la famille de l'Homme. La vie m'a instruit du peu de confiance qu'un Atlante doit avoir dans ceux et celles de tes semblables qui profèrent des mots pompeux. L'un d'eux a troublé l'esprit des bouleutes et des Trente au point de leur faire croire au possible d'un impossible avenir terrestre. Un autre, plus perfide encore, a instillé dans le cœur de mon fils à l'âme juvénile le fiel d'une inutile conquête planétaire. Mais j'ai aujourd'hui des raisons de me réjouir. Ma fille au teint de fleur m'a fait part de ton âme généreuse, ô toi à qui la fortune a voulu que j'adresse mes prières et tende des rameaux parés de bandelettes. Parce que ton cœur est pur, tu vas nous aider à sauver mon peuple et tu triompheras de la prochaine épreuve, éclaircissant dans une lumière inespérée le noir brouillard de l'avenir qui se dérobait à mes yeux.

– Heu… C'est-à-dire que, ô grand Mamamouchi…

– Ne m'en dis pas plus. Je te laisse à ta vigoureuse tâche. Elle ne sera pas facile, car cette fois-ci, je ne pourrai te venir en aide malgré la tiare qui ceint mon front et la peau de lion qui recouvre mon trône. Chaperonné par mon sourcilleux conseil et surveillé par les bouleutes, je ne puis t'aider plus avant. Aussi prierai-je les oracles pour que tu suives avec une victorieuse audace le chemin que te concédera la fortune. Demain, dès que le jour sera rendu à la terre, ma fille au teint de fleur et toi, toi qui seul as eu pitié de nos épreuves indicibles, je vous laisserai repartir confiants de mon appui. En attendant, et puisque tu es venu ici en ami, je t'invite à célébrer la petite fête sans prétention que j'ai organisée et qu'il serait impie d'ajourner… »

Là-dessus, il m'entraîne bras dessus bras dessous vers sa villa qui est assurément la plus belle d'entre toutes. L'entrée se fait côté mer sous un immense portique à colonnes (« histoire d'en mettre plein la vue aux convives », me cligne de l'œil

Maxima). Nous pénétrons dans un atrium où des serviteurs nous tendent une collation de noix et de dattes qu'accompagne un vin léger coupé d'eau. Ainsi sustentés, nous gagnons un vaste jardin qu'agrémente un bassin décoré de naïades dansantes et d'un satyre ivre. S'y ébattent des enfants bleus qui s'éclaboussent en riant. Leurs parents devisent dans le jardin, se régalant de la vue des entrailles de la mer, de l'odeur de roses ou de la chair de poires, pêches et raisins qui prospèrent entre les allées.

« Vois mon fils, m'interpelle le roi des Atlantes, vois ce paradis que nous allons perdre par la faute de tes semblables… »

Mais déjà il m'entraîne sous le péristyle qui cerne son jardin. Arpentant sa galerie, j'y découvre vingt sculptures d'époque classique, « dont le célèbre *Doryphore* de Polyclète, un don de mon beau-frère », précise le Basileus. Mais ce n'est pas l'essentiel :

« … Ici un carton scotché de Thomas Hirschhorn, là un nain géant de Jeff Koons, là-bas une planche grillagée d'Anselm Kiefer, égrène-t-il.

– Comment ? Vous aimez aussi l'art contemporain ? je m'interloque.

– Que crois-tu, ami ? Qu'on était restés englués dans le passé comme la mouche dans l'ambre du Jurassique ? »

Plus loin, ce sont des réalisations de jeunes Atlantes qui s'exposent à mon regard émerveillé. Elles sont d'une originalité si grande et d'une beauté si sublime qu'il me manquerait les mots si j'avais à les décrire.

« Un vrai plaisir des yeux, je prosaïse.

– Qui n'ira pas sans celui des oreilles, me dit un Basileus visiblement ravi. Viens, allons d'un pas jovial écouter nos jeunes. Ils nous ont préparé un spectacle musical…

– Et de quoi les enfants d'Atlantis vont-ils régaler nos oreilles ? je m'enhardis. D'un hymne delphique qu'accompagnent la lyre, le tambour et la flûte ? »

Le Basileus repart alors dans ce rire retentissant qui me fait chaque fois dresser les cheveux sur la tête.

« Tu verras… »

7. OPEN MIKE

Nous débouchons sur une placette noire de monde.

Serrés comme des harengs, grands et petits piétinent au bas d'une scène en marbre blanc sur laquelle, entre deux « han ! » soufflés dans une espèce de micro en forme de conque, chaloupe un grassouillet à coiffure afro, qui n'est autre que Raki... Si je m'attendais à ça. Le gamin est flanqué de Neupho qui bêle elle aussi dans sa conque, accompagnant les ahanements de Raki de vifs « yo ! », « aouh ! » et « triiiii ! » en balançant ses longs cheveux de haut en bas à la manière des métalleux.

Derrière eux, Psi paraît s'affairer aux platines. Remontant ses lunettes-satellites sur son nez et secouant sa mèche en rythme, il trifouille avec le plus grand sérieux un tas de bitoniaux, ce qui me paraît curieux, car aucun son n'est pour le moment audible. Ah si, le voilà : « Bmut bmut bmut bmut bmut... », commence-t-il, cependant que Maxima, qui nous avait quittés depuis un petit moment, apparaît sur scène.

« Hé hé hé ! Yoh la mif ! Septième open mike ce soir… », s'égosille-t-elle dans son micro-coquillage en sautillant à la manière d'un faune, dos courbé, un bras derrière le dos, l'autre protégeant son entrejambe.

« Han » ! « yo » ! « aouh » ! « triiii » lui font écho Raki et Neupho.

Bon sang, je n'en crois pas mes oreilles.

« Ne me dis pas que tu ne connais pas ce genre de spectacle, me glisse avec malice le roi des Atlantes. C'est un open mike, quoi. Ta fille est pourtant habituée à ce genre de raout, mais il est vrai que tu ne la vois pas souvent, ta fille… »

Interloqué je veux dire quelque chose, mais le patriarche me devance :

« Allons allons, me dit-il. Concentre-toi sur ce que tu as devant les yeux. Et profite. Nous avons calqué cette fête sur ce qui se fait de mieux sur Terre : une jeunesse survoltée, quatre-vingt-cinq décibels à disposition et trois morceaux par tête de pipe.

– Ouéééh ! Ça va la miiiiif ? hurle Raki.

– Ouaiiiiiis !!!! répond le public.

– C'est ici que je te quitte, me dit le Basileus. Les affaires, n'est-ce pas… *Enjoy yourself,* comme on dit en californien de la vallée. »

Puis c'est un nouveau rire de gorge, avant qu'il ne disparaisse dans la foule, entouré de ses gardes à robe violette et tasers fantaisie.

« Yé ! Yé ! Yé ! » scande la voix de Maxima délavée à l'autotune.

Puis elle se lance :

« J'veux voir les mains en l'air ! (« l'air ! », crient Neupho et Raki) Qu'est-c'tu crois qu'on va faire ? (« faire » ! crie la foule à l'unisson de Raki et Neupho) Maxima, c'est mon blaze, alors gros naze, sois sage ou dégage, moi j'pousse les gaz ! Y'a pas d'mystère (« -tère » ! s'époumone le public), c'est l'enfer sur Terre, alors je gère avant qu'elle s'foute en l'air ! Qu'est-ce que j'vais faire ? (« faire… » !) J'veux un dernier week-end sur Terre, un trip dans l'désert, frère, un truc cash, sans haine, au hasch, sauvage, allez je bâche mon stash et j'attaque à la kalash'. Qu'est-ce que j'vais faire ? (« faire » !) J'veux voir les mains en l'air ! Avant d'partir en enfer (« -fer » !), ouais, d'partir dans l'espace où, les planètes s'alignent chez les Hindous. Qu'est-ce que j'vais faire ? (« faire » !) J'veux voir les mains en l'air, ouais, avant d'quitter la Terre, (« Terre » !) d'foncer dans l'espace où, les planètes s'alignent chez les babtous. Sinon à quoi ça sert ? (« sert » !) J'veux pas qu'les restes, j'veux l'dessert, moi Max-ima, la rescapée d'la prox-ima cata, triplicata, toccata, errata, perdita, kestata, qui t'es t'a ? t'es qui toi ? tu veux quoi ? (« quoi ! ») Quitter la Terre (« Terre » !), ouais chuis déter, j'veux un dernier week-end dans l'désert, avant l'feu sur Terre, la fuite tous azimuts, cocotte-minute, le feu chez Belzébuth, et qu'ça crame sévère chez les Inuits, ouais quitter la Terre (« Terre » !) 'près tout chuis qu'une Atlante, une meuf king faut pas qu'on la tente, man. Sinon el't'plante bing ! sa tente dans l'ventre de burning man, wesh !… »

J'en suis toujours à ne pas en croire mes oreilles quand on me tape durement sur l'épaule.

Je me retourne : c'est cet olibrius de Zackenberg !

« Bon Dieu Narval ! Qu'est-ce que vous foutez ici ? me postillonne-t-il à la figure.

– C'est que… je…

– Je le savais… Je le savais… », il se met à geindre comme un enfant.

Lui aussi a dû se charger en orichalque pour venir jusqu'ici : il a le même physique lambda que sur Terre, mais il a presque ma taille. Un Zackenberg version SUV en quelque sorte. En tout cas terriblement contrarié, sa face caprine plissée d'irritation :

« Impossible de compter sur vous, n'est-ce pas ? Espèce de Français de meeeerde ! me lance-t-il avec un fort accent américain. Ah, il va m'entendre, ce faux jeton de Saint-Martin, lui et son *fucking* Civipol Conseil ! »

Son œil clignote des flashs rougeâtres tandis que d'étranges veinules bleues lui serpentent au visage, comme si son transpondage avait buggé. Ou peut-être est-il arrivé au terme d'une espèce de cycle d'obsolescence programmée, qui sait ?

« Heu... Pas de panique... J'ai des hommes sur place..., j'essaie de le calmer.

– Des hommes sur place ! gueule Zackenberg, une grimace caoutchouteuse lui tordant la face. Il ose me dire qu'il a des hommes sur place ! Parlons-en de vos hommes sur place. Des renégats, des traîtres ! Sont en roue libre vos hommes sur place ! Me foutent tout en l'air vos hommes sur place ! Monsieur parade en Atlantide et pendant ce temps la révolte gronde à Heropolis !

– Comment ?

– Ne me dites pas que vous n'êtes pas au courant, Narval.

– C'est-à-dire que l'espace-temps, n'est-ce pas. Je veux dire entre ici et Heropolis...

– Et il me parle d'espace-temps ! Il me parle d'espace-temps alors qu'il n'y connaît rien du tout ! Un imposteur ! J'ai fait appel à un imposteur !

– Eh oh hein ! je proteste. Faudrait pas non plus...

– Faudrait pas non plus quoi ? Faudrait pas non plus quoi hein ? Frenchie de meeeerde. Ah ! que ne puis-je intervenir sur place !

– Comment ça ?

– Comment ça quoi ? Vous êtes bouché à l'émeri ? il se met à hurler.

– Pardonnez-moi vénérable Terrien, intervient un Atlante taillé comme un bûcheron, mais pourriez-vous m'accorder la faveur d'emporter votre rage ailleurs ?

– Le chant gracieux de ces jeunes aèdes n'atteint plus nos oreilles, acquiesce son voisin en désignant Maxima et sa team qui enchaînent les génuflexions sous les vivats du public.

– Oh ! ça va vous ! leur lance imprudemment Zackenberg avant de s'adresser de nouveau à moi. Je suis coincé ici comme vous, imbécile ! me hurlaille-t-il à présent à voix basse. J'ai utilisé presque toute l'énergie de l'orichalque que j'avais en moi pour essayer de convaincre ces crétins de bouleutes de suspendre leur voyage intersidéral. Fort heureusement, c'est presque fait. Mon réseau social métasynchronisé et écolo *friendly* est sur le point d'avoir la faveur du plus grand nombre. Mais en attendant, il m'est impossible d'assister à la pièce qui se joue de l'autre côté du miroir. Mon double est devenu impuissant et la révolte gronde à Heropolis. Orchestrée par vos hommes de main, m'entendez-vous ! Et je vous retrouve ici !

– Allons, je vous en conjure ô tumultueux Terrien, ayez pitié de nos oreilles, réitère l'Atlante à physique de bûcheron.

– Auriez-vous enfin la grâce de mettre fin à vos rugissements ? implore son voisin pas moins costaud.

– Ah ! malheur ! s'entête à me crachoter à la figure Zackenberg. J'avais mis toute ma confiance en vous, et vous, vous m'avez…

– Bon, ça va comme ça, l'empoigne un des Atlantes.

– C'est ça, emmenez-moi, emmenez-moi au bout de la Terre. On se reverra, Narval. Croyez bien qu'on se reverra… », pleurniche Zackenberg tandis que les deux colosses l'ont saisi sous les épaules et l'éloignent de la scène avec tous les égards dus au visiteur de marque.

Entretemps, deux ados à capuche ont grimpé sur l'estrade et se sont mis à scander une sorte d'hymne à la planète K2-18b, qu'ils font rimer avec « tomber » et « plomber », puis « chiadée » et « balader », enfin « fêter » et « liberté », ce qui est plutôt encourageant.

« Alors, ça t'a plu ? », m'interroge Maxima, qui vient de surgir à mes côtés.

Et comme je lui dis franchement ce que j'en pense :

« C'était pour toi, me répond-elle, ses grands yeux azurins embués de reconnaissance. Pour notre héros du jour. Allez, profite. Prends-en plein les oreilles et les yeux. Et prépare-toi en pensée à notre bataille de ce soir, ajoute-t-elle en glissant une main joueuse sous le voile qui cache ma nudité. Demain, les choses sérieuses vont commencer… »

8. UNE CRUELLE RENCONTRE

Le lendemain, donc, ou bien plutôt une fraction de seconde plus tard, à moins que ça ne soit des semaines voire des mois plus tard, je ne sais plus trop dans ce monde étrange qui est désormais le mien, je suis de retour à la planque et j'ai la furieuse impression de jouer une de ces scènes-charnières d'un de ces films d'action hollywoodiens où la *team* dûment reposée et habillée de frais se réunit pour décortiquer le plan hautement risqué voire totalement casse-gueule qui lui permettra à coup sûr de sauver le monde en une seule journée de tournage.

« … Moyennant la règle d'or du genre qui veut que les personnages secondaires liés au héros disparaissent les uns après les autres dans des circonstances dramatiques, histoire de tenir le spectateur en haleine.

– Ah ouais ? Sympa le keum ! T'en as beaucoup des pitchs comme ça Narvalo de mes couilles ? s'indigne Raki en exhalant la fumée d'un énorme joint d'une herbe couleur de soufre qu'il fait apparemment pousser à la lumière de l'orichalque dans un réduit attenant à la planque.

– Le gros humour bien lourd, ouaiche ! acquiesce Neupho. Franchement, c'est relou d'entendre ça de la part d'un mala qu'a rien à craindre de sa peau. Ici t'as pas d'corps, en fait. T'es un zombie mec, tu sais ça ? J'parie qu'y sait même pas ça…

– J'avoue, râle à son tour Psi. Méga khéné cet humour de merde.

– Eh oh ça va les djeuns ! je proteste. C'était juste pour rire.

– Eh bien ça fait rire personne, me remballe Maxima. T'as pigé, le surhomme ? »

Comme j'esquisse un sourire navré, elle poursuit le laïus qu'elle avait entamé avant mon intervention :

« … Tout doit être au point d'ici deux jours, compris ? On est dans l'urgence absolue. Selon la clepsydre quantique sept mois se sont passés sur l'île d'Heropolis et…

– Quoi ? Sept mois déjà ? je m'effare. Impossible. Le temps n'a pas pu passer si vite !

– Ton interrogatoire a duré beaucoup plus longtemps que tu ne le crois, me dit Maxima.

– T'as pas compris que le temps s'écoule ici de façon relative ? m'embrouille Neupho.

– T'en veux la preuve ? » me demande Maxima.

Elle s'approche d'un grand miroir à moulure dorée et au verre terni qui m'avait frappé par son incongruité lorsque j'étais arrivé dans la planque.

« Regarde… »

Je regarde, mais je ne vois rien d'extraordinaire. Juste nos reflets dans la glace : un monstre bleu au regard mi-bovin mi-interrogatif, une naïade de même couleur qui s'escrime sur une télécommande et derrière eux, les trois tronches pareillement bleuies de nos jeunes affidés.

« *Shit !* jure Maxima. Le générateur spatio-temporel s'est encore coincé.

– Il nous permet d'observer de l'autre côté du miroir sans avoir à en référer aux autorités, me glisse Raki.

– C'est de la 3D à l'arrache mais quand même bien pratique, grimace Psi.

– En tout cas infiniment moins coûteux en énergie que l'hypercube auto-réfléchissant[36] que je t'ai fait visiter à ton arrivée, précise Maxima.

– Elle voulait t'en mettre plein la vue…, glousse Neupho.

– Ah ça y est ! » s'exclame Maxima.

Le miroir s'anime, en effet, une image se formant par intermittence à sa surface.

« À cette heure, ils doivent être à l'entraînement. Je vais brancher la boussole quantique sur le stade d'Heropolis… »

L'image se fait plus nette. C'est un combat entre deux colosses nus et couverts de sable. En noir et blanc, l'image. L'arène est celle que Jassim m'a fait visiter sur l'île. Pas de son mais la résolution est assez bonne.

« Je vais agrandir un peu…, dit Maxima.

– Non ? C'est pas vrai ! » je m'exclame.

L'un des combattants n'est autre que Shamim Wazed. Mais alors un Shamim pour le coup complètement transformé. Déformé même. Son visage s'est dramatiquement émacié, ses yeux ont comme disparu au fond de leurs orbites, son nez s'est

36 En géométrie, un hypercube est un cube à 'n' dimensions. Ainsi, l'hypercube à 4 dimensions (4D) est au cube ce que le cube (3D) est au carré (2D). La figure géométrique dont parle Maxima est vraisemblablement un cube à seize dimensions.

aplati comme une crêpe et son corps massif laisse deviner aux endroits où le sable s'est dispersé qu'il est couvert de tatouages.

Bon Dieu, j'en ai la chair de poule.

« ... Son nom aussi a changé, m'informe Maxima. Il se fait appeler Onomastos. »

Oufff.

L'Onomastos en question vient d'envoyer un direct supersonique à son adversaire, un grand balèze à bouclettes et culotte blanquinasses. Le pauvre gars n'a rien vu venir et il se retrouve sur les genoux, la tête en sang, sous les vivats malsains de la foule, une foule qui m'apparaît bien plus considérable que la fois où Jassim m'a fait visiter l'endroit : des gamins en veux-tu en voilà, des femmes et des vieillards par palanquées, à quoi s'ajoute une flopée d'hommes maigrichons fagotés de fringues pas propres.

« Ton Shamim est devenu le héros du petit peuple d'Heropolis, commente Maxima.

– Le temps de démonter la tronche d'une bonne cinquantaine d'adversaires, grimace Psi.

– En seulement sept mois, c'est pas grave stylé ? s'enthousiasme Raki.

– Ça lui a permis d'exiger que les esclaves de l'île soient autorisés à assister aux entraînements des lutteurs, enchaîne Neupho.

– Aux entraînements des conducteurs de chars aussi, précise Raki.

– À propos d'aurige, je connais quelqu'un qui doit pas être loin, fait remarquer Neupho.

– Marc ? Marc Lang ? je les interroge.

– Absolument, me répond Neupho. Sauf que ton Marc Lang, il se fait désormais appeler Cloanthe.

– Il est devenu l'aurige le plus célèbre de l'île, opine Raki.

– Tiens regarde, dit Neupho, il est juste à côté du clone de Maxima… Tu nous fais un gros plan, Maxima ? suggère-t-elle avec un petit sourire en coin.

– Ça va comme ça, proteste Maxima. On perd un temps fou, là. T'as vu ce que tu voulais voir non ? elle me demande.

– Pas complètement. Fais un focus pour voir… »

Maxima s'exécute à contrecœur et je suis bien obligé de constater que Marc (qui n'a pas changé d'un iota, lui, mis à part peut-être les accroche-cœurs et ces espèces de kilt et plastron à épaulettes qui lui donnent l'allure d'un matamore de carnaval), que ce godelureau de Marc, a l'air de s'entendre à merveille avec la doublure terrienne de Maxima. Pendue à son cou comme le gibbon à son bananier, celle qui m'a offert la partie de jambes en l'air la plus excitante de ma vie ne cesse de le papouiller en lui envoyant de brûlantes œillades. Marc lui rend ses mignardises en affichant un sourire d'une fatuité sans bornes.

« Eh bien ! Je vois que ton avatar n'a pas perdu de temps, je persifle. Je suppose qu'il couche aussi avec Shamim…

– Dis donc, je ne te permets pas ! Et puis d'abord, qu'est-ce que ça peut te faire puisque la vraie Maxima est ici ?

– Bon Dieu… et là ! » je m'écrie.

À côté des deux tourtereaux tangue un drôle de zig qui pourrait être moi s'il n'était cette espèce de moribond au visage grisâtre, courbé en deux comme un vieillard, le regard éteint et la lippe pendante.

« Mais c'est horriiiible !

– Je t'ai dit que ton avatar terrestre avait un coup dans l'aile, s'excuse Maxima.

– Le fait est qu'il a pris cher, croit bon d'ajouter Neupho.

– D'où l'intérêt d'accélérer le rythme... »

Ayant éteint le synchronisateur, Maxima active à présent un des écrans qui trônent sur les tables :

« Revenons à nos moutons », ordonne-t-elle tandis que s'y affiche l'image d'un entrepôt gigantesque.

Cette fois-ci pas de jolies fusées à mirer, mais les lignes d'assemblage de vilains épouvantails mécaniques que des bras télescopiques font pivoter dans tous les sens.

« On dirait des scarabées géants..., je dis.

– Pas si faux, me répond Maxima. Ce sont des drones tueurs. Les mêmes que celui que Dannon t'a fait essayer la nuit où mes petits génies t'ont transpondé jusqu'ici.

– *Burning Man*, tu t'souviens ? me demande Neupho.

– Vaguement..., je mens.

– Normal. T'en tenais une méga bonne ! », rigole Raki.

Sur le côté de l'entrepôt s'alignent des dizaines de sarcophages.

« Ce sont les cockpits des pilotes des drones, m'indique Maxima. Grâce à ces transpondeurs, ils peuvent se téléporter à l'intérieur de leurs armes volantes sans aucun risque physique, un peu comme tu l'as fait lors de la démonstration sur l'île d'Heropolis. »

Tous ont leurs trappes ouvertes, à l'exception de cinq ou six sarcophages d'allure plus massive, une lumière bleuâtre perçant à travers les interstices de leurs écoutilles.

« Ceux-là sont occupés par les pilotes en mission du côté de K2-18b, ajoute-t-elle en les désignant du menton. Ils sont protégés contre les explosions et beaucoup plus puissants que les transpondeurs terrestres. C'est dans ces habitacles spatiaux que nous nous réfugierons avant de faire sauter l'unité de fabrication des drones. Mais revenons à nos drones tueurs.

À ce jour, les équipes du polémarque en ont assemblé plus de vingt mille.

– Rien que ça ! je m'exclame. Et c'est ton frère qui est à l'origine de ces engins de mort…

– Par Zeus, non ! se récrie Maxima. Ils existaient bien avant que mon frère ne soit nommé polémarque. Simplement, on les utilisait pour surveiller les activités humaines. Alcibiade s'est contenté d'ordonner leur fabrication à grande échelle quand Dannon l'a convaincu de conquérir Gaïa.

– En commençant par la Sicile, précise Raki.

– Sauf que ce dévoreur de son peuple ne conquerra rien du tout, vu que tu vas nous aider à les détruire !

– Moi, je veux bien, Maxima, je réponds, mais je doute fort que ton frangin parvienne à conquérir quoi que ce soit avec ces drones. Sauf erreur, ils n'ont pas grand-chose dans le ventre, tes moustiques. Un lance-grenades, une pauvre mitrailleuse, une bombinette… Avec leurs armes toutes puissantes les Terriens n'en feront qu'une bouchée…

– Peut-être mais pas avant qu'ils ne provoquent un ou deux millions de morts.

– Comment ça ?

– Le Nephos n'a manifestement pas eu le temps de t'en informer lors de la démonstration, mais le drone que tu pilotais était capable de porter un missile d'une mégatonne lancé à Mach 15.

– Soit un million de tonnes de TNT volant à 19 000 kilomètres à l'heure », précise Psi en remontant nerveusement ses lunettes-satellites sur son nez.

Je les regarde en silence. Une pensée me traverse l'esprit. Et si le drone qui filait cette nuit-là en direction de la base turque d'Incirlik avait été armé à mon insu ? Allons, c'est impossible… À moins que… Saint-Martin aurait pu manœuvrer dans le dos d'Alpharetro et de la présidence. Mais pour le compte de qui ? La Grèce ? La Russie ? Les taupes de Maryse Montjoie et du Renouveau National ? À moins que la DR et Montereau aient été mis au courant et que…

– Ho ! Nico ? T'es avec nous oui ou merde ?

– D'accord, d'accord ! Il faut anéantir les drones tueurs, je finis par maugréer, la tête pleine d'une bouillie d'hypothèses navrantes dans lesquelles je tiens invariablement le rôle de fusible. Et comment diable vais-je les détruire, ces horreurs ?

– Tu ne vas pas les détruire, me répond Maxima. C'est nous qui nous en chargerons.

– Toi, tu t'occuperas de neutraliser Kerberos, m'explique Raki.

– Ah. Et c'est qui ça, Kerberos ?

– Cerbère, le gardien des chaînes de montage, grimace Psi.

– Et je fais comment, moi, pour neutraliser le gardien des chaînes de montage ?

– Faudra juste que tu laisses se dérouler ce qui doit se dérouler, m'embrouille une fois de plus Neupho.

– Concrètement, je veux dire… »

Mais rien. Ni Raki, ni Psi, ni Neupho, ni Maxima ne daigne m'en dire plus. Prétextant je ne sais quelle « urgence à réagir » tous les quatre se plongent *in petto* dans la lecture de plans en 3D que Psi a matérialisés sur une espèce de plaque lumineuse. Sans même me jeter un regard, Maxima se contente de m'ordonner de « commencer l'entraînement asap ! »

« L'entraînement asap ? Où ça l'entraînement asap ?

– Ici… »

Elle désigne l'espèce de grande caisse remplie de durites et de fils lumineux que j'avais repérée à mon arrivée dans la planque.

« Allonge-toi là-dedans, m'enjoint-elle. Je vais fermer le couvercle et l'entraînement va commencer. Je te conseille de débuter au niveau deux. On n'a pas de temps à perdre…

– Le niveau deux ? Quel niveau deux ? » je demande en me glissant dans la boîte.

Mais Maxima a déjà fermé la trappe sur moi.

9. LE COMBAT

Il paraît que je suis resté enfermé deux jours dans cette sacrée caisse à savon sans boire ni manger, ce qui ne signifie pas grand-chose, me direz-vous, la temporalité atlante étant des plus élastiques. Ai-je eu soif pendant ces deux jours ? Pas que je me souvienne. Ni soif ni faim. Je ne me souviens pas non plus d'avoir eu à satisfaire mes besoins naturels ni d'avoir souffert de ne pas avoir eu à le faire. Malgré cela, je suis convaincu de ne pas être une créature virtuelle : j'ai un corps, un corps que je sens lourd, agile, puissant et rapide, un corps que je meus à volonté, un corps que je sens exister dans l'espace, et quand je me concentre, je sens chacune de ses parties : j'entends mon cœur qui bat, mes dents qui claquent, je perçois le souffle qui s'exhale de ma bouche, je sens mes muscles quand je les contracte ou que je les étire, je sens le chaud, je sens le froid, je sens le tiède et le brûlant, je sens les odeurs, je les identifie toutes, j'entends et j'évalue les bruits, je raisonne, j'ai été capable tantôt de sentir cette eau fraîche s'écouler dans ma gorge, je vois distinctement le monde qui m'entoure, j'y suis plongé, immergé, je sens ces claques que je me donne sur les cuisses, je sens ce pincement que je m'inflige sur ma peau bleue, je sens mon pouce et mon index quand ils pincent cette peau, – alors quoi ? qui suis-je réellement ? C'est LA question qui me taraude tandis qu'assis sur ce bidon, je regarde Raki et Psi sortir du sac que j'ai tiré jusqu'ici les soixante charges d'explosifs destinées à faire sauter les lignes de montage des drones ainsi que les deux cents grenades à anesthésiques halogénés que Maxima compte utiliser si les équipes techniques chargées de leur maintenance ne se rendent pas à la première semonce. Pendant ce temps, Maxima et Neupho enfilent avec une méticulosité exaspérante leurs combinaisons ignifugées et leur masque à hydrogénol censés les protéger des effets hypnotiques du gaz. Moi je n'ai rien eu à enfiler du tout. Dû à ma qualité d'humain chargé jusqu'à la gueule d'orichalque, je n'ai qu'un pagne autour des reins et je dois compter sur mon seul physique survitaminé pour survivre à ce milieu hostile et m'employer à vaincre Cerbère, le gardien des lieux.

À ce stade de l'opération, nous sommes parvenus sans encombre jusqu'au local technique ζ (dzêta) qui fait face à la ligne chargée de l'alimentation en lance-grenades des drones. Pour atteindre l'entrepôt qui renferme leurs lignes de montage, nous nous sommes introduits dans une galerie située à deux pas de la planque, plus exactement au pied d'un édicule dédié à Ouranos et qui fait office de toilettes publiques. Nous avons dû ensuite ramper un petit kilomètre dans un labyrinthe de conduites que Psi, qui avait pris la tête de la colonne, faisait dérouler en 3D sur sa tablette. Il était suivi de Maxima, Neupho, Raki et de moi-même, ma force herculéenne m'ayant relégué en queue de peloton, avec pour mission de tracter le sac contenant le matériel. Quand on a été à proximité du bouclier magnétique qui sécurise la partie la plus sensible du site, Psi a éteint sa tablette et on a fait confiance à sa mémoire visuelle pour qu'elle nous mène via une conduite de ventilation, jusqu'au local technique dzêta. Depuis, on est carapaté tous les cinq là-dedans, et je ne sais pas si c'est le fait que mes coéquipiers s'équipent plus lentement que je ne l'aurais fait moi-même, car, comme je l'ai mentionné plus tôt, j'ai un petit temps d'avance sur eux, mais je suis pris d'un coup de barre terrible qui me fait bâiller à la lune comme une carpe.

« C'est normal, croit bon de me rassurer Maxima, tu commences à perdre en crédit de vie.

– Mon Dieu ! je m'affole. C'est foutu alors ?

– Tape là-dedans, ça va te rassurer. »

Elle m'indique la porte du local technique dzêta.

Une pichenette de mon index suffit à la faire voler en éclats.

Dehors, les visages se sont braqués sur nous. Passé un légitime moment de surprise, lorsqu'ils voient Maxima s'avancer tout sourire vers eux, qu'ils l'entendent dénoncer d'une voix ferme la « folie de son frère », conspuer « Arès, fléau des hommes et des Atlantes » et en appeler « à la paix réparatrice » et au « voyage libérateur au-delà du ciel et des enfers, vers K2-18b », beaucoup d'entre eux lèvent les mains. Certains débranchent déjà les armoires-robot et rangent leurs outils dans leurs boîtes.

« ... Je t'avais bien dit que les Atlantes étaient des gens pacifiques », m'explique Maxima.

Reste à placer les charges d'explosifs aux endroits idoines, job dévolu à Maxima et Neupho, pendant que Psi et Raki évacuent tout ce petit monde hors de l'entrepôt et verrouillent le hall de l'intérieur, car, dixit Maxima, « il ne fait aucun doute que les sbires de mon frère à l'âme torturée vont tenter d'y pénétrer d'un moment à l'autre ».

Mais tout ceci ne relève pas de ma responsabilité.

Mon job à moi, c'est de faire en sorte que soit neutralisé le monstrueux compromis entre l'araignée géante, le chien mécanique, le couteau suisse et le golem bionique qui vous dévale à présent du plafond en poussant d'horribles crissements d'essieu usé. (Fou comme Atlantes et humains ne peuvent s'empêcher de bricoler leurs monstres à leur image, le plus fascinant étant l'attention qu'ils mettent à préserver leur symétrie : ici, dans sa version aranéide, le robot-tueur Cerbère possède huit yeux-caméras plantés de part et d'autre d'une hure oblongue surmontée de quatre antennes rétractiles distribuées sur sa sommité. Laquelle est reliée à un abdomen mécanique doté de six pattes articulées en lames de couteau. Percé à l'une de ses extrémités d'une bouche cracheuse de venin, et, à l'autre, d'un jabot aspirateur garni de dents acérées surmonté d'un dard télescopique, le robot n'est heureusement pas doté d'armes à feu, sans doute pour ne pas risquer d'abîmer les installations du site avec ses projectiles.) Comme je l'ai déjà signalé, j'avais eu droit à deux jours d'entraînement sans une seconde de répit dans le simulateur de la planque et je dois dire que ça n'était pas de trop pour essayer de comprendre comment réagissait ce bazar. Au bout de six heures d'un combat sanglant au cours duquel j'avais explosé maintes fois quand je n'avais pas fini étêté ou percé de part en part, je m'étais rendu compte que les ingénieurs atlantes l'avaient conçu de manière à ce qu'il soit quasiment indestructible : même amputé d'un ou plusieurs de ses membres, cette espèce d'origami en ferraille était capable de se replier pour se redéployer presque instantanément en prenant une forme différente, chaque fois plus simple mais pas moins meurtrière. Malgré des heures et des heures d'entraînement, il avait fallu que je surmonte mon effroi et que je l'attire à moi en l'insultant ou le sifflant comme on fait d'un chien. Dès le niveau deux du simulateur, je finis par comprendre qu'en lui arrachant l'une après l'autre ses antennes rétractiles d'un coup bien ajusté du tranchant de la main tout en veillant à ne pas me faire éventrer au passage par une de ses huit pattes qui se dédoublaient comme une paire de ciseaux (j'y parvins après 134 essais infructueux) je pouvais perturber son programme métamorphosique et l'obliger à consacrer un temps de plus en plus long à se reconstituer. Il me fallait aussi tenter de lui tordre les membres (143 essais) tout autant que de les lui briser (265 essais). Car s'il devait les replier à l'intérieur de son abdomen pour recréer un nouvel avatar, le robot pouvait se les coincer et rendre plus difficile le processus de métamorphose voire le neutraliser en partie, l'obligeant à se transformer en un monstre hybride bien moins efficace. À un certain stade (niveau 5, soit 1 376 essais pour y parvenir), je savais que Cerbère allait se hérisser d'aiguilles et qu'il tenterait de m'infliger des piqûres mortelles avant qu'une énorme tronçonneuse qu'il sortirait de son abdomen ne s'abatte sur moi ; qu'au niveau 6 (2 421 essais), il utiliserait son tube cracheur de venin pour essayer de me brûler vif à la manière d'un sconse ou de cette créature imaginaire qu'on appelle le bonnacon ; qu'au niveau 7 (3 543 essais) il tenterait de transformer ses quatre dernières pattes en tentacules articulés que je mettrais une énergie folle à arracher ; qu'au niveau 8, rendu aveugle par la perte de ses caméras et ses antennes (5 655 essais) il essaierait de m'attendrir en geignant comme un enfant pour que je le prenne dans mes bras et qu'il me plante son rostre dans le ventre.

Lorsque je fus plongé au cœur de l'action, je ne fus pas dupe de cette manœuvre sournoise. Préparé comme jamais par la méthode d'essais-erreurs qui m'avait coûté tant d'efforts, j'étais parvenu sain et sauf à cette étape cruciale du combat. Je m'étais démené comme un beau diable, courant en tous sens, survolté, possédé même, effectuant mille galipettes, saltos avant et arrière, mouvements rotatifs, mawate, yoko-geri, blocages, coup de poing du scorpion, neck crank, arrachage en reculant, crochet, triple jab, double saut carpé, armlock, pas de côté, coup du yatagan, changement d'appui, esquive, uppercut, retrait du buste, flexion, pied au mur, saut de précision, direct au visage etc. sans reprendre mon souffle, insoucieux de l'énergie dépensée, mettant chaque fois à profit mon léger temps d'avance pour éviter de justesse les coups du monstre et porter les miens là où ça fait mal dans une chorégraphie macabre qui tenait de la gymnastique acrobatique, du hip hop, du kung-fu hongkongais, du krav-maga, de la capoeira et de la danse des morts. J'avais pu ainsi obvier à chacune des ruses de Cerbère, déjouer ses assauts, parer ses balestras, jusqu'à ce qu'attrapant au vol le maudit rostre, je le brisai tout net, et le brisai encore, tuant de facto le monstre mécanique. Pendant ce temps, Maxima, Psi et Raki avaient réussi à évacuer les Atlantes sans coup férir et ils faisaient sauter l'une après l'autre les lignes de montage.

Mais ce n'était pas fini.

Une telle bataille de Titans ne pouvait s'achever sans un final grandiose.

Avant de mourir, Cerbère eut le temps de planter dans mon bras une aiguille hypodermique dont le poison m'envoya directement au dernier stade de l'affrontement, le plus difficile, celui, purement *virtuel*, qui met en présence deux adversaires transformés en hologrammes et dotés de l'épée longue sur le mode *fechten mit dem langen Schwert*[37] selon la technique allemande ancestrale. Éprouvant et nerveux, ce combat, que je n'avais pu qu'entrevoir au terme de 9 321 essais infructueux, implique l'emploi d'un vaste panel de coups francs ou traîtreux, au contact ou à distance, de tentatives de saisies, projections et désarmements, l'épée tournoyant le plus souvent au-dessus des têtes, le jeu consistant à faire trébucher l'adversaire pour mieux le fendre en deux ou, à défaut, de le blesser ou l'estourbir afin de pratiquer sur lui en toute sécurité le *Mordstreich*[38], un habile tour de main qui revient à se servir de la lame de l'épée comme d'un manche et de la garde en croix comme d'une tête de marteau pour défoncer le crâne de l'adversaire. Ce que, rendu hors de moi comme le torrent furieux renverse tout ce qui lui fait obstacle, je parvins à exécuter. Ainsi vaincu, le monstre ressuscita encore six fois, se transformant une première fois en cow-boy prêt à dégainer lors d'un duel au soleil, puis en samouraï brandissant son katana très haut au-dessus de sa tête, puis en gladiateur bondissant à trident et filet de type rétiaire, puis en calmar à bec de perroquet vous étouffant dans ses tentacules, puis en chevalier du quatrième sceau, celui de la mort, avec sa faux étincelante et son destrier hurlant, enfin en lapin géant à trois têtes et aux longues incisives, que je dus littéralement écrabouiller en le serrant dans mes bras comme Héraclès fit du lion de Némée. Quand tout fut enfin révolu, quand le corps de mon adversaire fut réduit à un tas indistinct de boulons et de débris ferrugineux baignant dans une flaque d'huile, je pus revenir à la réalité.

---

37 « Se battre avec la longue épée. »
38 « Coup de meurtre. »

Elle s'avéra catastrophique.

Pendant tout le temps que je combattais les avatars de Cerbère, le groupe d'intervention d'Alcibiade était parvenu à forcer la porte de l'entrepôt et n'hésitait plus à tirer sur notre petit groupe avec des trucs bizarres en forme de mini-sucettes blindées, assez dures pour perforer profondément le métal. Or, dès le début de ma lutte avec le monstre transformé en hologramme, je m'étais effondré comme une masse. M'ayant hissé tant bien que mal sur une palette équipée de roulettes qui servait pour les pièces détachées, les camarades m'avaient halé vers le côté de l'entrepôt où s'alignaient les sarcophages immersifs des conducteurs de drones et des pilotes spatiaux. Planqués derrière une muraille de caisses métalliques sur laquelle les sbires du polémarque concentraient leurs tirs, ils attendaient fébrilement que je me réveille pour mettre en œuvre la dernière partie du plan.

10. LA FUITE

« Haiiii !! »

Les hurlements de Maxima m'arrachent à mon hallucination, je me redresse sur ma palette, j'écarquille les yeux, les balles-sucettes fusent autour de moi et bon sang, Raki est le seul à répliquer aux tirs des Atlantes avec ses bombinettes. Carapatées dans un coin Maxima et Neupho sont penchées sur le corps de Psi qui râle en pissant un sang bleu. Maxima le garrotte et Neupho applique une espèce de pansement compressif sur son ventre, qui n'est pas beau, mais alors pas beau à voir du tout.

« Reste avec nous ! Ne t'endors pas ! Respire ! Regarde-nous ! qu'elles lui gueulent dans les oreilles.

– Faut s'tirer d'ici ! je me mets à piauler.

– T'es pas fou ? hurle Neupho. Si on fait ça, Psi est foutu.

– Embarquons-le.

– Il crèvera dans son transpondeur. »

C'est alors que Psi a ce geste fou. Il remonte une dernière fois ses lunettes-satellites sur son nez, il tend le bras en grimaçant, il attrape la console du détonateur des charges d'explosifs, il appuie sur le condensateur, et, un doigt sur le bouton de mise à feu, il dit :

« Z'avez dix secondes… »

Comme on proteste, il secoue la tête ; il braille :

« F'tez le camp ! »

C'est comme ça qu'on a dû détaler en vitesse vers les sarcophages destinés aux voyages dans l'espace. Ce qui s'est déroulé ensuite dans l'entrepôt tandis que je refermais le couvercle du cercueil sur moi, je ne puis le décrire, car si j'avais pu le faire, je ne serais plus ici pour le raconter.

11. ENTRE MARS ET JUPITER

La suite est sûrement explicable pour un disciple d'Einstein mais elle s'avère totalement incompréhensible pour un clampin tel que moi. La trappe du sarcophage spatial se rouvre presque immédiatement, mes oreilles s'emplissent d'un ronronnement continu et une odeur de pied extrêmement désagréable m'emplit les cavités nasales. Je mets un temps fou à me redresser sur mes fesses et un temps pareillement infini à réaliser que l'entrepôt est plongé dans la pénombre. Mon cerveau paraît fonctionner au ralenti, et, pendant un long moment, je suis tout juste capable de bouger les doigts de ma main droite et de toucher mon visage. Plus tard, peut-être beaucoup beaucoup plus tard (mais suis-je réellement en mesure d'évaluer le temps qui passe ?), je réalise que nous sommes assis tous les trois dans nos sarcophages, que nous baignons dans un halo bleuté et que nous nous regardons en chiens de faïence. Longtemps, très longtemps peut-être, c'est un grand silence, n'était cette espèce de ronronnement rassérénant qui berce notre hébétude.

Enfin, ma vue s'accommode à la pénombre. Je prends vaguement conscience que le chiffre trois n'est pas correct, pas adéquat plutôt, que nous devrions être quatre, c'est ça, quatre, et que cela a certainement un rapport avec le fait que le couvercle d'un des sarcophages alignés à côté du mien est à demi fermé et qu'aucune lumière n'émane de ses entrailles. Je n'arrive pas à tirer quoi que ce soit de cette pensée. Qui m'effraie pourtant. Qui m'effraie même énormément. Enfin, Maxima prend l'initiative. Elle bouge les mains, elle se hisse sur ses bras, elle bascule sur le côté, elle s'échappe tant bien que mal de son habitacle, elle tombe au sol, elle se lève précautionneusement, elle s'approche en titubant du sarcophage.

« Raki », elle dit.

Elle dit cela, mais le son de sa voix me parvient comme coupé en mille morceaux.

R-r-r-a-a-a-k-k-k-i.

Elle manipule quelque chose et tout s'allume.

Comme c'est blanc !

Mes paupières presque closes, je devine des marquages, des flèches, des conduites, des écoutilles, des appareillages électriques compliqués. Rien à voir avec l'entrepôt que nous venons de quitter. Je vois Maxima s'approcher d'une grosse vasque que je reconnais comme étant celle d'une clepsydre quantique. Je décide de m'extirper de mon cockpit. Mes bras, ma tête, mon dos pèsent comme du plomb. Je m'élève sur les coudes, je me tords sur le côté, je glisse, d'abord lentement, puis de plus en plus vite, je ne parviens pas à me rattraper, je m'étale par terre. Je reste là un long moment. Je n'ai pas mal.

Je ne sens pas grand-chose. Je ne sens même rien du tout. J'ai l'impression bizarre que le temps s'étire et se rétracte en même temps.

...

Longtemps après, très longtemps après peut-être, je ne suis pas encore tout à fait sorti de mon hébétude. Je me suis quand même levé, j'ai titubé quelques mètres et j'ai pu rejoindre Maxima. En passant à côté du sarcophage de Raki, j'ai constaté qu'il ne s'était pas fermé correctement lors du transpondage. L'écoutille a été tordue par un fort impact de balle-sucette dont il reste un shrapnel embouti dans la tôle. Vitrifié au dernier degré, Raki est devenu dur comme la pierre. Il m'a été impossible de clore ses paupières et de fermer sa bouche. J'ai toutefois cru bon d'insister, mais la jeune fille aux longs cheveux raides dont je ne me rappelle pas encore le nom m'a repoussé d'un coup d'épaule et a refermé le couvercle. Ah oui, Neupho. Elle s'appelle Neupho...

« On est où ? je demande, avec dans ma bouche ce son curieusement haché et derrière ce vrombissement de machine à laver.

– Tu ne te souviens pas du plan ? me répond Maxima, qui a l'air à la fois très très loin et très très près de moi.

– Non.

– On s'est transpondé dans un engin spatial qui explore la banlieue de Mars. On fonce vers Jupiter. Tu te rappelles maintenant ?

– Non. Et pourquoi ça ?

– Pourquoi ça ? Mais parce que pour être à cent quatre-vingt-quatorze millions de kilomètres de la Terre, nous avons dû faire un saut spatio-temporel de quinze jours. Tu percutes ? Ça veut dire que ça fait quinze jours qu'on a fait exploser les lignes de montage des drones destinés à conquérir la Terre. Depuis, Dannon et Alcibiade ont été en principe neutralisés par la garde du Basileus. Du moins, je l'espère. Mais assez parlé. Il faut regagner nos places.

– Quoi ? Déjà ?

– Oui, déjà..., soupire Maxima. Car nous mettrons encore quinze jours pour rentrer au bercail. Et dans quinze jours, si tout s'est passé comme prévu, nous arriverons le jour même du décollage de mon peuple pour K2-18b.

– K2... Ah mais oui ! Je m'enchante soudain, la glu qui embarbouille mon cerveau se dissipant un peu. L'aller et le retour ! Bon sang, ça a donc marché !

– Sauf qu'on a laissé deux morts derrière nous, au cas où t'aurais pas remarqué.

– Ah oui, pardon. Je...

– Pas de quoi. Reste à savoir ce qui nous attend au retour. Espérons que mon père aura su jouer sa partie en convainquant les bouleutes de quitter l'enfer terrestre.

– T'inquiète..., je me mets subitement à plastronner malgré l'état lamentable dans lequel je suis, si les choses tournent mal, tu pourras toujours compter sur moi.

– Compter sur toi ? Non mais tu t'es vu mon pauvre ami ? »

C'est alors que mon regard se pose enfin sur mes bras, ma poitrine, mon ventre, mes jambes.

Amaigris, rosacés, ridiculement riquiquis.

« Ahiii ! j'hurle. Qu'est-ce qu'il m'est arrivé ?

– Il est arrivé qu'il est temps que tu rentres au bercail, Nico... »

12. DANS LA POUSSIÈRE DU TEMPS

Il était temps, en effet. J'avais épuisé la quasi-totalité de l'énergie de l'orichalque. J'étais si affaibli que lorsque je me réveillai de nouveau sur Terre, au terme d'un voyage qui me parut instantané, je ne pus ouvrir la trappe de mon sarcophage, celle-ci s'étant trouvée coincée sous une couche de gravats. Pris de panique, criant, hurlant, rassemblant plusieurs fois mes maigres forces pour débloquer cette satanée trappe, appelant au secours, hurlant que je ne méritais pas cela, puis geignant, pleurant à chaudes larmes, je mis un long moment avant de me persuader que tout était fini, que j'allais mourir incarcéré dans ma prison, mourir de soif, de faim, d'asphyxie plus sûrement, que j'allais crever, tout simplement, comme tout le monde, que c'était simplement mon jour de crever comme ce sera un jour celui des autres, que c'était ici et maintenant, alors je me calmai, je me mis à penser à ma vie, à mon ex-femme, à ma fille, aux collègues, à mon enfance, à des trucs idiots, au goût du miel, de la mort, du sexe, à des choses extrêmement précises qui prirent tout à coup une acuité extraordinaire, une odeur, l'odeur de fougère, l'odeur de linge propre, l'odeur de pain grillé, l'odeur du café, l'odeur d'un vieux Tintin, l'odeur d'un Lagavulin seize ans d'âge, jusqu'à ce que mes yeux se posent par hasard sur ce bête pictogramme qui était depuis tout ce temps devant moi, presque sous mon nez, coincé entre le bloc d'information de navigation et le transducteur triphasé statique, ce mini-Atlante vu de profil dans la position du coureur surmonté d'un bouton-poussoir, que je poussai, la trappe sautant – pop – comme un bouchon de champagne, une partie des gravats s'effondrant sur moi, m'ensevelissant à moitié sous une couche de poussière et de cendre, s'introduisant dans ma bouche, dans les trous de mes oreilles et dans les interstices de mes paupières, mais qu'importe, puisque j'étais sauvé.

Sauvé mais furieux de constater, une fois extirpé de cette sacrée boîte à fromage, que les sarcophages de Maxima et de Neupho étaient ouverts à tous les vents eux aussi, ouverts et vidés de leurs occupantes, lesquelles, les traîtresses, s'étaient barrées sans demander leur reste et qu'en conséquence il n'y avait plus rien ni personne dans l'entrepôt dévasté par l'explosion qu'un pauvre type larmoyant au physique ridicule perdu au milieu de nulle part.

Ce furent alors des porches défoncés, des halls dévastés, des couloirs vides, des sous-sols abandonnés que j'arpentai à petits pas douloureux, le front brûlant, la bouche sèche, la peau cuisante et les yeux piquetés de mille épingles. Craquements ici, flammèches là, murailles brûlées partout : je gravis péniblement un escalier monumental et je débouchai sur une Grand-Place, vide, elle aussi. Très haut devant moi, très loin derrière moi, de tous côtés, à perte de vue, la ville dressait des pans de murs noircis, des statues mutilées, des ferrailles tordues, des colonnades en ruine dont les fûts géants brisés gisaient au milieu des décombres. Ainsi, c'est cela qui est arrivé, je me disais. La guerre. La guerre totale et fratricide. Mais où sont les vainqueurs ? Sont-ils morts et enterrés ? Sont-ils sains et saufs et prêts à décoller ? Une pierre se détacha de la façade d'un temple, dégringola en rebondissant sur les corniches et roula au sol parmi les autres pierres, puis se figea.

Une voix.

Là-bas, j'entendis une voix.

Je vis sur le flanc d'une colonne des ombres qui s'agitaient. Je m'élançai, trébuchai, tombai, hissai sur mes jambes le sac de sable qu'était devenu mon corps.

J'essayai d'appeler, mais ma gorge ne parvint qu'à exhaler un rauquement sourd. Les ombres disparurent derrière un bloc de pierre, j'entendis le crissement de pas qui s'approchaient. Je fermai les yeux, je vis alors quelque chose de décharné, je vis quelque chose de maigre et de misérable qui avait un visage noir de suie, qui était moi, qui parlait tout seul en clopinant, qui tomba sur les genoux, qui s'effondra la tête la première dans la poussière.

13. DERNIER VOYAGE

…

« Le voilà ton héros, fait une voix.

– Enfin… », fait une autre voix.

J'ouvre les paupières. Je vois l'ombre d'un guerrier atlante. Une deuxième ombre de guerrier. Une troisième encore. Mais quand un souffle chaud vient me caresser la face, je détourne le regard et je vois l'inimitable bleu persan des yeux en amande de Maxima.

Sa main ferme me maintient la tête tandis qu'un liquide tiède et sucré coule dans ma gorge.

« Quel enfant tu fais… Crois-tu que nous t'aurions abandonné ? », me répond-elle quand je l'interroge.

Neupho est à ses côtés, un sourire amer sur les lèvres.

« Qu'est-ce qu'il s'est passé ?

– La guerre, me dit-elle. Le sang a ruisselé. L'affliction s'est répandue. Des morts. Tant de morts…

– Mais mon père et ses partisans ont gagné, sourit Maxima. Les survivants sont prêts à décoller. Maintenant que nous t'avons retrouvé, nous allons les rejoindre.

– Et ton frère ?

– Réchappé. Ce fou est allé rejoindre son double à Heropolis avec une poignée de ses fidèles dont le sang indigo n'a pas ruisselé sur nos lances. Fous eux aussi. Nos cœurs saignent de les voir quitter leur peuple.

– Dusk ? Zackenberg ? Dannon ?

– Repartis sur Terre, eux aussi. Avec d'autres avatars d'humains que tu connais aussi. Huhan, Yamaguchi, Pony Ma… Tous ces chiens de Terriens. Les uns en pleine forme, les autres en mauvais état. La loi de l'orichalque, ça.

– Et moi ?

– Toi, tu repars aussi. Tu vas regagner progressivement ton intégrité. Il reste encore un combat à gagner sur Terre. Ici, tu n'es plus bon à rien. »

Elle a dit ça avec une pointe de regret dans la voix.

J'en suis sûr.

« Tu vas me regretter, je dis.

– Ne dis pas de bêtise.

– Et ton double terrestre ?

– Il part avec moi, bien sûr. Il n'est pas bon d'être corrélé trop longtemps avec un intriqué, comme on dit ici. Mais ne t'inquiète pas. J'ai veillé à ce que la Maxima terrestre quitte ton monde en beauté.

– En beauté ? Qu'est-ce que tu veux dire ?

– Chttt… Tu verras. Maintenant tais-toi. Et prépare-toi pour ton dernier voyage. »

Et tandis qu'un des guerriers me colle à la figure un masque grisâtre dégageant une forte odeur d'éther, je vois à travers ses hublots les yeux de renarde de Maxima qui s'approchent des miens.

« Tu dors ?… Dis-moi ?… Tu dors ?… »

Je veux répondre.

Je l'entends claquer des doigts en rythme.

« Clac… Clac… Clac… »

Sec et sonore comme les claquements d'un fouet tandis que surgissent de nouveau ces images d'une bacchanale sanglante, avec couronnes de fleurs et de pampres, cris de douleur et de joie et deux corps nus, déchaînés, dressés l'un contre l'autre, tendus et tumescents, infernaux, s'enlaçant, s'embrassant, se battant et peut-être même s'entre-dévorant.

« Clac… Clac… Clac… »

… et l'œil outremer de la femme renarde grossit, grossit démesurément, le sphincter de son iris fracturé s'anime, s'ébranle dans une rotation de plus en plus rapide, un tourbillon frénétique devenu vortex gigantesque qui m'emporte dans le trou de sa pupille, tel le bateau d'Ulysse dans l'eau noire du gouffre Charybde.

Troisième partie

RETOUR AU BERCAIL

1. UN MATIN À MARQUER D'UNE CROIX BLANCHE

Clac… clac… clac…

C'est un bruit caractéristique.

Il surgit régulièrement au petit matin.

Clac… clac… clac…

J'y suis tellement habitué que même s'il me fait chaque fois remonter à la surface dans un douloureux vertige, il ne parvient pas totalement à m'arracher à ce cauchemar épouvantable dans lequel je m'enlise depuis…

Combien de temps, déjà ?

Clac… clac… clac…

Sept mois. Sept mois qu'une femme vampire à peau bleue me fouette les sangs dans mon sommeil. D'autres choses aussi, plus lointaines, plus obscures… Et le matin, quand la Schtroumpfette a disparu, s'installe en moi cet abrutissement poisseux qui va me tenir tout le jour et me faire perdre chaque fois un peu plus pied, un peu plus la tête, oublieux de mes phrases, de mes mots, de mes idées qui… que…

Où en étais-je ?

…

Ah oui. Mes paupières. J'ouvre les paupières. Chaque fois collées comme c'est pas possible. Que ça me panique. J'écarquille les yeux, j'ai la figure en crépi de plâtre et je sais que la situation n'a pas bougé d'un cil : ces mêmes poutres au plafond, cette même odeur de cave humide, cette même remontée acide qui me brûle la gorge. Cette toux, ensuite, irrépressible en l'absence de capréomycine.

Juste avant que vienne le mal de crâne.

Sept mois qu'il me tient, celui-là.

Lancinant, engourdissant, inamical.

Depuis l'incident.

La fête.

L'accident.

Tout ça.

Cette fête à tout casser, la nuit de mon arrivée sur l'île.

On m'a sorti d'une espèce de simulateur.

De vol.

Chaque fois ça me revient.

J'étais pas beau à voir.

Barbotant, chevrotant.

La bouche pleine de bulles.

J'avais fait partout dans cette machine du diable.

C'est bien simple, tout le monde était catastrophé.

Et comme j'avais pas mes médicaments…

Parce qu'on me les avait pas donnés mes médicaments.

Quand j'ai débarqué sur l'île, on a refusé de me les donner mes médicaments.

C'est sûrement à cause de ça que j'ai fondu comme neige au soleil.

Mes muscles, je veux dire.

Pas toute ma tête non plus.

Comme sciée en deux ma tête.

Putain, je suis pas bien.

Je sais bien que je suis pas bien.

C'est pas Jassim avec ses recettes de grand-mère qui va me la rendre, ma tête.

Peut-être mon toubib Marc-Marie, et encore.

Si je le revois un jour…

…

« Bon, ça va comme ça ! »

Quand on parle du loup…

C'est Jassim, justement.

Je l'entends crier dans la courette.

En attique, ça donne quelque chose comme : « *Anapauē !* »

Jassim mon fixeur qui ne me fixe plus grand-chose depuis des mois maintenant. Mis à part ma carcasse, de ses petits yeux torves, de bas en haut, avec cet air d'affliction presque comique :

« Vous n'êtes vraiment vraiment pas en forme, monsieur Narval… »

Ben non, je suis pas en forme, mon colon. Pas nouveau ça. Sept mois que ça dure en fait. La tête en salade, j'ai. Des espèces d'éblouissements hébétés. Des absences. Ça se voit comme le nez au milieu de la figure, mon vieux Jassim. Comprends pas pourquoi y continue à m'héberger, ce numéro-là. Me nourrir. Me payer des coups à boire. Sur ordre exprès de Maxima, m'a-t-on dit. Ce que j'en sais, moi. N'empêche que ce matin, c'est bizarre, mais j'ai bien envie d'aller y voir dans la courette. Et même au-delà. Prendre l'air, nom de Dieu. Parce que normalement, la demi-journée, je la passe effondré sur mon grabat.

Et quand vient le soir, je vais traîner mon pauvre corps du côté de la taverne de… de…

De Dionysos. Ça me revient… Aristeidês, c'est le nom du patron du rade. Un rade où je me finis en général devant une assiette à peine entamée et trois ou quatre pichets de la piquette locale, un blanc acerbe au goût de résine de pin. Vides, les pichets… J'y ai mon ardoise. C'est Jassim qui régale. Sur ordre exprès de Maxima, il paraît. J'ai pas dit ça, déjà ? Et quand il n'y a plus de résiné, il y a cette eau-de-vie à la gomme de lentisque, une espèce de chewing-gum dont on se sert aussi ici pour fixer les faux cils.

Sauf qu'aujourd'hui, non. Bizarre. Pas envie de m'effondrer. Envie de prendre l'air plutôt. Ai-je dit déjà, je crois. Après la miction et le débarbouillage dans la chaleur grasse d'hécatombéon, j'irai faire un tour dehors, sûr. Et tiens, pour une fois, miracle, j'arrive à déplier sans trop de difficulté mes pauvres jambes. Je me retrouve debout, incroyable, pas trop rouillé de partout, pas même eu à me fiche à quatre pattes ni à hisser mon tronc maigreux sur mes guiboles flageolantes en m'aidant d'un des poteaux de la pièce. Pas non plus trop l'impression d'avoir le cerveau dans la sciure. Normalement, j'ai comme une barre, là. Entre les deux yeux. Qui fait écran avec les mots, les choses dont il faut se rappeler…

Un matin à marquer d'une croix blanche, ça.

Je regarde par l'étroite fenêtre de ma cagna. Assez longtemps pour éprouver l'impression de voir ce que je n'avais jamais vu auparavant. C'est marrant comme on finit par s'habituer à toutes les folies, les bizarreries, les saloperies humaines. Je me répète cette banalité en regardant le dos de l'esclave Pâris que l'esclave Dolios détache d'une colonne tronquée sous l'œil satisfait de Jassim. Zébré d'ourlets sanguinolents, le dos de Pâris. Je me souviens subitement l'avoir vu fricoter avec l'esclave Doera pendant que les maîtres assistaient à l'ouverture des Jeux panathénaïques. D'où les dix coups de fouet pour le contrevenant… Telle est la dure loi d'Heropolis.

On frappe à la porte de la villa.

Ma main à couper que c'est mon visiteur matinal. Gagné. Tout me revient maintenant. Presque tout. C'est ce bon Shamim qui pénètre dans la courette. Shamim Wazed. Pas grand mérite d'avoir deviné, c'est le seul à venir prendre de mes nouvelles, Shamim. Belle lurette que Maxima et Marc m'ont laissé tomber, eux. Montereau, j'en parle même pas. Shamim si. J'en parle. J'en parle et je prends conscience que le brave gars a fait du chemin depuis tous ces mois. Pas resté comme moi pieds tanqués dans le même tas de fumier. Devenu champion de castagne toutes catégories, Shamim. Des bras comac, des tatouages terrifiques, un regard de duende dur comme la pierre. Son nom aussi a changé. Ça me revient brusquement. Onomastos. Le nom d'un costaud qui faisait des ravages sur les rings grecs, il y a vingt-quatre siècles de ça. Il est devenu une gloire locale, Shamim. Sans pour autant perdre de vue la mission. Du moins, c'est ce qu'il me répète en boucle tous les matins depuis sept mois :

« J'ai pas lâché chef… J'ai rien lâché… Faut rien lâcher… »

Façon mantra.

« Vous aussi, bon sang, faut vous réveiller patron… », il intercale poliment de temps à autre.

Moi qui pédale depuis janvier dans la semoule.

Janvier… Gamélion, ça se dit en grec ancien.

« Me réveiller ? Me réveiller de quoi ? » j'arrêtais pas de lui répondre.

La mission de trop, qu'est-ce que vous voulez.

Plus *du tout* les yeux en face des trous.

Le fiasco.

Le fiasco total.

Le pire, je veux dire le plus humiliant pour moi, si j'exclus l'incident du simulateur d'où l'on m'a sorti pantelant, ça a été le boulot, je pense. Landorf. Ça aussi, ça me revient comme un boomerang. Une espèce de gringalet à houppette et trois poils au menton, *chief* truc de je ne sais plus quoi, tout péteux d'avoir été rebaptisé Aristote par sa hiérarchie, et qui vous jette au visage :

« Comment ça *cocksucker* tu comprends rien au modèle numérique de terrain ? »

Bon Dieu, maintenant je m'en rappelle comme si c'était hier :

« T'es qu'un looser, un *fucking* noob. J'vais tuer ton job, s'pèce de boloss… »

Lourdé sans que Z ne lève le petit doigt, par parenthèse. Un putain de zombie, Z. Bien pire que moi, quand j'y pense. Totalement sous influence Dannon, avec les va-t-en-guerre Alcibiade-Huhan-Yamaguchi en embuscade. Bon Dieu, qu'est-ce que j'ai à m'intéresser à la politique locale de cette île des cinglés, tout à coup ? Normalement je me recouche direct et je me remets à roupiller en cauchemardant sur mon sort et sur celle qui m'a trahi.

Maxima.

Cette scène rémanente où elle me…

L'ai-je rêvé ou… ?

Faudrait que j'en aie le cœur net…

J'oublie pas ce faux frère de Montereau.

Je l'ai gardé pour le dessert, Montereau.

Môssieur Edgar Montereau et ses plans foireux :

« On est là en couverture. Vous documentez et au moindre pépin on arrive en renfort… »

Renfort macache, ouais. Foutaise et tout le tremblement. Faut croire que les têtes d'œuf de la DGSE sont gonflées à l'hélium. Personne en France n'avait anticipé les résultats des élections présidentielles de mai. Adieu Dulong et son Front Républicain. Bonjour Maryse Montjoie, son Renouveau National, ses promesses de lendemains qui chantent et ses factotums macabres : Léon Zeck à l'Intérieur, le huileux Vidal au commandement des Opérations Spéciales, la carpette Saulnier à la tête du service Action. Les gros malins Theron et Saint-Martin sauvés des eaux pour des raisons que j'ignore et Alpharetro prié d'aller tailler ses rosiers *usque ad mortem*.

Résultat des courses : des mois qu'on moisit ici et personne au bout du fil.

Silence radio sur toute la ligne.

Et pendant ce temps, qu'est-ce que je fais ?

Je coule à pic.

Le fiasco.

Le fiasco total.

J'ai déjà dit ça, je crois…

Le bouquet, ça a été la mission spéciale. La surprise du chef. Le supplément commandé par ce serpent de Saint-Martin et son Civipol Conseil.

Boum !

Il s'est barré tout seul, le drone que j'étais censé piloter à distance. À se tordre de rire quand j'y repense. Il a pris le mors aux dents à environ quatre-vingts kilomètres au nord-ouest de la base d'Incirlik. Et moi, j'ai failli y rester dans ce putain de simulateur… Le système aurait été hacké de l'extérieur par je ne sais qui ou quoi. Enfin d'après Dannon et consorts… Confirmé il y a deux mois par Montereau :

« T'as rien à te reprocher, il m'a fait savoir dans un message crypté avant de disparaître définitivement des radars. Tu peux considérer que t'as en quelque sorte rempli ta mission… »

J'ai pas bien compris quelle mission j'avais remplie « en quelque sorte ». Ce que j'ai compris, en revanche, c'est que le missile qui équipait le drone aurait ravagé la base turque de l'Otan s'il n'était pas tombé au milieu du plateau anatolien.

« Debout là-dedans ! »

C'est Shamim qui malmène la porte de ma turne.

Ça donne quelque chose comme « *Egeirō !* » en grec ancien.

Quand je pense que c'est la seule chose que j'ai fini par apprendre à peu près convenablement, le grec ancien. J'ai eu beau avoir le cassis dans le fromage, ça a fini par rentrer. Pour ce que ça me sera utile si je sors jamais vivant de cette île… À moins que je ne finisse mes jours dans la peau d'un Lemichon *bis*. Qui sait ? Répétez après moi : « Ô-ou » comme dans –

« Ô-ou patron ? Vous êtes là ? »

Sacré Shamim va. Il est quand même bien gentil de venir aux nouvelles…

2. LE PLAN B

Un quart de doigt de clepsydre plus tard, on en est encore à se gratter le crâne d'expectative, lui et moi. Le plus étonnant, c'est qu'il a continué pendant tous ces mois de me mettre au courant de ses petites affaires. Qu'est-ce que vous voulez, il a le sens du devoir et de la hiérarchie chevillé au corps, Shamim. Tout à l'heure, aussitôt qu'il m'a vu, il a fait une tête incroyable et il m'a lancé :

« Patron, je l'avais dit ! Je l'avais bien dit !

– Qu'est-ce que vous aviez dit ?

– Qu'il faut *rien* lâcher pardi ! Hein ? Qu'il *faut* rien lâcher… Vous êtes beaucoup mieux, non ?

– Qui ? Moi ?

– Ah si. Si si, c'est net. C'est très net. C'est même extraordinairement net. Vous avez l'air… changé. Le regard. La voix. Vous avez bouffé du lion ou quoi ?

– Ne dites pas de bêtise Shamim… »

Le fait est qu'il a raison, le bougre. Pas encore totalement sur pied, certes, mais plus vraiment dans le potage. Me souviens qu'avant ça m'imprégnait jusqu'à la mâchoire, le nez, la langue, le tour des yeux, et dans mon crâne, il y avait cette espèce de…

« Vous m'écoutez, chef ?

– Oui, je vous écoute Shamim.

– Non parce que j'ai quand même l'impression que vous êtes encore un peu… »

Ailleurs ? L'impression que je suis ailleurs ? Je veux mon n'veu ! Sur la planète Mars, si tu veux tout savoir, mon vieux Shamim. Difficile de perdre une habitude de sept mois, vois-tu. Sept mois que je suis en conversation avec moi-même pour éviter de sombrer. Quoique ce matin, c'est bizarre, mais j'arrive à prêter un peu l'oreille…

…

Et comme je m'y attendais, ce que j'esgourde n'a pas varié d'un iota :

« Et alors ? je lui réponds. Alcibiade et Dannon vont s'emparer du pouvoir. L'île d'Heropolis va être dirigée par un fantoche téléguidé par un génie du mal, et soutenu par la jeunesse de l'île déguisée en spartiates d'opérette. Z et sa clique n'y peuvent rien, à moins qu'ils ne se décident à massacrer leurs propres enfants. En quoi est-ce que cela me concerne ? Vous n'auriez pas plutôt un tuyau pour sortir vivants de cette île des fous ?

– Un miracle ! s'enthousiasme Shamim.

– Quel miracle ?

– Ben vous chef. Qui d'autre que vous ? Vous avez l'air… »

Hilare, il est.

Il frappe mon plexus du bout de son index :

« Écoutez-moi, patron. Écoutez-moi bien. Il faut absolument que vous m'écoutiez… »

Son grand sourire brunâtre me fait tout à coup réaliser qu'il ne s'est pas beaucoup lavé les dents, ces sept derniers mois, Shamim.

« Vous devez absolument écouter ce que j'ai à vous dire, continue-t-il d'insister. Vous n'allez pas baisser les bras au moment où le Nephos prend son envol, quand même ! s'exclame-t-il avant de se mettre à couiner d'enthousiasme tandis qu'à mon grand étonnement, j'arrive à me dresser prestement sur mes pieds et même à esquisser quelques pas de danse. Parce qu'il faut que vous sachiez que si on n'agit pas tout de suite, ce n'est pas l'île d'Heropolis qui sera régie par un fantoche, c'est le monde entier…

– Allons allons, Shamim. Ne vous emballez pas.

– Le Nephos chef ! m'en remet-il une couche. Je vous assure que l'opération de hackage mondial a bel et bien commencé. Tout est orchestré depuis l'île avec des relais au Ghizou et au siège texan de Melon Dusk. L'Otan, la Finabel et l'ONU sont sur les dents, je vous dis… »

Je l'ai su plus tard, mais Shamim avait raison. Il faisait ici allusion au hackage surprise des dix mille satellites géostationnaires qui assuraient la synchronisation de l'ensemble des réseaux numériques terrestres. Or, je puis le révéler aujourd'hui : les médias qui en firent à l'époque leurs choux gras avaient tout faux. Les extraterrestres, la Russie, le vent solaire ou la clique des pédophiles sataniques n'avaient rien à voir là-dedans. Les phénomènes « d'origine inconnue » qui ont perturbé cette année-là le système de régulation mondiale ainsi que les navettes militaires de l'Otan placées en orbite polaire venaient d'Heropolis.

« Steve Dannon et cette vipère de Zhou Huhan se frottent les mains, poursuit Shamim, et pendant ce temps Z apparaît totalement impuissant… »

Impuissant, c'est le mot. Là-dessus, Wazed avait encore raison. À l'époque, le multimilliardaire américain était plongé dans un état pire que le mien. Encore plus égaré que moi dans le songe nébuleux, il errait sans but depuis des semaines dans son palais de carton-pâte. Quand son entourage l'adjurait de réagir, il répondait « *Aurion ! Aurion !*[39] » On murmurait dans l'île qu'il aurait été envoûté par la Pythie. Drivée par l'agence de Dannon Split News, la Grande Prêtresse Kim K l'aurait rendu accro aux vapeurs euphorisantes supposées émaner des entrailles de l'île. Certains affirmaient avec aplomb que les dieux dont il aurait dérangé le sommeil se vengeaient en lui faisant livrer chaque soir la lutte d'Athéna avec Poséidon…

« Oh CHEF ! Vous m'écoutez ?

– Oui oui, je mens, m'arrachant à contrecœur à mille pensées contradictoires, pas si sûr, au fond, que l'étrange résurrection que je suis en train de vivre n'a pas pour effet paradoxal de me plonger aussi sec dans un nouveau délire hallucinatoire.

– Je vous disais que grâce à l'aide précieuse de Maxima, nous avons pu… »

Lui en revanche, il a l'air d'y croire à la réalité de cette île, Shamim. Nom de Dieu, il y croit dur comme fer, à l'importance de sa mission. La mission… Me revient en mémoire la face bleuie de Dioxippos qu'il serrait il y a deux jours dans un terrible neck-lock. Et Marc Lang. Bon Dieu, Marc Lang. L'aurige vedette qui a pris le nom de Cloanthe. Brusquement, je réalise

---

39 « Αὔϱιον ! Αὔϱιον ! » ; « demain ! demain ! »

que notre agent formé à Saumur bénéficie chez les parieurs du troquet où je dîne d'une cote astronomique de 1,3. Ils ont un plan… Ça aussi, ça me vient d'un coup. Paf ! Comme si les infos se commutaient en moi par paquets. Les esclaves frais émoulus de Cercottes ont eu le temps d'organiser la révolte pendant que j'alignais les cuites.

« … Parce que la situation est grave, réitère Shamim.

– Absolument, je rétorque. Gravissime même. Edgar nous a lâchés au milieu du gué et la mission est tombée à l'eau, point barre.

– Montereau ne serait pas content d'entendre ce que vous dites, chef. Il remue ciel et terre pour que…

– Pour que quoi ? Pour qu'il se pointe à la fin avec le septième de cavalerie ? Vous voulez bien arrêter de dire des bêtises, Shamim.

– Onomastos, patron. J'aime bien vous voir vous énerver comme ça. Ça veut dire que vous reprenez du poil de la bête. Aux dernières nouvelles Montereau était en discussion avec la sûreté grecque et…

– Et Alpharetro qui couvrait l'opex a été gentiment mis à la retraite.

– Ça fait déjà un moment qu'il a dû partir. Les choses ont pas mal évolué. Il y a ce plan B, patron. Depuis tous ces mois, Marc et moi on a organisé…

– Une insurrection. Je sais. Une poignée de bergers pouilleux se sont ralliés à votre cause. Je crois bien me rappeler que vous me l'avez déjà répété mille fois, Shamim.

– Ravi de vous l'entendre dire, chef. Je savais bien que j'avais raison de ne pas vous lâcher. Sauf que ça n'est pas une insurrection. C'est une *contre*-insurrection. Vous vous souvenez du module « alternative au plan principal » à Cercottes ?

La section « Infiltration et retournement » ? La sous-section « Gagner les cœurs et les esprits » ? Le plan B, patron… Et puis pas que des bergers. Des esclaves aussi, des paysans, la plupart des citoyens de la basse ville. Ça grossit de jour en jour…

– C'est ça. Tous les crevards de l'île en somme. Tous les parieurs qui pensent qu'ils vont gagner le pactole à cent contre un. Vous croyez franchement qu'ils vont réussir à vaincre les sbires d'Alcibiade avec des bâtons de berger et des couteaux de cuisine ? On n'est pas dans *Quo vadis* ou *Indiana Jones*, Shamim. Il faudrait des canons, bon Dieu. Il faudrait des putains de M242 Bushmaster.

– Justement, Montereau…

– Parlons-en de Montereau. Il n'était pas censé nous sortir de ce foutu traquenard ?

– Il nous a aidés, chef. Il nous a donné le feu vert. Pendant tout le temps où vous étiez…

– Où j'étais quoi ?

– Pas en état, chef. On a quadrillé. On a infiltré et on a persuadé. À présent, le temps est venu d'agir. J'ai une chose importante à vous demander…

– Me demander quoi, Shamim ?

– Onomastos, patron. Ça se passera ce soir… Juste après la course de chars. Vous serez avec nous ou contre nous ? »

Pas de doute, il est devenu quelqu'un, Shamim. Sacrément monté en graine, le petit. Franchement, si je devais coucher cette histoire par écrit, ce serait lui et personne d'autre qui en serait le héros. Popeye, Stallone et Dwayne Johnson réunis en un seul homme. On verrait le monde à travers ses petits yeux d'onyx tout pépités d'espoir. Pas les globes injectés d'un quinqua dépressif revenu de tout.

« Oké, je suis avec vous mais sans vous, je réponds. Je suis hors-jeu, vous m'avez compris ? Complètement out… »

Là-dessus, je ne sais pas ce qu'il me prend, mais je laisse Shamim le héros en plan et je sors prendre l'air.

3. L'ADIEU À LA FEMME RENARDE

Ou plutôt non. Je sais ce qu'il me prend. Je le sais très bien même. Je le sais parfaitement. Je sors parce que je veux en avoir le cœur net, bon Dieu. Voir de mes propres yeux la grand-place de Scambonide grouiller de monde. Marchands, lecteurs, musiciens, badauds, esclaves, prostitués, gardes scythes. Les voir de mes deux yeux dessillés. Les odeurs aussi. Humer la poussière et la transpiration. Humer la viande, les poissons sur les étals, sur ma peau sentir l'air chargé jusqu'à la gueule d'électricité, et ça me revient d'un coup maintenant : les Jeux panathénaïques. Le pancrace, les courses de char, le petit peuple à pied d'œuvre dès potron-minet. Ces jeux qui ont débuté il y a deux jours par cette procession immense qui a réuni la cité entière. J'y étais. Ahuri, baveux, chêne rompu et moussu de partout, mais j'y étais. Ça me revient à présent. Jassim m'avait traîné là après que dans mes errances domestiques, j'avais surpris Pâris et Doera s'enlacer derrière cette tenture de chanvre. Poussant un cri d'hébété, je les avais trahis malgré moi, et c'est pour me récompenser de cette scélératesse que Jassim avait tenu à ce que je l'accompagne. Comme à travers un brouillard, je vois la Grande Prêtresse qui se dandine en tête de cortège, haut perchée sur ses cothurnes dorés, son corps caoutchouc godant sous le voile pailleté d'or et d'argent d'Athéna. Noyé dans un manteau, Zackenberg la suit comme un toutou. Soutenu par deux gardes, il faseye, le regard dans le vide, ignorant la foule amassée sur les côtés qui l'acclame niaisement. Il bave un peu. Il bave comme je bave à la vue du défilé des juges vêtus de pourpre, de la cohorte des athlètes vêtus de rien, des *aristoi* en grande tenue, péplos et himations multicolores, leurs barbes huilées, leurs choucroutes enrubannées, leurs yeux fardés de rouge, bleu, noir. Je revois comme dans un rêve ce fanfaron d'Alcibiade paré d'un chiton doré à la mode orientale. Il porte des cothurnes vert fluo qui font sensation. Plus tard, lors des épreuves du pancrace, qui s'achèvent par la victoire d'Onomastos sur Dioxippos, je me souviens que j'ai soif, que j'ai envie de dormir, que je veux retourner à la maison. Et que Jassim me rabroue. Je revois le bras d'Onomastos crocheté en serre-joint autour du cou de Dioxippos. Je vois le visage de Dioxippos qui vire au rouge, puis au bleu. Je vois Alcibiade, perché sur une estrade, agité de tics, furieux de voir Dioxippos rejoindre la mort sans couronne, sa face imitant la grimace de son champion au moment du trépas, sous les rires du public. Ai-je rêvé cela ? Non. Et pourtant, j'ai l'impression que j'étais ailleurs. Muré dans un autre part. Aujourd'hui, je m'enfonce par des rues qui me font croiser des êtres en haillons, des enfants sous-alimentés tirés par des femmes harassées, puis longer des maisons bâties de parpaings grisâtres d'où émanent des cris d'hommes atrabilaires. Je marche droit vers le nord. Je respire les odeurs. Je croise les regards. Je me sens revivre. Parvenu à l'orée de la ville, je longe le mur de Thémistocle au pied duquel s'amoncellent les détritus. J'atteins la porte d'Acharnes. Suis-je en train de rêver cela ? Non. Elle pue, elle suinte la pisse, la porte d'Acharnes. Elle est tout à fait réelle. Elle est chargée comme il se doit jusqu'à la gueule des cadavres d'esclaves que les jeunes de la cryptie rapatrient de la porte sud, après leur exposition pendant le mois de Gamélion. Ils les conglobent en monticules. Certains corps sont encore gonflés, leur peau couleur lie-de-vin, verdâtre à l'abdomen, d'autres sont déjà noirs et secs, les os perçant sous la peau racornie, comme celui de ce pauvre type que j'avais vu à mon arrivée sur l'île. Il trône sur un tas suintant, le crâne mutilé, l'horrible affichette portant le nom d'Odysseús toujours pendue à son cou. Je hâte le pas. J'emprunte la sente étroite qui serpente jusqu'au nord-est de l'île et j'atteins en une vingtaine de minutes le promontoire qui domine la rade d'Ormos. Je m'assois sur un rocher. À mes pieds se trouve l'ancien chantier du data center sous-marin NMEC56, d'où j'ai été viré il y a six mois. Tout me revient à présent. C'est une anse tranquille bordée de sable blanc sous l'eau de laquelle, à une quarantaine de mètres de profondeur, cinq cent mille serveurs placés sous atmosphère nitrogénée et refroidis par un procédé de circulation d'eau de mer utilisé pour les sous-marins nucléaires d'attaque effectuent des milliards de milliards de calculs pour que le chaos qui règne sur Terre soit rendu plus chaotique encore. Je n'ai pas rêvé cela. Je me rappelle le jour de sa mise à l'eau. Le souvenir m'apparaît net et précis. Jassim m'a convié à l'événement. Ça fait un bon moment que Landorf m'a viré de sa *technical crew*. Je ne reconnais plus grand monde. Je suis terriblement affaibli. J'ai mal au dos. Je bave un peu. J'ai envie de pisser. Je ne comprends pas bien ce qu'il se passe. J'ai envie de m'asseoir par terre. J'ai vaguement conscience qu'on me regarde de travers. Qu'on rit aussi. Je vois ces immenses madriers de bois. Je ne comprends rien de rien en fait. Je vois cette roue géante, ces poulies, ces palans. Sous le soleil, je vois ces esclaves zébrés d'ombre qui marchent dans la roue géante. J'entends les clameurs et je vois ces épais cordages de chanvre qui saucissonnent l'énorme tube métallique gorgé de composants. Il s'enfonce lentement dans l'eau sous les vivats du public.

J'abandonne mon poste d'observation et je me réfugie à l'ombre d'un pin parasol. Je tire deux longues goulées de ma gourde. J'ai les yeux tournés vers cet autre promontoire, ce gros rocher calcaire surmonté d'un pin parasol vers lequel ma mémoire m'attire. C'était là. C'était juste après mon accident de drone. Le rocher est en principe creusé d'une profonde cavité qui cache un sanctuaire en ruine. Gravissant le bloc, je me souviens que Maxima me disait que les habitants d'Ikos venaient y adorer une figure d'Athéna sculptée en bois d'olivier. Soudain, je sens qu'elle m'attire à elle, qu'elle est nue et bleue, qu'elle tient dans sa main une grenade, « le plus éphémère des fruits ». Ensuite, c'est plus obscur, quoique bizarrement familier : un défilé d'images qui virevoltent dans ma tête, insaisissables, étrange carrousel dégorgé par un rêve fou qui m'a tenu sept mois durant d'où jaillit un monstre à trois têtes, un taureau blanc, un cygne aux deux cols, une nymphe double d'une beauté folle qui demande aux dieux d'être liée à son amant pour l'éternité, une femme renarde à seize dimensions, qui flotte, se retourne comme un gant, s'involute, se dilate, se rétracte, s'éloigne, se possède, s'entre-dévore, s'annihile, renaît, s'échappe, fuit, s'étrécit d'autant plus vite que j'essaie à toute force de la ramener à ma mémoire, puis disparaît quand je débouche au sommet du promontoire : car de cavité, il n'y a point.

J'arpente, je tâte le sol, je sonde, je tourne dix fois autour du pin parasol. En vain. J'abandonne la place, je prends un chemin en contrebas, je traverse des champs, je saute des murets de pierre et je rejoins la plage d'Alimos. Je la reconnais à la carcasse à demi calcinée de l'idole qu'on a brûlée au mois de Gamélion. Tout est limpide, à présent. La sculpture avait six bras et trois têtes énormes. Je me souviens de ce type à masque de bouc, je me souviens de ces flambeaux qu'on avait jetés sur l'idole de bois. Le ciel était constellé d'étoiles. Les faunes, les nymphes et les ménades dansaient, dansaient. L'ai-je rêvé ? Je remonte la plage, je longe ce mur visqueux noirci par les embruns. J'atteins cet escalier qui m'amène vers ce troquet où j'ai mes habitudes. La taverne de Dionysos. Je prends cette table à l'extérieur, toujours la même. De là je peux voir les tours qui protègent l'entrée du port. Plus loin, j'aperçois le profil en bec d'aigle du Capo Sunio où les hiérarques d'Heropolis ont décidé depuis peu de jeter les nouveau-nés à l'abri des regards.

Autour de moi les tables sont occupées par des gens avec lesquels j'ai sympathisé parce qu'ils boivent comme moi plus que de raison : Néarque, Philotas, ce sacré Anchise et son inséparable Démophon. Ils boivent l'alcool et le vin, et quand ils n'en ont plus, ils fument au narghilé ce haschich des passeurs du Pirée qui permet d'atteindre la mastoura, cette merveilleuse ivresse qui fait improviser à la perfection n'importe quelle danse de goéland aux ailes de géant, pourvu que ce soit sur un air de rebétiko : la tête penchée sur le côté, les yeux fixés au sol, le reste en déséquilibre et le cœur déchiré par un amour impossible.

Impossible comme le serait l'amour d'un vieux loup de mer pour une naïade, par exemple. Le danseur s'agenouille comme le prince de la fable, moins parce qu'il est ivre que parce qu'il est accablé par la vie, il se lève d'un bond, tournoie à toute vitesse, les bras à l'horizontale, perdu entre terre et ciel, puis de plus en plus lentement, jusqu'à ce qu'il s'immobilise dans l'espace.

Seul.

Désespérément seul.

…

« Alors ? me demande le patron de la taverne en passant son chiffon sur ma table.

– Alors quoi Aristeidês ?

– Les gagnants de la course. Patrocle ou Cloanthe ? »

Il fait allusion à la dernière épreuve des Jeux panathénaïques. L'épreuve reine, celle de la course de chars. À défaut de celui du pancrace, elle sera à coup sûr l'occasion d'un triomphe pour Alcibiade, qui équipe pas moins de trois auriges sur cinq : Patrocle, Cloanthe et Balegos. Sa sœur Maxima qui s'est mise en tête de concourir en solo, et le petit Polyctor, le champion des déshérités, n'ont absolument aucune chance de gagner.

« Alors ? »

Tous les parieurs de la taverne de Dionysos ont ces trois noms à la bouche. Comme ceux du port, je suppose. Comme ceux de la basse ville. Comme ceux de l'île tout entière…

« Ce sera sans moi », je réponds.

Pour une fois, c'est sans mâchouiller mes mots que je commande un plat de poisson en attendant que Jassim veuille bien venir me chercher et payer l'addition.

La gargote est pleine de chants, de rires, d'appels, d'engueulades.

Je lutte contre l'envie de boire.

C'est la solution de facilité, quand tout va mal.

Mais j'arrête là. Je suis un homme pudique.

J'ai cru un moment que je comptais dans cette histoire.

La dorade arrive.

Ma tête se vide.

Le troquet se vide.

Ça rigole, ça se repenaille la toge en prenant la direction du stade.

Quelques tifosis de l'Olympiakos tapotent encore sur l'écran de leurs tablettes interdites.

« Pour moi, c'est Patrocle. Il n'y a aucun doute là-dessus, insiste Aristeidês qui revient avec mon loup grillé.

– Pas sûr…

– Ah bon ? Et pourquoi ça ?»

Dans ma tête, je vois les yeux de renarde de Maxima se planter dans les miens. Je vois sa bouche se pincer de détermination, et me dire :

« Parce que c'est moi à la fin qui gagnerai… »

4. LA COURSE

« … Tout ça pour que le vainqueur n'obtienne à l'arrivée qu'une simple couronne d'olivier, je soupire.

– Vous oubliez la prime versée par le propriétaire de l'attelage, me reprend mon voisin, qui a l'ouïe fine. Sur ce point, Alcibiade a la réputation d'être fort généreux…

– Pas si vite mon cher, je rétorque. Alcibiade a beau faire courir trois auriges sur cinq, il est encore loin d'avoir course gagnée.

– Tssssss… »

Jassim a beau hocher négativement la tête en me regardant avec dédain, je vois bien, moi, que si le quadrige rouge de Patrocle a pris un peu d'avance, il est suivi de près par la bleue Maxima, laquelle devance d'une bonne longueur le char de son amant, le vert Cloanthe. Ce dernier a obtenu d'Alcibiade de concourir avec les meilleurs chevaux après ceux de Patrocle, mais Maxima est bien plus légère, moins crispée sur les rênes que ce flandrin de Marc Lang dont les gestes brusques trahissent la peur et ralentissent la course. Maxima au contraire fait corps avec son bolide. Elle est aérienne. Elle va comme le vent. C'est l'envoyée de Zeus tempétueux. Elle va gagner. Sûr qu'elle va gagner. Derrière elle, presque entièrement dérobés à ma vue par l'épais nuage de sable soulevé par les attelages de tête, le quadrige jaune du corpulent Balegos, et celui, blanc, du jeune Polyctor, galopent roue dans roue.

Mais déjà Patrocle passe devant nous, frôlant la spina sur laquelle campent des statues d'athlètes et les dauphins de bronze que le commissaire des courses abaisse à mesure que les tours s'effectuent. S'approchant à vive allure de la tribune d'Alcibiade, l'aurige fait claquer son fouet et, braquant son visage vers son chef adoré, il pousse un cri plein de hargne et de présomption.

« L'imbécile ! s'étrangle Jassim. Il va finir par se flanquer dans le décor !

– Allons donc ! Tu mises sur la victoire de Patrocle, maintenant ? Combien as-tu parié sur l'ennemi, misérable traître ?

– Quoi ? Non mais ! Je ne vous permets pas !

– Tu ne me permets pas quoi ?

– De me parler ainsi voyons ! me postillonne-t-il à la figure. Dites donc ! Vous m'avez l'air bien remonté aujourd'hui ! Vous avez mangé du lion ou quoi ?

– Je me sens bien, c'est tout. Ça t'inquiète ?

– Ah ça !… Bien sûr que non… Ça me réjouit au contraire. Mais il ne faudrait pas que…

– Hééééééééééééé !… »

Le reste est couvert par les beuglements du public qui acclame à présent le char de Maxima. J'en profite pour crier, moi aussi, d'une joie sauvage et libératrice, pas dupe du fait que depuis qu'il est venu me cueillir à la taverne, ce faux jeton de Jassim ne peut s'empêcher de me regarder de travers. Il faut dire que je n'étais pas ivre quand il est arrivé, que j'ai refusé qu'il me soutienne sur le chemin menant à l'hippodrome, que j'ai marché à peu près normalement jusqu'ici et que je ne bave plus sur ma robe de lin. C'est apparemment assez pour qu'il se mette malgré lui à prendre un air catastrophé. Mais qu'importe… Je réglerai ça plus tard. Pour le moment, je revis. Je suis terriblement vivant même. C'est avec passion que j'admire la grâce avec laquelle Maxima épouse la posture parfaite de l'aurige, son corps cambré vers l'avant, un pied calé en arrière, l'autre venant buter contre le garde-corps du char, ses cuisses jouant le rôle d'amortisseurs. Cloanthe la suit de près, raide comme un passe-lacet. Quant au gros Balegos qui a triomphé l'an dernier, il s'efforce de serrer le char du jeune Polyctor contre la spina pour l'obliger à ralentir ses bêtes. Tantôt il est sur le point d'y parvenir, déclenchant les acclamations des séides d'Alcibiade, tantôt Polyctor est sur le point de le dépasser par la gauche, arrachant les approbations sonores du bas peuple. Mais un cri plus formidable encore s'élève de la foule. Le char de Patrocle s'approche de l'obélisque qui signale le virage qu'il devra effectuer à toute vitesse et à 180 degrés. Ramassant l'entier de son corps vers la gauche comme fait le slalomeur au passage d'une porte, il prend le tournant au plus court, retenant son cheval situé à l'extrême-gauche et rendant les rênes à celui qui galope à l'extrême-droite tout en fouettant les chevaux du centre pour mieux les entraîner dans la courbe. La manœuvre est remarquable mais son char frôle l'obélisque de si près, qu'un réflexe lui fait retenir au dernier moment ses bêtes, ralentissant considérablement le train de l'attelage. Il cingle ses cavales pour les relancer, mais le char de Maxima qui a pris plus au large n'a pas ralenti son allure, lui, et quand je vois par-dessus la spina qu'il est parvenu à passer celui de Patrocle, je me lève d'un bond à la stupéfaction de Jassim, et je braille à l'unisson du public un formidable « Hééééééééééééé ! » à me casser la voix.

À ma droite, c'est un grand chahut du côté du carré VIP. Les fils et filles Yamaguchi, Bates, Arnaud et j'en passe, maudissent le sort à grands cris, brandissant le poing, jurant, crachant, tordant leur visage mi-furieux mi-implorant en direction de leur idole, l'angelot musculeux au regard laser et au sourire de Lady Di. À côté de moi, ce lâcheur de Jassim ne cesse de pester, lui aussi. J'ai bien envie d'éclater de rire, tiens. Mais non. Je prends une profonde inspiration et je me dresse de toute ma hauteur. Ainsi, je vois que l'attelage de Cloanthe a pris à son tour le virage avec brio et cingle au triple galop vers Patrocle, qui talonne Maxima. Pendant ce temps la foule n'a pas cessé de hurler, car le jeune Polyctor a réussi à passer le lourd Balegos en effectuant un virage aussi prodigieux que téméraire, le moyeu gauche de son char sur lequel il s'était puissamment arc-bouté ayant failli percuter l'obélisque. Mais le quadrige bleu de Maxima réapparaît déjà à l'extrême gauche de mon champ de vision après qu'il a effectué un virage périlleux au bout de la spina où s'érige le second obélisque.

« Je parie que si elle gagne la course, elle va te faire perdre une fortune…, je ricane.

– Cette petite écervelée risque sa vie pour rien !

– Elle joue le jeu qu'elle veut bien jouer.

– Si vous le dites… »

L'attelage de Patrocle apparaît à son tour en bout de piste. Il est suivi d'une bonne longueur de char par celui de Cloanthe, puis de l'audacieux Polyctor, qui a encore viré au plus près de la borne. À présent, ce sont deux « Ola » qui se sont créées spontanément. L'une tente de suivre le char de Maxima qui caracole en tête, l'autre encourage celui de Polyctor. Loin derrière, le quadrige de Balegos ne cesse de ralentir. L'homme est devenu manifestement trop lourd pour ce type d'épreuve et ses chevaux cette année ne sont pas à la hauteur. Quand il passe devant nous, redoublant de coups de fouet sur ses pauvres bêtes, il reçoit les huées, quolibets et crachats de la part d'une foule qui l'avait acclamé l'an dernier comme un dieu vivant.

« Ce type est un boucher, ne puis-je m'empêcher d'observer.

– Alcibiade a fait un mauvais calcul en le rachetant à Z, me dit Jassim. Vous saviez ça ?

– L'ex-champion sri-lankais sauvé des chantiers qataris par le généreux Zackenberg ? Oui, je savais…

– Le Qatar a bon dos dans cette affaire, s'indigne mon voisin. C'est à une filiale du français Viladis que Z l'a arraché au travail forcé !

– Viladis n'a plus grand-chose de français. C'est un groupe mondialisé…

– C'est ça ! Faites-moi la leçon maintenant. La France est blanche comme la colombe et le reste du monde noir comme la suie…

– Rouge comme le sang, vous voulez dire… »

Au moment où je prononce le mot « sang », la foule pousse un cri unanime et je vois sur la droite que le quadrige de Balegos fait un brusque écart. Peut-être a-t-on jeté quelque chose sur la piste ou sur l'aurige ? Tout s'est passé si vite et la poussière de sable empêche d'y voir clair.

Aïe.

Le malheureux est tombé à la renverse.

Hurlements d'effroi.

Quelques rires imbéciles.

Balegos est traîné comme un fagot sur le sable, prisonnier des longes qui lui enserrent les reins.

La caisse de son char devenu incontrôlable rebondit dangereusement de droite et de gauche.

Des hommes grimés en clowns déboulent enfin d'une porte basse. Ils se précipitent sur l'attelage, les uns s'accrochant aux longes, les autres tentant de chevaucher les montures qui ont pris les mors aux dents.

L'un d'eux y parvient au péril de sa vie. Tirant de toutes ses forces sur les rênes, il fait ralentir le charroi sous les vivats du public. Quand le char s'est enfin arrêté à quelques encablures de l'obélisque, Balegos, roulant sur le côté, peut enfin se relever, brandissant le poing, miraculeusement indemne.

C'est alors un grand cri d'effroi, le mien, celui du stade entier, car l'attelage de Maxima, qui a rattrapé le retardataire, est à deux doigts de le percuter. Voyant le danger de plus loin, Patrocle a écarté en catastrophe son char de la spina et vient se fracasser contre les tribunes. Derrière lui, le quadrige de Cloanthe frôlera d'extrême justesse celui de Balegos et prendra la tête de la course, suivi de près par le jeune Polyctor, qui aurait peut-être pu lui aussi gagner l'épreuve, si elle n'avait pas été annulée par le commissaire.

Mais cela, on me le racontera plus tard.

Car mes yeux restent à jamais rivés sur l'image du corps de Maxima, un corps léger et serpentin, vaporeux, presque transparent, voyez comme il s'involute gracieusement dans l'air brûlant et immobile, la foule retenant son souffle, jusqu'à ce qu'il –

« … Quitte ton monde en beauté. »

Et tandis que cette phrase abjecte venue de nulle part vient se ficher dans ma tête, je le vois avec horreur, ce corps aimé, percuter durement le sol et se disloquer dans d'atroces craquements et éjectas sanglants.

5. LE CORTÈGE

Le vainqueur devait recevoir l'amphore panathénaïque. Il devait être couronné des feuilles d'olivier que les prêtres avaient coupées le matin même avec leurs faucilles d'or dans le bois sacré d'Heropolis. Un grand festin avec danseurs et musiciens aurait réuni les athlètes victorieux ainsi que leurs familles et leurs amis, et les cérémonies se seraient achevées par un sacrifice à Zeus.

Rien de tout cela n'arriva. Saisissant le corps démantelé de Maxima dont on avait enveloppé les morceaux dans un linceul blanc enroulé dans un manteau rouge, Alcibiade improvisa sur-le-champ un cortège funéraire, un *ekphora,* comme on dit ici ; quant au corps de l'infortuné Patrocle, ainsi que trois de ses quatre chevaux, dont deux avaient trouvé la mort avant même qu'on les eût achevés, on les entassa sur un char à bœufs et ils s'évanouirent au rythme du grincement des roues, et des cris du bouvier qui sont aussi, paraît-il, ceux de la grue qui apporte le signal des semailles et annonce la venue d'un hiver pluvieux.

Avançant d'un pas franc en tête du cortège qui s'ébranlait vers l'agora, Alcibiade, le visage impassible, ne semblait pas incommodé par le poids qui pesait dans ses bras. D'étranges lueurs bleues ondoyaient dans son regard et autour de sa tête. Soutenu par deux gardes, Z se traînait derrière lui, larmoyant, flanqué de Zhou Huhan et de cette vipère de Dannon qui conversaient à voix basse. Ils étaient suivis par la cohorte des gardes scythes qui avançaient au pas lent du légionnaire. Derrière eux, marchaient au même rythme, têtes hautes et torses bombés, pleins de la solennité du moment, la clique des spartiates d'Alcibiade, leurs bouches exhalant une mélopée lugubre et lancinante, entre chant cheyenne et koto japonais. Le groupe des hellanodices et des athlètes suivait, et, comme je pressais Jassim de nous mettre sur le côté afin de mieux observer la procession, j'y aperçus Marc et Shamim. Ils cheminaient ensemble, épaule contre épaule, l'air sérieux et concentré. Venait ensuite la foule bigarrée des citoyens d'Heropolis. Défilaient en tête Jed Bedos et sa femme, les Yamaguchi au grand complet, Melon Dusk, Arnaud, Bates et consorts, ceux-ci accompagnés de l'aréopage habituel des seconds couteaux : Schnitzler, Villemin, Burckhardt et j'en passe. En signe de solidarité, Bedos et Dusk s'étaient couvert la tête de cendres et marchaient le torse et les pieds nus. Dusk, connu dans l'île pour son goût pour le « vice anglais », s'infligeait sur le dos une pénitence par fustigation, à coups de verges de bouleau. Suivaient les citoyens ordinaires : thètes, métèques et affranchis. Les ilotes et les esclaves étaient là aussi, mais comme ils ne comptent pas, ils étaient comme invisibilisés. Évoluait en fin de cortège le ballet des cinq vierges. Péplos ouvert sur leurs seins rougis par les volées de claques qu'elles s'infligeaient, elles ponctuaient leurs pleurs de supplications poétiques qu'on appelle ici *thrēnos* : « Voyez citoyens et citoyennes d'Heropolis ! Si vous alliez autrefois au-devant de Maxima, le cœur plein de joie, pleurez celle qui était l'orgueil de la Ville et de tout un peuple ! » ou « Ô fille de Périclès ! comme tu es morte jeune ! » ou « Ô malheureuses que nous sommes ! Plaise à Zeus que cette ville soit renversée de son faîte puisque Maxima n'est plus ! »

La nuit commençait de tomber quand le peuple d'Heropolis rejoignit l'agora, à cette heure débarrassée de ses étals. Tandis que les flambeaux s'allumaient, la foule se pressa devant l'autel du sanctuaire de Cybèle, mère des dieux, qui s'élève à l'ouest de la place. Un grand tumulte se fit entendre quand les Scythes remirent un peu d'ordre dans l'assemblée, les *aristoi* étant placés aux premiers rangs, les autres relégués derrière et les retardataires, dont nous étions, tout au fond, si bien que je ne pouvais rien voir de ce qui se passait devant le sanctuaire. La foule, qui jacassait comme un vol d'étourneaux se disputant les fruits de l'arbre, fit peu à peu silence, et la silhouette voûtée de Z, qu'on avait juché sur l'autel qui fait face au Métrôon, apparut au loin.

« Maxima ! La plus chère de mes enfants… commença-t-il d'une voix faiblarde, malaisée, et je dois dire assez touchante. Jamais tu ne m'as dit une parole dure ou injurieuse, tu étais pleine de douceur, tu m'apaisais et tu apaisais le monde par tes paroles toujours bienveillantes. C'est pour cela que je te pleure en gémissant, moi, l'infortuné, qui… »

Mais je ne pus en entendre plus car Jassim détournait mon attention en me tapant sur le dos :

« Non ? Ne me dites pas que vous pleurez, vous aussi ! » grinça-t-il à mon oreille.

J'allais l'envoyer au diable quand une autre main se mit à broyer mon épaule.

C'était ce brave Shamim :

« Vous en faites pas patron, on est là…

– On est là », me confirma Marc, qui se tenait à ses côtés.

Ses yeux papillotaient comme les miens d'émotion. Il empoigna ma main et il ajouta d'une voix enrouée :

« Ce tragique accident n'était absolument pas prévu…

– À qui vous parlez ?… C'est qui ces types ?… s'étonnait-on autour de moi.

– Silence. Ces hommes sont avec nous », répondit Shamim avec autorité.

Au loin la voix de Z s'était tue. Sa silhouette avait disparu de l'autel et l'on n'entendait plus que le bourdonnement des commentaires.

« Peut-être devrions-nous nous rapprocher, j'ai suggéré.

– Pas question. Vous restez ici », m'opposa fermement Shamim.

C'est alors seulement que je m'aperçus que des objets passaient de main en main autour de moi. Perçants, coupants, contondants, les objets : poignards, serpes, pics, masses, marteaux, glaives, haches, javelots. On les sortait de dessous les tuniques, les péplos, les manteaux. Observant la foule avec plus d'attention, j'eus la surprise de reconnaître Aristeidês, le patron de la taverne de Dionysos, qui me fit un signe amical en brandissant un marteau à deux têtes. Il était entouré d'hommes au regard dur : ouvriers du port, marchands, pêcheurs, les uns dotés de maillets, d'autres de gouges, d'herminettes et de fers de toutes sortes : tarières, chignoles, gros hameçons montés en arme. Quelques-uns tenaient en main ou cachaient à demi des filets, des harpons, de longs couteaux de boucher, des hachoirs à viande. Il y avait aussi de rudes paysans et paysannes, thètes pour la plupart, au visage tavelé, aux bras et aux mains noueuses. Ceux-là étaient armés de faucilles, de haches, de houes. J'eus la surprise de reconnaître dans la foule quelques-uns des pochards avec lesquels j'avais bu ces derniers mois plus que de raison : Néarque, Philotas, ce sacré Anchise et son inséparable Démophon. Ils avaient l'air à jeun. Pas mal d'ados et de jeunes adultes étaient là. Polyctor était entouré de sa bande de niards fanatiques pourtant fils et filles des plus riches *homonoi* de l'île. Ils tenaient des frondes et portaient en bandoulière de gros sacs remplis de cailloux. L'ado montreuse de fesses était là, un couteau à désosser dans une main, une pince-étau dans l'autre. Ce dépendeur d'andouilles de Cléocritos aussi, et Critobule, et Antisthène, et Charmide. Maints adolescents que j'avais vus naguère s'entraîner au combat hoplitique étaient également présents. Déroulant de longs manteaux, ils en extrayaient des lances et des épées, qu'ils distribuaient autour d'eux. Était présente une belle compagnie d'esclaves. Torse nu, crâne rasé, côtes saillantes, la peau brûlée par le soleil, ils s'étaient fabriqué des masses d'armes à partir de leurs chaînes et de leurs boulets. Je reconnus la vieille femme aux chèvres habillée de noir que j'avais vue à mon arrivée sur l'île. Sans ses chèvres, mais avec une longue tige de métal dans chaque main. Elle paraissait commander une poignée d'éclopées à l'œil torve, quand il n'était pas manquant, toutes munies d'armes hérissées de clous. Au total, ils étaient deux bonnes centaines d'insurgés qui s'étaient ainsi préparés à commettre l'irréparable sous les ordres de Shamim. Je le voyais chuchoter des consignes aux oreilles de ses proches, lesquels s'empressaient de les communiquer à d'autres oreilles que leurs propriétaires transmettaient aussitôt à des oreilles tierces, etc. Marc devait lui aussi jouer un rôle éminent dans cette affaire, car je le voyais souffler avec la même autorité des choses à ses propres lieutenants, parmi lesquels je reconnus Polyctor et, à ma grande stupéfaction, Balegos. Les pensées fugitives que son accident eût pu être un coup monté, que j'avais passé tous ces mois sans rien voir ni comprendre de ce qu'il se tramait sur cette île démoniaque, sans même faire la preuve de la moindre initiative, me jetèrent dans le désarroi le plus total. Qu'est-ce que j'avais bien pu fiche de mes journées pour que je ne m'aperçusse de rien ? Plus je m'interrogeais, moins je parvenais à répondre. Sous l'aiguillon de ma concentration, ma mémoire paraissait regimber, elle s'estompait, s'exfiltrait, s'effaçait jusqu'au blanc. Un blanc effrayant. Quelque chose de peu ragoûtant se réveillait en moi. Quelque chose comme un sentiment de honte et d'impuissance, que seul un haut-le-cœur qu'accompagnaient de désagréables remontées gastriques m'empêchait d'exprimer à haute voix.

« Que… Qu'est-ce… Que font-ils donc ?… »

À côté de moi, Jassim soliloquait dans sa barbe huileuse en promenant des œillades inquiètes autour de lui. Quel jeu jouait ce gazier-là ? Allait-il donner l'alerte ? Fallait-il que je prévienne Shamim et Marc de sa possible défection ? J'étais sur le point d'agir quand le bruit courut dans nos rangs qu'Alcibiade allait prendre la parole.

6. LE DISCOURS

Ce fut un grand silence quand sa haute stature qu'éclairait le faisceau tremblotant des flambeaux apparut sur l'autel. Casqué, une écharpe en peau de chèvre lui enserrant le cou, il avait troqué son chiton mordoré contre un péplos de femme à glands d'émeraude, car, plus fort que le Matho de Flaubert, l'Achille de Petersen ou le Conan d'Howard, il avait choisi de s'incarner dans la figure virile d'Athéna, la fille préférée de Zeus, protectrice d'Athènes et déesse de la guerre. Il portait au côté l'épée à deux tranchants, à main gauche le bouclier rond frappé de l'œil de la Gorgone et à dextre un long *skēptron* piqueté de clous d'or et emmanché d'un aigle aux ailes déployées. Devant ses orbites plongées dans le noir louvoyait cette étrange lueur bleue dont l'ombre portée de son casque accentuait l'inquiétante luminescence. À le voir ainsi caparaçonné de bronze, je me mis, comme mon voisin Jassim, à me balancer nerveusement d'un pied sur l'autre.

Soudain on entendit des protestations qui s'élevaient dans les premiers rangs. Il se murmurait autour de moi que les gardes scythes tentaient d'exfiltrer les plus éminents des *aristoi,* mais que les spartiates d'Alcibiade les en empêchaient. Je me dressai sur mes pieds : là-bas, ça avait l'air de regimber, en effet. Je voyais des bras s'élever, des mains s'agiter. J'entrevoyais des mouvements. Je devinais des empoignades. Il y eut cet ordre sec qui fut suivi d'un grand cri et les protestations cessèrent.

« Qu'est-ce qui se passe ? », chuchotait-on autour de moi. « Chut ! » – « Patience ! » – « Laissez-les s'entretuer ! » – « Ce n'est pas encore le moment », y faisait-on écho.

La voix d'Alcibiade s'éleva alors dans la nuit, tantôt graillonnante, tantôt stridulante, tantôt grinçante, comme passée à la moulinette d'un autotune à l'algorithme détraqué.

« Khrê polemeîn ! », gronda-t-il d'emblée, histoire de mettre tout le monde sur la même longueur d'onde.[40]

J'invitai Shamim à me faire la courte échelle pour avoir une idée plus nette de ce qui se tramait là-bas. Lorsque je fus juché sur son dos, je compris qu'Alcibiade s'adressait moins à la foule des citoyens qu'à son parti de Spartiates, qui s'était aligné en bon ordre devant lui et qui l'écoutait religieusement. Posté sur le côté, un des groupes d'hoplites tenait les *aristoi* sous bonne garde tout en s'efforçant de maintenir à distance les nervis scythes sur lesquels ils avaient braqué leurs lances.

« Sikelía kaí sú d'hōs apóllysaį ![41] », se mit à tonitruer Alcibiade après que Dannon lui eut glissé cette précision sans doute utile, quoiqu'inepte, à l'oreille.

---

40 Puisque cela veut dire : « Il faut faire la guerre ! » *(« Χρὴ πολεμεῖν »)*

41 « Sicile, toi aussi tu vas périr ! » *(« Σικελία καὶ σὺ δ᾽ ὡς ἀπόλλυσαι »)*

À la suite de quoi, le fils de Z s'est fendu d'un discours paraît-il magnifique, mais si longuet pour nos oreilles occidentales, qu'il me le faut résumer. En gros, il était question de chanter le début d'une nouvelle ère qui accomplisse la « volonté de Zeus ». Il convenait à cette fin de lâcher sur les flots des nefs rapides, de conquérir la Sicile et ses possessions, de s'emparer de leurs cités aux larges rues et de faire périr leurs habitants pour les livrer en pâture aux chiens. Il était aussi question du *Nomos*, la loi en grec. C'était assez compliqué. De songe aussi. De science sacrée. Pythiesque. D'un rêve qui lui avait été envoyé par Zeus dans son sommeil. Il y avait un côté shamanique. Il fallait aider les dieux, commandait ledit rêve. Il fallait leur donner un sérieux coup de main. Se revêtir d'impudence en se chargeant d'une guerre impétueuse. C'était assez ronflant. Ça parlait de graisse fumante d'agneaux et de belles chèvres. Ça aurait même pu me prêter à sourire si je ne voyais Jassim se liquéfier à mes côtés. Mon ancien fixeur roulait des yeux de gobie et moi je trouvais le temps long. Du reste, je n'étais pas le seul. Shamim et Marc éprouvaient de plus en plus de difficulté à calmer leurs troupes, qui voulaient visiblement en découdre.

« … Ô amis, un songe divin m'a été envoyé au milieu de la nuit ambroisienne », scandait Alcibiade en agitant son sceptre comme on fait d'un hochet.

Le gars se répétait.

« Amis, entendez-moi ! Princes et fils et filles de rois, j'ai eu ce songe ! Vous pourriez croire que je mens, et alors vous me repousseriez, mais je vous le dis : je me glorifie d'être puissant ! »

Un moment, il s'adressa directement au carré des *aristoi* :

« Écoutez-moi sans tarder ! leur gueula-t-il dessus. J'ai armé vos fils et vos filles en essaims de guêpes innombrables !

Je vais leur faire éprouver leur force ! Ils sortiront toujours et sans cesse de la roche creuse qu'est l'Atlantide, l'île dédiée à Poséidon ! J'excite vos fils et filles à la guerre ! »

Au terme de chacune de ces adresses, des cris d'approbation montaient de la foule des Spartiates, qui se mirent tout à coup à sauter sur place, un pas en avant un pas en arrière, en brandissant en cadence leurs boucliers et leurs javelots et en poussant de gutturaux Ouh-heu-heu-heu !

À un moment, Alcibiade a levé la main et les hoplites se sont tournés comme un seul homme vers le carré des Scythes, ces derniers restant imperturbables, leurs massues, arcs, fouets et javelots coincés au creux de leurs bras qu'ils avaient croisés sur leurs poitrines.

« Entendez-vouuus ô vieillards pusillaniiimes ? il s'est mis à crisser comme un essieu rouillé. Je hâte mes guerriers dans leur course ! Je les exalte par Ossa la messagère des dieux ! Je lance mon souffle qui attise leur feu avec force ! Ils voleront par légions sur ces fleurs de printemps que seront nos cibles ! »

L'excitation des hoplites a monté d'un cran, les guerriers faisant mine de porter des coups de lance aux visages des Scythes en reprenant leurs vociférations :

« Ouh-heu-heu-heu ! Ouh-heu-heu-haï ! Ah-ha-ha-ha ! Ha-ha-ha-haï. »

Alcibiade a de nouveau levé la main et les vociférations se sont arrêtées net, les hoplites se mettant au garde à vous dans une synchronisation parfaite.

J'ai regardé autour de moi. Hommes, femmes et adolescents restaient déterminés, même si la crainte se lisait sur le visage de la plupart d'entre eux.

Alcibiade émit alors une dernière phrase. Une phrase assez longue, aux accents gutturaux bien que toujours passée à la paille de fer, comme si elle sortait des tréfonds d'une caverne ou d'un ampli basse de 400 watts.

« Qu'est-ce qu'il raconte ? j'ai demandé à Jassim.

– Il demande à la Grande Prêtresse de venir se prononcer devant son peuple.

– La Grande Prêtresse ?

– Ben oui, la Pythie quoi. Vous n'avez vraiment rien appris pendant votre séjour, mon vieux. Elle était en tête de cortège, tout à l'heure. Vous n'avez pas vu ? C'est elle qui a le privilège d'interroger Apollon sur la guerre à venir. Normalement, elle est consultée dans le secret de l'adyton, mais comme le moment est exceptionnel… »

Le silence s'installait de nouveau, à peine troublé par un jappement lointain et par quelques appels discordants promptement tus.

Alors la voix de la prêtresse s'est élevée à son tour. C'était une voix profonde et grave, comme surgie des entrailles de la Terre, une voix si intense qu'elle devait être certainement sonorisée par un système d'amplification occulte. (J'appris plus tard que Kim K lisait sur son prompteur avec le plus grand sérieux et la plus grande application. S'estimant en représentation dans l'un des clubs les plus selects du monde, ce qui était en quelque sorte le cas, la femme d'affaires et célébrité mondiale avait appris son rôle avec tout le professionnalisme « à l'américaine » que l'on attendait d'elle, s'efforçant d'ânonner son discours dans un attique irréprochable, un grec qui faisait l'admiration des puristes, comprenez la petite communauté d'Atlantes qui composait l'entourage de Z et d'Alcibiade, celle-ci étant absolument épatée qu'on eût pu prononcer aussi bien la diphtongue « é-i » comme dans l'anglais « té-ik » ou la diphtongue « ô-ou » comme dans « aï gô-ou tou skoul » et qu'on pût mélanger avec tant de virtuosité dans la même phrase le futur du parfait, l'aoriste et le présent historique, mais aussi l'airain meurtrier, le voyage à Cythère et une publicité pour Balenciaga.)

Quand le prompteur passa au noir, Alcibiade s'inclina respectueusement devant Kim et l'ayant congédiée avec mille égards et génuflexions, il se tourna une dernière fois vers ses Spartiates. Il tendit à Dannon le sceptre qu'il tenait à la main. Il abandonna son bouclier à la diaphane Huhan. Il sortit lentement son épée de son fourreau. Il la brandit haut dans le ciel, et hurla d'une voix dissonante une phrase qui faisait à peu près :

« Ἀλαλά ![42] »

C'est à ce moment-là que la bagarre a commencé.

42 « Alala ! » Cri de guerre poussé par les hoplites au début d'un combat.

7. LA BAGARRE

Homère le dit lui-même : « Pour qui n'est point dieu, il est difficile de tout raconter. » Or, je l'avoue sans honte : même si j'avais le talent fleuri et la retenue chantante de l'illustre poète contant le siège de Troie (« Chante, ô déesse, chante la colère désastreuse d'Achille qui de maux infinis accabla les Achéens et précipita chez Adès tant de fortes âmes de héros, etc. »), il me serait difficile de rendre compte du massacre qui suivit avec la nécessaire puissance du vécu, les plus forts, m'a-t-on rapporté, ayant de toute façon porté l'essentiel de leurs coups dans les dos des plus faibles. La raison en est que j'ai agi comme la plupart de ceux qui ont échappé à la mort : je me suis enfui le plus loin et le plus vite possible de la bataille. Je confesse donc humblement que ce que j'ai réellement vu au cours de cette échauffourée, jusqu'à la scène des retrouvailles avec Marc et Shamim, ce sont surtout mes pieds et leurs sandales qui claquaient sur la terre. Il m'arrivait, certes, de regarder ailleurs, mais ce que je voyais alors était si fugace que cela ne vaut presque pas la peine d'être mentionné : de pauvres gens qu'on bouscule sans même s'en apercevoir, un lambin qui vous saisit par le bras et vous tire en arrière, l'ombre de votre poing qui vient claquer sur son visage, les torches qui flamboient autour de vous pendant que tous et toutes courent à perdre haleine, leurs ombres subreptices s'étirant sur le sol, les étoffes et les murs, et puis cette rue étroite et sombre où vous vous êtes rué, crachant, ahanant, happant l'air qui ne vient pas, vos oreilles pleines de ces braillements qui se rapprochent, fusent dans la ruelle d'à côté, alors courir, courir encore sous la lueur vorace des flambeaux, vos pieds battant le sol, à droite, puis à gauche, pieds poursuivant d'autres pieds qui, eux, paraissent savoir où ils divaguent, et si ce flot ne m'avait emporté loin, je le redis sans honte, j'aurais succombé aux coups de l'airain, n'en maîtrisant aucunement l'emploi a contrario d'un bon PA-MAS 9 mm G1 ou d'un pistolet-mitrailleur Beretta M12, et ce n'est pas Jo Manganèse avec ses faux pistolets, ses nunchakus de bazar et ses couteaux en bois à double tranchant qui me contredira. J'aurais à coup sûr senti la lame froide s'enfoncer dans ma tripaille et l'on m'eût retrouvé cadavre parmi les cadavres.

Aussi dois-je m'en remettre à Marc et Shamim pour combler mes lacunes. Ils ont pu me dire bien plus tard deux trois mots de cette violente mêlée qui opposa, cette nuit-là, les faucons pro-Alcibiade, ce mélange détonnant des fils et filles des familles les plus riches du monde auxquels prêtaient main-forte une poignée d'ectoplasmes à la peau bleuâtre qui surgirent comme par enchantement à leurs côtés, aux archers scythes pro-Zackenberg, ceux-là défendant jusqu'à en mourir le carré des milliardaires, ce qui ne lasse pas de m'étonner vu qu'ils étaient payés au lance-pierre pour ce *bullshit job*, et à la foule indistincte des bougres et bougresses, thètes, métèques, affranchis, ilotes et esclaves lassés de l'odieuse exploitation dont ils faisaient l'objet, et qui se révoltaient aux côtés de Marc et Shamim.

« La lutte était inégale mais ils se sont battus avec courage, a commencé Marc.

– Nos hommes étaient sous-armés, dépourvus de bouclier, rondache, casque et cuirasse, a confirmé Shamim.

– Les massues de bois, les houes, les faux, les planches garnies de clous n'ont pas pesé bien lourd face à leurs arcs en os, leurs flèches à pointe de bronze et leurs épées en fer trempé, a plaidé Marc.

– Avec leurs frondes, nos gamins en ont tout de même éborgné quelques-uns, a soutenu Shamim.

– J'ai rarement vu un combattant aussi vaillant que toi, a poursuivi Marc. Une vraie bête fauve. Combien en as-tu occis de ces fumiers ?

– Pas mal, et toi ? Je t'ai vu couper de ta hache la tête du robuste Damotélès et de ta lance atteindre Gorgô en pleine poitrine. Elle était si profondément enfoncée dans ses chairs qu'il a été impossible de l'en sortir.

– Oké, mais toi, Onomastos. Toi, tu as réussi à te défaire de Damasos. Or, Damasos était une montagne. Entraîné par Eurytion, c'était un as de la frappe au flanc. Le coup que tu lui as porté sur le casque fut si fort qu'il lui éclata la cervelle !

– Peut-être Cloanthe, mais je dois dire que ton combat avec Achille était de toute beauté. D'ailleurs, quand tu es parvenu à l'atteindre au talon, pile à l'endroit où la cuirasse fait un –

– Oké, oké les gars. Si vous pouviez arrêter cinq minutes de vous envoyer des fleurs. Les Gargotruc, Damasos, Polymachin, tout ça, c'est bien bon, mais ça a donné quoi au final ?

– Hélas, chef. Comme on vous a dit, on n'a pas mis longtemps à s'apercevoir qu'on ne ferait pas le poids.

– Il y a d'abord eu les Scythes. Leurs flèches et leurs javelots ça n'a duré qu'un temps. Quand ils se sont aperçus qu'ils allaient se faire dézinguer par les troupes d'Alcibiade, ils ont sorti les flingues.

– Les flingues ? Il me semble pourtant que je n'ai pas entendu de coups de feu.

– Normal, chef. Sauf votre respect, vous n'étiez pas là.

– De fait, c'était pas à proprement parler des flingues, mais des espèces d'armes de poing en forme de sucettes géantes.

– De bâton de sucre d'orge, moi j'dirais.

– Ouais. Et qui délivraient de gigantesques décharges électriques.

– Genre Taser X26 guidé par laser, si vous voulez.

– Mais en plus puissant. Faut croire que Z avait tout prévu en cas de coup dur…

– Le plus curieux, c'est que certains des hoplites ne semblaient pas affectés le moins du monde par les tirs des Scythes.

– Comment ça ?

– Ils recevaient les décharges en pleine poire mais rien. Leur peau se contentait de virer un peu plus au bleu.

– Virer au bleu…

– Comme je vous le dis, chef.

– Et ensuite ?

– Ah ben du coup, comme on était en quelque sorte entre deux feux, on a été amenés à faire retraite.

– En ordre, chef, la retraite. Les ados d'abord, ensuite les thètes et puis les esclaves.

– Et Alcibiade ?

– Pas vu, chef.

– Moi si. Sur l'agora. Je filais un garde scythe quand je l'ai vu s'enfuir avec une poignée d'hommes vers la porte d'Acharnes.

– Attendez. Faut vous suivre, les gars. Qui est-ce qui faisait retraite au juste ? Vous ou les hommes d'Alcibiade ?

– Les gardes scythes, chef.

– Correct.

– C'est confus votre histoire. Faudra être plus clair dans le rapport. Parce que laissez-moi vous dire qu'on va pas vous louper. Et moi non plus par la même occasion. Vu l'arbre en boule[43] ?

– Vu chef.

– Oké pour moi.

– Et Z ? Comment vous avez fini par le choper, ce numéro-là ? Quand je pense que pas un seul instant, vous ne m'avez mis au courant du projet de son exfiltration…

– Attendez, chef, ne vous énervez pas.

– On vous l'a expliqué mille fois.

– Vous savez bien que le labo de Brétigny-sur-Orge a confirmé ce qu'on soupçonnait depuis le début.

– Vous n'étiez pas en état.

– Clairement sous substances a dit le labo.

– Du lourd de chez lourd.

– Heu-reu-se-ment que ça n'a duré que sept mois.

– Vous imaginez si vous aviez eu à subir pendant des années le même traitement que Zackenberg ?

– Celui-là, il n'est pas près de retrouver ses neurones.

– Paraît que si en fait. D'après radio moquette, il aurait été remis sur pied en un temps record dans une clinique suisse.

---

43 Expression tirée du jargon de l'artillerie militaire signifiant : « Pigé ? »

– Je confirme, chef. L'info vient d'Olivier de la DR. Le binoclard est aux petits soins depuis qu'il sait ce qu'on nous a fait subir sur l'île…

– Z est d'abord passé par la clinique des Alpes. Ensuite, il s'est fait du gras à la Klinik Exklusiv de Zurich.

– C'est pas à moi que ça arrivera, ça, la clinique des Alpes.

– N'empêche que vous tenez la forme, chef, pour quelqu'un qui revient de si loin…

– Des jours entiers de délire à faire le zombie dans les kékés, vous vous souvenez ?

– Non mais franchement vous étiez où tout ce temps, chef ?

– Baahjjjsssppp…

– On vous a récupéré par les ch'veux.

– Tout ça à cause de ce salaud de Z.

– Et cette fille… Cette Maxima, là.

– Paix à son âme, Shamim.

– Paix à son âme, je suis d'accord chef, parce qu'elle nous a rendu un fieffé service, pas vrai ?

– On est d'accord, Marc. Elle nous a rendu un fieffé service et elle nous a rendus complètement dingues par la même occasion. Mais ça c'est du passé. Le présent, c'est de convaincre les grosses têtes du Burlingue qu'on a fait le taf. Et là-dessus, laissez-moi vous dire qu'on n'est pas rendus. On parlait de Z. Lequel de vous deux a réussi à lui mettre le grappin dessus ?

– Shamim, chef. À lui seul, il est parvenu à neutraliser les cinq archers scythes qui le protégeaient.

– Rien que ça. Et comment avez-vous réussi à réaliser cet exploit, Shamim ?

– C'est-à-dire que disons qu'en fait j'ai juste eu à neutraliser le type qui avait neutralisé les Scythes. Et comme il était de dos, n'est-ce pas. C'était un à la peau bleue. De ce point de vue, je peux vous dire qu'ils sont comme vous et moi : ils ont le crâne solide, mais jusqu'à un certain point.

– Pas très glorieux, ça, Shamim.

– Sauf votre respect, je vous rappelle que notre mission principale était d'exfiltrer Z par tous les moyens possibles.

– Oké. Sans que j'en sache rien, donc. Et une fois que vous avez mis la main sur Z, qu'est-ce que vous avez fichu ?

– Bah, il a encore fallu le traîner jusqu'au palais de la nouvelle Acropole puisque Kim K était censée s'y trouver.

– Ah. Et comment avez-vous su qu'elle créchait au palais, l'autre foldingue ?

– C'est Zackenberg, chef. C'est la première chose qu'il nous a bavée quand on l'a arraché aux griffes du bleuâtre. La Pythie, la Pythie, la Pythie. Il n'en avait que pour la Pythie. Faut la chercher, qu'il disait. Seule Kim me sauvera en me donnant le *pneuma* [44].

– Le pneuma.

– Je ne pars pas sans elle, il disait.

– Il le chantait même…

– "Without her, I cannot go home".

– "I cannot go *on*" plutôt.

– C'est ça. Enfin, quelque chose comme ça.

– Pfff ! La galère que ça a été.

– C'est d'ailleurs en décrochant vers le palais qu'on est tombé sur vous, chef.

– Et qu'il a bien fallu vous prendre au passage… »

44 « πνεῦμα », « le souffle ».

8. KIM K

J'étais effectivement en train de forcer le passage d'une porte qu'un mafflu aussi terrorisé que moi m'empêchait de franchir en me coinçant contre le chambranle avec sa panse, quand j'ai entendu mes deux lascars m'appeler. Ils galopaient en tête d'un groupe d'une vingtaine d'hommes et de femmes aux vêtements en lambeaux, certains la figure en sang, la plupart désarmés. Parmi eux, je reconnus le patron Aristeidês, les vierges Hestia et Nausicaa, l'ancien esclave Dolios, qui était salement blessé au bras et le jeune Polyctor qui, lui, paraissait en pleine forme et toujours nanti de sa fronde.

« *Ah ! deiloi !* »[45] ne cessait-il de se lamenter d'une voix aigre en faisant avec sa main gauche le signe des cornes du Minotaure. Il usait également du terme de phobos, qui est le nom du fils d'Arès et d'Aphrodite et l'incarnation de la peur

45 « ἆ δειλοί ! », « Ah les lâches ! ».

panique, car ses camarades avaient rompu rapidement le combat et s'étaient envolés :

« Tous repartis chez leurs *enfoirés* de parents (« kakoi »)... »

Cinq ou six hères les accompagnaient, dont un zig au visage exsangue que Shamim et Marc soutenaient aux aisselles et qui marchait à cloche-pied. C'était Z. Ses yeux virevoltaient de droite et de gauche et son corps chétif se recroquevillait comme une feuille d'automne. Parfois, il fléchissait d'un coup sur ses jarrets et ses yeux se révulsaient, comme s'il était sous l'effet d'un puissant opioïde[46] si bien que les membres les plus solides du groupe devaient se relayer pour l'accompagner dans sa marche voire le porter de temps en temps sur le dos.

La voie qui menait à la nouvelle Acropole depuis les environs de l'agora était des plus abruptes : une volée d'escaliers assez raide succédant à une large allée que nous mîmes un temps infini à parcourir. Il nous fallait en outre nous glisser d'un bloc de pierre, d'un autel, d'un mur ou d'une colonnade à l'autre en veillant à ne pas nous faire repérer par les belligérants, car la bataille faisait rage de tous côtés : dans les temples d'Apollon et d'Héphaïstos, sous les portiques des stoas, devant l'autel des douze dieux et sur l'agora elle-même où Scythes et Spartiates se livraient un combat sans merci à coups de flèches, de haches, d'épées, de lances et de pistolets électriques.

Quels furent les hauts faits de ces affrontements ? Les traîtrises ? Quels en furent les héros et les lâches ? Je ne puis le

46 Bien que fausse, la supposition s'avère toutefois pertinente, puisque le laboratoire de l'Institut de recherche biomédicale des armées (IRBA) sis place Général-Valérie-André, à Brétigny-sur-Orge, a pu établir qu'il recevait chaque jour un mélange détonant de thébaïne, mescaline, méthaqualone, benzodiazépine, psilocybine et scopolamine.

dire, car nous évoluions fort heureusement *en lisière* des événements. Gravissant les derniers stades qui nous séparaient du mur d'enceinte de la nouvelle Acropole, on se mit à marcher au milieu des cadavres de malheureux qui avaient fui comme nous la bataille. Tous étaient bizarrement étêtés ce qui ne m'a pas empêché d'identifier ceux des *aristoi* que les archers scythes avaient échoué à exfiltrer : les Wallenberg au grand complet, certains membres des Cruise, des Schnitzler ou des Yamaguchi que j'identifiai à des détails anatomiques et de vêtures qu'il serait fastidieux d'énumérer ici.

Lorsqu'on atteignit la porte principale qui donnait accès aux Propylées, et malgré nos conseils de prudence, l'ancien esclave Dolios eut le tort de s'approcher de trop près des tours qui la flanquaient. Tourmenté par sa blessure au bras, il ne voulait plus entendre parler ni d'ordres ni de conseils, disait-il. Il y eut ce déclic suivi d'un vrombissement, et la tête de ce pauvre Dolios sauta en l'air sans qu'on sache exactement d'où venait le coup ni qui ou quel engin l'avait porté. À la vue de cette abomination, tout le monde prit la poudre d'escampette, à l'exception des deux vierges, du jeune Polyctor, de Marc et Shamim, qui portaient alternativement Z sur leur dos, et de moi-même.

Quel était le chemin à suivre pour pénétrer vivant dans le palais ? On pressa Z de nous répondre. Quelques claques lui firent prendre un air moins bovin. Il bava un peu, parut se réveiller, gesticula de droite et de gauche et il a fini par articuler que pour éviter le piège *(« pagis »)*, il nous fallait passer par un autre chemin *(« hodos »)*. Nous dûmes en conséquence contourner les pylônes qui encadraient l'entrée et gravir la butte vers l'est en suivant un raidillon qui longeait un petit sanctuaire avant de tomber sur une poterne dissimulée derrière un taillis maculé d'étrons. La grimpette nous prit pas mal de temps à cause du poids mort de Z. Il consentit de nouveau à s'animer quand, notre petit groupe ayant traversé le vestibule des Propylées et débouché sur le terre-plein où s'élevaient les temples et les palais, je lui demandai où se trouvait la Grande Prêtresse :

« Par ici, mais arrêtez de m'étrangler, m'a-t-il répondu sans trop se faire prier.

– C'est donc dans ton palais que Kim a été retenue pendant tout ce temps ?

– Oui, mais par pitié, desserrez votre étreinte. »

Une fois passés le porche du palais et un couloir aux torchères crépitantes, au lieu de bifurquer vers la salle de réception où banquetait encore hier le gratin mondial de la *realpolitik* et du business *as usual*, Z nous entraîna vers une statue d'un Hermès ithyphallique. Il en actionna mollement le membre et la statue pivota sur le côté, dévoilant un passage secret, dont le halo bleu para nos visages et nos corps d'une lueur étrange qui nous fit battre en retraite.

« N'ayez crainte, c'est sans danger », nous a lancé Z dont les yeux s'étaient mis à pétiller comme le beurre dans la poêle à frire.

Il paraissait curieusement revivifié par cette clarté suspecte, à moins que ce ne fût par les vapeurs à l'odeur soufrée qui s'exhalaient de l'ouverture. Tapotant fébrilement sur l'épaule de Shamim, il ordonna d'une voix claironnante qu'on le déposât au sol. Il s'en trouva fort aise, tenant tout seul debout, se mettant même à trottiner sur place comme lors d'une séance de décrassage, tout en s'emplissant bruyamment les poumons de l'air frelaté.

« For-mi-dable ! », il se mit tout à coup à crier, sa face écarquillée de béatitude.

Frappant dans ses mains, il s'engouffra alors dans l'ouverture, nous obligeant à le suivre, ou plutôt à le poursuivre, car il dévalait quatre à quatre les marches de ce qui s'avéra être un escalier assez raide, taillé dans un minerai opalescent. C'est ainsi que nous le perdîmes, Marc, qui s'était lancé à sa poursuite, ayant échoué à le rattraper. Après une descente qui me parut interminable, nous arrivâmes dans une salle enfumée, baignée d'une lueur azurée. Elle était immense. Sur sa haute voûte en berceau appareillée en rouleaux s'égayaient dans un joyeux désordre des fresques de dauphins à bec de canard, de poissons à bouche lippue, de néréides au corps d'hippocampe et de plongeurs priapiques. J'appris plus tard qu'il s'agissait de l'annexe souterraine d'un temple dédié au dieu Poséidon. J'étais sûr de ne l'avoir jamais vue, quoique j'en eusse curieusement une vague souvenance, comme si je l'avais rêvée à plusieurs reprises, à moins que cette illusion fût due aux vénéneuses exhalaisons crachées par le trou béant qui perforait le sol en son milieu. Il y avait aussi cette voix intérieure qui se manifestait en moi. D'abord presque imperceptible, puis de plus en plus audible, à la fois étrange et familière, toute bruissante de mots, d'appels, d'interjections, elle paraissait devancer ma pensée, la dédoubler plutôt. Enchâssée en moi comme d'un palimpseste, elle me disait que tout ceci devait arriver, que c'était en quelque sorte écrit, que je ne devais en aucun cas m'affoler, que je devais au contraire me laisser conduire dans le « tunnel du temps » jusqu'à ce que se produise l'inéluctable, car, si je ne l'avais pas encore vécu, ce que je vivais présentement *avait déjà eu lieu*.

Il faut dire aussi qu'à ce stade, brisé par l'effort inhabituel que j'avais dû consentir tout au long de cette journée exceptionnelle, j'étais au bord de l'épuisement. Je dois d'ailleurs à la vérité de préciser que je n'avais pas personnellement descendu l'escalier quatre à quatre. Ni même deux à deux. Je l'avais descendu une marche après l'autre, laborieusement, en petit père peinard : Marc, Shamim, Hestia, Nausicaa et le jeune Polyctor étaient sur place depuis un petit moment quand je débouchai dans la salle enfumée avec ce gazouillis dans ma tête. Les quatre murs de la salle étaient percés d'une porte, dont l'une avait été forcément empruntée par Z, puisque l'homme le plus riche du monde n'était pas là.

Kim, en revanche, l'était. Assise sur un trépied au-dessus du gouffre, un linge lui enveloppant la tête comme pour une fumigation, elle respirait à plein nez les effluves qui sortaient du ventre de la Terre en faisant des petits ik ik avec la bouche, assez exaspérants je dois dire.

Je l'approchai en la contournant, et, comme elle soulevait son linge pour le rajuster au plus près de son visage, je constatai qu'elle paraissait singulièrement rajeunie, et pour tout dire qu'elle avait belle allure avec ses yeux noircis au charbon, ses lèvres gonflées rougies à la cochenille, sa robe à bandages blanchie à l'urine et son tour de cou diamanté aux eurodollars, d'où pendait un énorme « Z » portant la marque Skims Bio.

Pendant ce temps, les deux vierges Hestia et Nausicaa n'avaient rien trouvé de mieux à faire que de se dépoitrailler et de se balancer d'un pied sur l'autre en psalmodiant : *« Mēnin aeide !... »*[47], un exorde qu'elles faisaient suivre d'une avalanche d'invocations à Apollon et à Poséidon, tordant leurs poignets, agitant leurs seins en cadence et faisant vibrer leurs chevilles où tintinnabulaient des bracelets d'or et d'argent à décor floral en champlevé. Bouche bée, assis sur

---

47 « Μῆνιν ἄειδε ! », « Chante, ô déesse !... »

un bloc cérulescent, Shamim et Marc en étaient comme pétrifiés. Quant au jeune Polyctor, bien qu'il affectât une indifférence dédaigneuse à leur endroit, il n'était pas le dernier à se rincer l'œil. Je mis moi-même une bonne minute avant de recadrer tout le monde en proférant des injures mêlées d'appels à la raison. Une fois expectorés, ils me laissèrent dans un état de fatigue proche de l'anéantissement, mais ils eurent tout de même la vertu de faire sortir Hestia et Nausicaa de leur transe hypnagogique. Recrachant les feuilles de laurier qu'elles avaient arrachées de leur couronne et qu'elles s'étaient mises à mâchouiller en dansant, elles se confondirent en excuses et se rafistolèrent fissa.

Il fallut encore convaincre Kim Kabasakian que la fête était finie et qu'il était temps de rentrer à la maison. Longtemps, elle n'eut pas l'air de comprendre ce que je lui disais, jusqu'à ce que je m'aperçoive qu'elle ne parlait pas un traître mot de grec ancien. S'adressant à moi avec un fort accent californien comme à un larbin d'hôtel ou un guide touristique *low cost*, elle me réclama à plusieurs reprises les « petites pilules bleues » qu'elle avait apparemment l'habitude de se voir remettre avant sa séance quotidienne de « hammam divinatoire », disait-elle (« *divinatory hammam* »). Voyant ma mine aussi consternée qu'interdite, elle finit par me congédier d'un furieux : « *Fuck you Satan !*[48] », ajoutant qu'elle ne me donnerait pas le moindre « *tip*[49] » *et qu'elle aurait « deux mots à dire à [mon] sujet à la direction »* (« *facility management* »). J'en étais à me demander si on n'allait pas devoir la transporter, elle aussi, de force sur le dos d'un de mes agents, quand Marc eut l'idée

48 « Ὕπαγε ὀπίσω μου, Σατανᾶ ! », « *hypage opisō mou, Satana !* », « passe derrière moi Satan ! »
49 « φιλοδώρημα », « *filodhorēma* », « pourboire ».

lumineuse de lui dire qu'on était dimanche, et que prétendre délivrer des prédictions le jour du Seigneur risquait de provoquer un *bad buzz* sur les réseaux sociaux et peut-être même de remettre en question sa présence sur les médias américains.

« Tu vois bien, ô Pythie, que le hammam est vide des prêtres chargés d'interpréter tes présages. C'est leur "jour *off*" aujourd'hui. Pas d'horoscope. Il faut partir… »

Regardant autour d'elle et constatant que lesdits calotins n'étaient pas là :

« *You're… kind of… like… right…*[50] », a-t-elle consenti de sa belle voix chuchotée-soufflée légèrement nasillarde.

Ensuite, elle a pris le bras de Marc et elle a déclaré à l'assistance qu'elle avait de toute façon prévu de mettre un terme à son contrat avec Split New pour rejoindre « au plus vite » *(asap)* l'émission de télévirtualité du nouveau Métaverse de Zackenberg, car si elle avait « adoré le rôle de Barbie extraterrestre » qu'il lui avait confié sur l'île, elle se sentait beaucoup plus la « femme au foyer de mafieux italien très sensuelle » qu'elle voulait incarner dans la série FOF[51], laquelle « signait [son] retour dans la vraie vie pour le lancement de [sa] nouvelle marque de maillots de bain. »

À ces propos, les vierges se sont mises à s'agiter et j'ai dû de nouveau les morigéner pour qu'elles cessent de se frapper la poitrine à coups de branches de laurier.

Marc s'est incliné cérémonieusement devant l'égérie de Z, et, pointant son doigt vers chacun des quatre coins de la salle, il lui a demandé :

---

50 Expression typiquement californienne de la vallée de San Bernardo signifiant « vous avez en quelque sorte raison ».

51 *Famous Old Farts*, disponible à partir du 22 septembre prochain en exclusivité sur Meta++ au rythme d'un épisode tous les jeudis.

« Laquelle de ces quatre portes débouche hors de l'enceinte, ô prêtresse ?

– Quand Gabbana est mort, on en a pris un autre et on l'a appelé Gabbana. C'était un labrador noir et Dolce est un petit chihuahua », a répondu Kim, fidèle jusqu'au bout à son rôle de prophétesse hermétique.

Nous choisîmes la porte qui nous semblait orientée vers le port de la Nouvelle Athènes, et, moyennant une marche d'une petite demi-heure dans un tunnel taillé dans une roche luminescente semblable à celle de l'escalier, on est arrivés sans encombre sur la plage d'Alimos.

9. RETOUR SUR TERRE

C'est alors qu'on s'est tous récriés d'étonnement devant le spectacle qui se déroulait de part et d'autre de la carcasse d'Hécate : éclairés par les puissants projecteurs installés sur les canots militaires qu'on avait halés sur le sable, des dizaines de fantassins en tenue camouflage ratissaient la plage en cheminant dans notre direction.

« Les forces spéciales Zêta MAK ! s'est mis à gueuler un Marc absolument aux anges.

– On vous l'avait dit chef ! Le Plan B a marché ! Les Grecs sont au rendez-vous ! » a fait écho un Shamim hilare.

Après quoi, Lang et Wazed se sont mis à danser une espèce de polka zeibekikée en braillant :

« On a ga-gné ! On a ga-gné ! »

J'avoue que dans l'état où j'étais, exténué, pompé, réduit à un bout de chair quasi impotent, il m'était impossible de partager leur enthousiasme. Et puis j'avais toujours en moi cette petite voix intérieure qui me disait que non, non non,

« on » n'avait rien gagné du tout, qu'« on » avait même perdu sur toute la ligne, que l'irréparable allait se commettre, que le compte à rebours avait même commencé, que rien ne pouvait plus l'arrêter, et d'ailleurs…

« Oh ! Patron ! Partez pas comme ça ! s'est mis à crier Shamim en m'administrant des claques soi-disant pour me "tenir en éveil".

– On est sauvés, on vous dit ! a beuglé Marc.

– Fatigué les gars… »

J'ai détourné mon regard vers la mer et j'ai tout de suite reconnu à la clarté de la lune le profil massif et la mature en goutte d'eau de l'une des trois frégates de type Belh@rra que la France a vendues l'an dernier à son allié grec. Elle mouillait, sphinx immobile, à une distance d'environ un demi-mille nautique. Pendant ce temps, face à nous, opérant par bonds successifs, les fusiliers-commandos hellènes s'approchaient. En clignant des yeux, j'aperçus derrière eux, à cent mètres environ, d'autres membres des forces spéciales grecques qui s'occupaient d'évacuer vers les canots un aréopage de milléniaux et quinquas des deux sexes, avec enfants. C'étaient les familles de milliardaires. Ils avaient jeté leurs péplos, chitons et himations aux orties et s'étaient revêtus de leurs T-shirts et jeans habituels. D'après ce que je pouvais en juger à cette distance, ils arboraient tous au poignet le même bracelet biométrique orange qu'on nous avait remis à notre embarquement pour l'île. Le moins surréaliste n'était pas que la plupart d'entre eux paraissaient prendre les choses à la légère, sinon à la rigolade, parlant fort, se donnant des grandes claques dans le dos, certains s'esclaffant, d'autres chantant à tue-tête une scie de Gloria Gaynor.

« Les rats quittent le navire…

– Allons chef. Vous devriez vous réjouir, s'extasiait Shamim. C'est la fin du cauchemar !

– Le retour à la réalité ! a abondé Marc. C'est fou non ?

– Le début des emmerdes, vous voulez dire… », j'ai refroidi leurs ardeurs.

Car nous étions encore très loin d'être tirés d'affaire.

« Eh oh oh ! Pas tirer ! France ! Gallia ! Nous *philos* ! Nous amis ! », s'époumonaient déjà mes deux naïfs tandis que les premiers biffins hellènes nous mettaient en joue en hurlant « *Halt or I shoot!* », « *Turn around!* », « *Legs apart!* », « *Hands on your head!* », « *Don't move!* » dans cet infect globish qui nous a remis direct les pieds sur terre.

La position debout, jambes écartées, mains sur la tête et le dos offert aux biffins grecs qui effectuaient sur nous une fouille-palpation, a eu tout de même l'avantage de nous faire réaliser qu'à l'autre bout de la plage, à environ cent cinquante mètres de notre position, d'autres individus, ceux-là nullement vêtus à l'européenne mais encore affublés de leurs chitons et péplos de domestiques marqués au dos d'un énorme « H » étaient poussés sans ménagement vers d'autres hommes, ces derniers en tenue de combat gris anthracite et brassard bleu azur, que je reconnus sans hésitation possible comme étant des *RABITS*[52], ces « équipes d'intervention rapide » de la police fédérale des frontières extérieures de l'Euroland, mieux connue sous l'acronyme de Frontex.

Secondés par des molosses à muselière et des supplétifs en civil, sans doute les interprètes, les garde-frontières s'efforçaient de séparer par petits groupes ces anciens ilotes, obligeant ceux qui avaient obtempéré à se déshabiller, à enfiler

52 Acronyme de « *Rapid Border Intervention Teams* ».

des masques de protection respiratoire et à revêtir des tenues orange fluo marquées au dos du même « H ». Ensuite, ils étaient pris en charge par des experts d'identification des personnes, aisément reconnaissables aux mini-serveurs pour le stockage des données biométriques qu'ils portaient en bandoulière et aux pistolets d'immatriculation faciale de chez Apple-Thales qu'ils appliquaient méthodiquement sur le visage des suspects. Au-dessus des groupes ainsi formés vrombissaient des drones à caméras thermiques.

Plus haut dans le ciel un hélicoptère NH90 NFH tournoyait. Sans doute cherchait-il le meilleur spot pour atterrir et exfiltrer les plus précieuses des *high-value targets*. Mais qui parle de regarder en l'air quand, malgré vos cris d'indignation et protestations véhémentes, votre troupe vole en éclats autour de vous : le jeune Polyctor et Kim Kabasakian rendus à la phratrie des milliardaires qu'on évacuait par hélicoptère ; les fausses vierges emmenées de force vers le groupe des réfugiés en tenue orange ; Marc et Shamim (indignés) et moi (amorphe) sommés, après identification, de « rester sur place jusqu'à nouvel ordre », pour reprendre l'expression émise dans un français impeccable par l'officier grec à chapeau de brousse et visage barbouillé de peinture kaki qui nous faisait face.

Ensuite, il nous a fait distribuer des couvertures de survie Ylea, des barres chocolatées au miel et sésame Pasteli et des bouteilles d'eau Athos Clear. C'est donc en attendant sagement qu'on veuille bien s'occuper de nous, les fesses sur le sable, la tête dans les étoiles et la bouche pleine d'un bicomposant à valeur nutritionnelle et médicale que Marc, Shamim et moi-même, nous avons assisté à l'avant-dernier épisode de cette lamentable équipée. Lequel prit la forme incongrue d'une libellule géante.

10. LA « CHOSE »

La libellule en question était en réalité un drone, mais à la distance où nous nous trouvions, c'est-à-dire à environ trois cents mètres de l'endroit où elle nous apparut, la métaphore anisoptère colle assez bien à ce que l'on pouvait en voir. Cela dit, j'aurais pu tout aussi bien parler d'une manière d'ange mécanisé, car même si ses ailes s'apparentaient à des élytres, la « chose » était dotée de deux bras et deux jambes en lieu et place des six pattes réglementaires. Elle était en outre emmanchée d'une tête humanoïde que hérissaient des petites antennes : c'était une sorte d'image projetée, peut-être rétro-projetée, bleuâtre, un hologramme, m'a-t-on appris plus tard, en me précisant qu'il figurait grossièrement le visage du fils adoptif de Z, ce mystérieux Alcibiade dont personne n'a jamais retrouvé la trace. Personnellement, de là où je me tenais, je n'aurais pas pu confirmer qu'il s'agissait bien du visage d'Alcibiade ou de qui ou quoi que ce soit d'autre. Mais je vois qu'il me faut abréger. C'est toute la difficulté de raconter un événement dont la durée a été extrêmement courte : on trompe son auditoire si l'on s'empêtre dans des explications dont la durée excède celle de l'événement lui-même. Du reste, le mal est fait. À ce stade, tout était fini. La scène fut d'ailleurs si brève que j'y assistai sans penser une seconde à fuir ou à me protéger d'une manière ou d'une autre. Précédée par un bruit incongru de moteur de tondeuse à gazon auquel personne, dans l'effervescence du moment, ne prêta attention, ladite « libellule » apparut à l'extrémité sud de la plage. Après un vol stationnaire qui dura une poignée de secondes, elle se mit à mitrailler sans discernement tout ce qui se trouvait au-dessous d'elle : captifs en tenue orange, commandos grecs, supplétifs de chez Frontex, mini-drones etc. J'avoue que je me souviens plus des éclairs qui sortaient de son dos et de ses bras que de la réaction de la foule et des soldats. Il y eut presque au même moment un énorme bruit de chasse d'eau :

PFFUUUIIIT.

Et tout fut fini.

La « chose » avait été pulvérisée par un tir au laser effectué depuis la frégate grecque.[53]

---

53 « Impressionnant, non ? C'était l'occasion rêvée de tester notre nouvelle arme par amplification de faisceau, nous a expliqué quelques heures plus tard un commandant grec, Nikos Georgiou, fort prolixe, sans doute parce qu'il voulait nous montrer à quel point il parlait bien le français. Les canons laser classiques sont constitués d'émetteurs dont les rayons se concentrent en un seul. Résultat : schffff, ils chauffent énormément. Ce qui limite leur puissance et leur rayon d'action. Je sais quel métier vous faites et je ne vous dirai pas quelle est sa puissance exacte, mais je puis vous dire que grâce à ses plaques de lentilles montées en série notre système d'arme vient de faire la preuve qu'il neutralisait sans problème une menace entrante véloce évoluant à basse altitude et, tenez-vous bien, pour un coût très inférieur à ce que nous aurait coûté le déploiement d'un drone de combat. Je suppose que vous connaissez le coût d'un missile. Un AGM-128 de chez Lockheed, par exemple. 150 000 ? 180 000 eurodollars ? Or, je puis vous dire bla bla bla… »

11. UNE VRAIE MINE D'OR

Ce n'est qu'au petit matin que Shamim, Marc et moi, on a été évacués de la plage par les nageurs de combat français du service Action, la DGSE mettant un point d'honneur, comme tout service de renseignement extérieur qui se respecte, à exfiltrer ses agents clandestins par ses propres moyens. Les gars avaient leur propre canot semi-rigide de type *fast rescue boat* et d'après Marc et Shamim, ils étaient en retard d'environ six heures sur le planning.

« Désolés, mais on a eu un problème de pompe », nous a dit le quartier-maître chargé du semi-rigide.

La pompe de quoi, on n'a jamais su.

Ce que je sais, en revanche, c'est qu'il nous a fallu encore poireauter pas moins de six heures sur la frégate grecque avant qu'un hélicoptère de la marine nationale voulût bien nous évacuer sur le BSP[54] *Alizé* qui mouillait dans le coin. C'est en atten-

---

54 Le BSP *Alizé* (A645) est un bâtiment de soutien à la plongée de la Marine française utilisé par les nageurs de combat du service Action de la DGSE.

dant l'hélico qu'on a eu la visite du commandant Georgiou, lequel tint à nous entretenir en long et en large de son affaire d'arme laser. Il nous avait reçus sur la passerelle extérieure de son rafiot, accompagné d'un officier de garde mutique et d'un Montereau visiblement éreinté, ses tronche et costard comme passés à la lessiveuse. Si occupé par l'opération qu'il était en train de coordonner, qu'à notre arrivée, il nous a salués d'un coup de menton sans décoller son Motorola T98 de l'oreille ni cesser de chuchoter des trucs dans son micro déporté ni même relever ne serait-ce que dix secondes ses lunettes balistiques de son nez.

Sympa, l'Edgar.

Pendant qu'on nous redistribuait des couvertures de survie, il a fini par nous lâcher un compendieux :

« Bienvenue à la maison les gars et désolé pour le retard. »

Au ton sec de sa voix, j'ai senti tout de suite que le cœur n'y était pas. Il faut dire que Shamim et Marc étaient particulièrement agités. À plusieurs reprises, ils avaient rué dans les brancards, refusant de quitter la passerelle bâbord qui faisait face à l'île. Comme elle était réservée aux fumeurs, leur présence indisposait les matelots grecs qui souhaitaient s'en griller une à la pause. Qu'à cela ne tienne : les deux agents s'indignaient tout haut du traitement différentiel que subissaient les rescapés et ils interrogeaient avec insistance Montereau sur la présence des agents de Frontex.

Marc, surtout, ne cessait de protester :

« C'est quoi, cette histoire de gestion des flux, Edgar ? Aux riches le tapis rouge, aux pauvres le paillasson, c'est ça ? C'est indigne ce qu'on leur fait subir… »

Shamim ne disait rien, mais il n'en pensait pas moins : bras croisés, visage fermé, il hochait la tête à chacune des récriminations de Marc.

« Dis donc tu peux pas les tenir, tes gus ? m'a lancé un moment Edgar entre deux instructions soufflées dans son talkie-walkie. Et puis c'est quoi cette allure ? Ne me dis pas que c'est au frais de la Maison qu'ils se sont fait ces tatouages. Mauvais point dans le dossier, ça... », a-t-il rauqué d'une voix que je ne lui connaissais pas.

Bref, on était tous à bout.

Un matelot eut la gentillesse de nous distribuer des boissons chaudes, mais Marc n'était pas pour autant calmé.

« Faut faire quelque chose pour ces gens... Ne me dites pas qu'on ne peut rien faire, Edgar... », ne cessait-il de répépier.

La tension est montée d'un cran, jusqu'à ce qu'elle s'effondre sans crier gare. C'est Marc qui a piqué du nez le premier. Il s'est agrippé au milieu d'une phrase à la main courante de l'escalier qui menait à la passerelle supérieure. Cherchant visiblement ses mots, il s'est assis lourdement sur une marche, puis il s'est affalé sur le côté. Shamim a continué quelques secondes de hocher la tête avant de basculer en avant. Edgar l'a rattrapé au vol et il l'a accompagné sur le sol tout en m'informant d'un ton bourru que les boissons chaudes qu'on nous avait distribuées contenaient « un puissant hypnotique ».

« Évidemment, chargé comme tu es, ça a eu nettement moins d'effet sur toi... », grinçait-il quelques minutes plus tard, tandis que je voyais mes gars partir sur des brancards, direction l'infirmerie, « le temps que l'hélico nous ramène à bon port ».

Je restai accoudé au bastingage, un peu groggy tout de même, lorgnant la plage et ses falaises qui flamboyaient dans le soleil du petit matin. Un alignement de biffins en combinaison de protection passait le sable au peigne fin avec des appareils de détection aux allures de balais serpillière. Claquetant dans l'air limpide, une grue à flèche télescopique gerbait dans un engin de débarquement amphibie toutes sortes de matériels récupérés sur l'île. Les milliardaires étaient partis depuis longtemps. Entre deux ravitaillements, l'hélico de la frégate grecque avait exécuté un ballet incessant entre la plage et une destination inconnue. (J'appris plus tard qu'il s'agissait de l'aéroport de Santorin et que Z, Bedos, Bates, Arnaud, Schnitzler, Villemin, Kabasakian et quelques autres avaient pu regagner le lendemain même leurs ranch houses, chalets, yachts ou hôtels particuliers de Courchevel, Malte, Hongkong, Cologny, L.A., Austin ou San Bernando, et la clinique des Alpes pour ce qui concerne Z.)

Les moins riches avaient été accueillis sur le navire grec. Une trentaine de millionnaires avaient eu droit à une bannette personnelle et les anciens thètes à des hamacs à fond de cale. Quant aux pauvres diables qui avaient joué les esclaves, ils avaient attendu toute la nuit qu'on veuille bien s'occuper d'eux. Au bout de la plage, je voyais les Frontex les pousser à coups de bâton télescopique et de matraque en caoutchouc dans des canots qui prenaient la direction d'un ancien cargo ship sierra-léonais voguant sous pavillon RIF[55] dont, par sécurité, je tairai le nom.

« Qu'est-ce que l'Euroland va faire de ces gens ? j'ai demandé à Edgar.

– Ça, c'est pas vraiment mon problème, il m'a rétorqué sèchement. Il y aura des indemnisations. Le consensus général est que tout se passe correctement.

– Entre qui, le consensus général ?

---

55 Registre international français. Selon la Fédération internationale des ouvriers du transport, le RIF, créé par la France en 2005, est en réalité un pavillon de complaisance.

– Les États concernés, l'Euroland, la Turquie, la Grèce, Zackenberg et ses actionnaires…

– L'aréopage des *aristoi*, tu veux dire ?

– Appelle-les comme tu veux. Les copropriétaires de l'île. L'accord règle en partie le problème gréco-turc, par parenthèse. La France y a joué un rôle majeur, et là-dessus bravo.

– Comment ça, bravo ?

– Ben oui, bravo. Tu as joué un rôle. Un petit rôle, mais un rôle quand même.

– Le vrai-faux simulateur de drone avec son missile baladeur, c'est ça ?

– Mmmh… Tout ce que je puis te dire, c'est que tu l'auras, ta prime de sujétion pour service supplémentaire. Pour le reste, je n'ai pas l'autorisation de…

– C'est quoi cet accord ?

– Franchement, je suis désolé, mais…

– Accouche, Edgar ! Tu peux bien faire ça, non ? Au nom de notre amitié…

– Oké, ça va ! On liquide, là. T'es content ? Z et sa clique ont tout revendu. Ils jettent l'éponge. Finis Heropolis, la Grèce antique, les toges et tout le bazar. Apparemment, Zackenberg veut toujours sauver la planète, mais il veut le faire autrement. Lui et ses investisseurs ont revendu l'île une misère. Je ne te dirai pas à quel pays et avec l'accord de quel autre, mais je suppose que tu as deviné. Comme tu vois, ils sont tous partis…

– Pas vraiment au même endroit, Edgar, mais bon, je suppose que c'est normal. On sait pourquoi Z a décidé d'arrêter son délire ?

– La question reste en suspens. Trop cher, sans doute. Trop compliqué. Gros problème de santé aussi. Le gars est sous sédatifs depuis des années. Apparemment, il a plus tellement sa tête. Un peu comme toi, du reste. Bah ! L'essentiel, c'est que tout finisse bien, non ?

– Ah non. Tout ne finit pas bien, Edgar. Ce projet fou. Le Nephos, la régulation du monde, tout ça. Et le massacre final sur Heropolis. Hein ? Car il y a bien eu massacre, non ? Vous allez en faire quoi, à propos, des cadavres qui jonchent l'île ?

– Pop pop pop. T'excite pas comme ça. T'es sûr que tu veux pas t'allonger ?

– Pas avant que tu m'en dises plus, Edgar. D'abord, ils font quoi ces mecs sur la plage avec leurs poêles à frire ? Ne me dis pas qu'ils sont là pour les mégots et le plastique… Et la gerbeuse ? Elle chourave quoi, exactement ? Et pour le compte de qui ?

– Désolé, mais t'as pas le BEC.

– BEC ou pas BEC, tu vas te mettre à table, Edgar.

– Écoute Nico, fais-moi confiance. Tu les auras tes réponses. Un jour. Aujourd'hui, c'est juste pas le moment. Tu piges ? Et puis, faudrait peut-être penser à te changer non ? T'as pas froid aux pieds ? J'ai l'impression que t'as fondu, mon pauvre. T'es vraiment pas beau à voir, tu sais ça ? Et puis c'est quoi ces tatouages fantaisie sur tes orteils ? C'était l'île de la tentation ou quoi ? Je serais toi…

– Je te taperais d'une cigarette.

– Une cigarette ? Dans l'état où tu es ?

– C'est ça, dans l'état où je suis. *Justement* dans l'état où je suis. »

Il a sorti une boîte métallique de sa poche, il l'a ouverte.

« C'est quoi le deal entre Z et l'Euroland ? », j'ai insisté en me collant la cibiche au coin des lèvres.

En me présentant la flamme de son Zippo, Edgar a crispé son visage de statue votive.

« Tu veux des réponses ? Je peux pas te les donner..., m'a-t-il lancé comme j'emplissais avec délice mes poumons de la fumée. D'ailleurs, je ne les connais pas toutes. Tout ce que je peux te dire, c'est que toi et tes hommes ont fait à peu près le job. Faudra débriefer tout ça, mais c'est globalement positif.

– Débriefer tout ça ! Moi qui n'ai qu'une envie, c'est de rentrer à la maison...

– Tu sais bien que c'est impossible, Nico. Il y aura des séances pénibles, je te préviens. Pour Shamim et Marc aussi. Entre nous va falloir monter une histoire qui se tienne. Et puis, il y a cette affaire de data center sous-marin. On aura besoin de tes lumières sur le fonctionnement de cette unité du Nephos.

– Le data center ? C'est ce que Zackenberg a négocié en échange de son départ de l'île, je parie. Pas vrai ?

– Désolé, Nico, mais t'as pas...

– Edgar, je veux la vérité ! »

Je ne sais si je le dois aux accents pathétiques que prit ma voix, à ma mine défaite ou aux tremblements qui agitaient mon corps délabré, mais Montereau a fini par céder. Du moins, a-t-il craché une partie du morceau. Notamment que les négos entre la Grèce, la Turquie et le consortium de Zackenberg avaient été menées « de main de maître » par Saint-Martin, via Civipol Conseil, en collaboration étroite avec des bailleurs de fonds des Babam, dont la banque de Crédit suisse, la Qatar Financial Authority, la Banque des règlements internationaux et le fonds de pension américano-chinois Tower Retirement Thrift.

« ... Tout ça avec l'appui de Vidal, Saulnier et Theron », a poursuivi Montereau, qui, pour une fois, n'employa pas le terme de « grand patron » pour désigner le chef de la Direction générale des services.

« Depuis que Saint-Martin est aux manettes, les choses ont bien changé à la Maison », a-t-il fini par admettre en me gratifiant d'une grimace assez laide.

Il m'apprit également que dès le début de l'opération, lui et Theron avaient mis l'île d'Heropolis sous surveillance électronique, aérienne et maritime, avec l'accord de l'Otan et de l'Euroland :

« Elle est bourrée de choses intéressantes, poursuivait Edgar. Dans l'état actuel de pénurie mondiale de terres rares, c'est une vraie mine d'or...

– D'orichalque, tu veux dire. »

Le mot était sorti spontanément de ma bouche.

« Qu'est-ce que tu viens de dire ? s'exclamait à présent Edgar.

– Moi ?

– L'orichalque. Tu viens de dire l'orichalque...

– L'ori-quoi ? Je viens de dire quoi ? »

J'avais l'impression d'entendre ce mot pour la première fois.

Sa main a saisi mon col :

« Se peut-il que tu aies été mis au courant de... »

BOUM

C'est alors que le souffle d'une énorme détonation émanant de l'île nous plaqua durement contre la porte de la salle des commandes.

« À plat ventre ! » se mit à hurler Montereau.

Autour de nous, les marins grecs couraient dans tous les sens tandis que les déflagrations se succédaient avec une violence inouïe. Lorsque, le nez en sang et les oreilles sifflantes,

Edgar et moi nous fûmes en mesure de porter nos yeux sur Heropolis, on vit que d'énormes panaches d'une fumée noire s'élevaient aux quatre coins de l'île. En quelques minutes l'incendie s'était transformé en un immense brasier qui s'était abattu sur le port du Pirée et ravageait à présent la « Nouvelle Athènes ».

Bientôt, il gagna l'île entière, la gigantesque muraille de flammes qui se reflétait dans les eaux de la mer Égée offrant à nos regards l'aspect d'une immense boule de feu, comme si le dieu-soleil Apollon s'invitait chez son oncle Poséidon, laissant pour un temps les mortels à leurs dérisoires querelles.

12. L'ADIEU

Mais ce n'est pas tout.

Schrakkkk

L'explosion fut suivie d'une formidable détonation qui fit vibrer le navire de la proue à la poupe, le ciel se zébrant de rais de lumière éblouissants qui se transformèrent presque aussitôt en de minces fils d'une fumée bleue pailletée d'or.

Cela ne dura qu'une fraction de seconde, mais ce fut assez pour que mon cerveau enfin réunifié se saisisse d'une évidence.

« Ils » étaient partis.

« Ils » nous avaient quittés.

D'un coup, tout me revenait.

Tout.

Et d'abord Maxima.

« Elle » aussi était partie…

« Vous avez vu ça ? » s'effarait Montereau.

Il pointait son doigt vers le ciel rendu à sa limpidité.

« *You've seen that ? You've seen that no ?* » interrogeait Edgar autour de lui.

Les marins ébahis le regardaient en hochant stupidement la tête.

Dans la mienne résonnait quelque chose comme un adieu.

Un adieu définitif.

Un adieu à jamais.

13. DE SACRÉS BLANCS

La suite est d'une simplicité biblique.

La destruction d'Heropolis n'a pas sonné comme chacun sait la fin du monde. Elle a mis simplement la France et accessoirement Civipol Conseil dans l'embarras. Elle a ruiné par la même occasion les espoirs que tout un tas d'opérateurs nationaux et transnationaux avaient placés dans l'exploitation d'une île que les explosions avaient rendue dangereusement radioactive. Je passe rapidement sur les commentaires plus ou moins délirants que cette « catastrophe majeure » popularisée sous l'appellation « d'incident Ikos-Heropolis » a suscités sur les réseaux sociaux, de même que sur les innombrables tentatives de récupération de l'événement émanant des mouvances conspirationnistes, des succursales de l'E.I., du Hamas et du Hezbollah, des racistes du MDGJ identitaire, des racialistes de l'AlterChoc, des hard-écologistes de la MAEC, des suprématistes et séparatistes de tous poils, sans oublier les Américains, Russes, Turcs, Syriens, Israéliens, Saoudiens, Iraniens, j'en passe : on peut encore aujourd'hui perdre son temps à explorer le net et l'Ultranet® pour en retrouver la teneur. Les étranges stries pailletées qui sont apparues un court moment dans le ciel cycladien et qui ont été photographiées par une poignée d'amateurs ont notamment alimenté la théorie conspirationniste des chemtrails.[56] Les seules informations dignes de foi que l'on peut glaner sur la toile sont que l'île a été renommée Küçükada[57] par les autorités turques, avec l'accord de l'Euroland et de l'Otan, qu'elle a été déclarée zone d'exclusion absolue pendant neuf cents ans et qu'elle sera radioactive pendant quarante-huit mille ans.

La déconvenue a été telle en France que le ministre de l'Intérieur Léon Zeck faillit se faire démissionner par Maryse Montjoie. Isabeau Merlin de Saint-Martin de Delincourt joua le rôle de fusible. Dans les hautes sphères du renseignement, on ne tarda pas à l'accuser de collusion avec des agents étrangers, dont il fut plus ou moins établi qu'ils opéraient depuis la Chine, les États-Unis et la Russie, voire le Groenland et l'Ushuaia. Il disparut un temps des radars. En réalité, Theron l'avait rattrapé discrètement par les bretelles et l'avait envoyé se faire oublier à l'antenne de Karachi moyennant le retour inattendu d'Alpharetro à la tête des Opérations et le limogeage de Vidal et Saulnier, partis à la DCPJ[58].

Mais au diable la cuisine interne de la DGSE. Pour revenir à ma modeste personne, j'ai été envoyé dare-dare à

---

56 La théorie conspirationniste des chemtrails *(chemical trails)* prétend que les traînées de vapeur créées par les avions volant à très haute altitude sont en réalité des substances chimiques répandues secrètement par divers gouvernements pour empoisonner les populations.
57 « Petite île » en turc.
58 La direction centrale de la Police judiciaire, également désignée sous l'abréviation « police judiciaire » ou « PJ ».

l'établissement sanitaire de l'armée réservé aux agents de la DGSE blessés au cours d'une mission. Sis à Creil (Oise), le bâtiment est un bunker grillagé. Son personnel, négligent car sous-payé, vous sert une tortore sans âme dans une chambre dépourvue de fenêtre, placée sur écoute et sous surveillance vidéo. Entre deux interrogatoires de contrôle, il est possible de se décontracter dans la piscine microscopique du sous-sol ou dans la salle de musculation adjacente qui brasse un air vicié et où l'on trouve des tapis de sol troués et des appareils en mauvais état dont certains obstruent les issues de secours. Mais ça, c'était à partir de ma troisième semaine à Creil. Les quatorze premiers jours de mon séjour furent consacrés à mon sevrage sous assistance médicale, avec arrêt franc à ma demande, signature au bas d'un papier à en-tête du burlingue et deux timbres de couleur rouge portant la mention SECRET collés en haut et en bas de la page.

« Vous êtes sûr sûr sûr monsieur Narval ? Je dois vous dire que vous êtes é-nor-mé-ment chargé en drogues diverses.

– Affirmatif.

– Je vous préviens, ça ne va pas être folichon folichon. »

Qu'avais-je signé là ? Je passai quatorze jours à regretter cette folie en maculant mon lit de fluides divers, recroquevillé en asticot avec le cœur qui vous tape au bord des lèvres, maudissant ces salauds en blouse blanche qui refusent tout net de vous soulager, on vous l'avait dit monsieur Narval, pas folichon du tout du tout, alors qu'il s'agirait d'un rien bon Dieu, juste un tout petit rien du tout espèces d', allons, allons, c'est un mauvais moment à passer, soyez sans crainte, vous êtes sous surveillance médicale, putain mais c'est *rien*, je vous dis, juste un tout petit truc pour m'aider espèces de boahhhschpttt, vomissant vos insultes dans une bassine, crevant de soif comme si vous étiez perdu en plein désert, mais glacial, le désert, le Gobi en hiver et vous à poil dedans, frissonnant, suant, dégorgeant un plein bouquet d'obus en uranium appauvri aussitôt transformé en aérosol radioactif, claquant des dents, hurlant encore et encore après ces salauds qui ne veulent pas vous donner ce petit *rien*, et, quand la force revient, vous pleurez sans aucune gêne avec dans votre tête l'idée folle d'un amour déçu avec une jeune fille à la peau bleue et un sentiment foncièrement négatif sur la société en général et, allez savoir pourquoi, sur votre ex-femme en particulier, ce regret, bon Dieu, ce regret d'avoir tout gâché, ce 29 septembre au soir, après cette journée de merde passée à Cercottes à fêter la Saint-Michel, elle avait cette valise à roulettes jaune à la main, elle disait c'est fini Jean-Luc, c'est fini et puis je te préviens, Marie vient avec moi. Marie en manque de père. Vous êtes en manque, monsieur Narval. Ces attaques de panique, c'est tout à fait normal. Les douleurs au ventre, aux cuisses, aux reins aussi. Il faut juste éviter de pisser dans les draps. Et puis vient la phase du harassement, la fatigue immense qui vous entraîne au Congo-Brazzaville, le corps inerte de cette *mwasi kitoko*[59], cette Mercie qui habitait Makélékélé, pas loin du pont de Djoué en périphérie de Brazza. Mercie à qui vous aviez promis monts et merveilles, vous vous souvenez ? Elle avait vingt-deux ans. L'âge qu'a votre fille aujourd'hui. Je vais te tirer de là, parole de militaire, lui aviez-vous dit, avant qu'elle ne meure d'un éclat de mortier, abandonnée sur le bas-côté par le VAB sanitaire. L'âge qu'a sans doute cette créature bleuâtre qui peuple désormais vos rêves. Maxima, bon sang. Au sixième jour, elle vous est revenue comme un boomerang. Maxima. D'autres ectoplasmes, aussi.

---

59 « Jolie fille » en lingala, une des langues du Congo-Brazzaville.

Ceux-là prenant des formes moins précises. Un oiseau à la tête grumeleuse. Un prêtre au long bâton noueux. Une diva haltérophile. Puis vint ce combat mené de main de maître contre une espèce de couteau suisse géant dans un Métaverse étrange où se fabriquaient les drones du futur. Les hallucinations se sont accompagnées d'une envie irrépressible qui vous a fait supplier à genoux pendant des heures qu'on vous soulage d'une toute petite dose. Un rien, bordel, un petit rien. Au huitième jour, le manque d'appétit devant la purée s'est fait moins sentir et l'idée que vous ayez pu tomber amoureux d'une jeune femme à la peau bleue vous a paru incroyable, puis plus qu'incroyable, ridicule. Il y a eu aussi ces phases de bégaiement, ces maux de tête avec une diminution nette des performances cérébrales due au faible taux de dopamine. Et toujours, la routine de la diarrhée, avant que ne vienne la routine du rien, du gris, du fade, de l'amoindri, la routine de qui n'est plus heureux de rin de rin, je vous avais averti, monsieur Narval, c'est pas folichon folichon, mais c'est radical, non ?

À l'issue du quatorzième jour, on jugea que j'étais sorti d'affaire. Comme par hasard, Marc et Shamim ont débarqué le lendemain matin. Embrassades. Congratulations. Mais motus et bouche cousue. Nous étions surveillés. Les trois jours suivants, ils dormirent dans la même chambre que moi. Heureusement qu'au cours du retour en France et sur les injonctions d'Edgar, nous avions travaillé des versions de nos actions respectives qui fussent à la fois acceptables, cohérentes et vraisemblables aux yeux de nos supérieurs.

Mes séances de restitutions à la commission de contrôle ont alors débuté sous l'égide des mêmes analystes de la Maison que pour la mission précédente. Elles étaient effectuées en alternance avec des séances de renforcement musculaire et une batterie de tests qui visaient à vérifier l'état de mon cerveau, de mon cœur, de mes poumons et de mon foie. Lesquels, à défaut d'aller bien, allaient de mieux en mieux. Les types de la commission étaient visiblement pressés de gober l'histoire que je leur servais. Deux jours plus tard, ils avaient vidé le plancher. Je ne savais si je devais m'en réjouir ou m'en inquiéter, quand deux autres gaillards débarquèrent inopinément alors que Marc, Shamim et moi devions regagner le village Pierre & Vacances Le Rouret, à Grospierres, dans le cadre d'un sas[60] de fin de mission.

Shamim et Marc partis sans moi, les deux zigotos se mirent à me poser des questions bizarres. Manifestement, ils voulaient savoir ce que j'avais bien fichu *exactement* pendant tous ces mois. Or, j'avais beau chercher : *exactement*, je n'en avais aucune idée.

« Parce qu'il y a tout de même de sacrés blancs, remarquait l'un.

– Que vos propres agents n'ont pas pu remplir, ajoutait l'autre.

– Écoutez messieurs, j'ai beau chercher, ça ne me vient pas », répondais-je en arguant de l'altération de mes facultés mentales pour taper en touche.

Ce petit jeu dura trois jours, jusqu'à ce que les types jettent l'éponge et laissent la place à ce bon vieux Marc-Marie Courtois. Ma foi, je revis mon médecin traitant avec plaisir. Il m'avait bien aidé à l'époque où j'en avais cruellement besoin, notamment pour comprendre que j'allais devoir m'en tirer seul.

---

60 SAS. Pour « sas de décompression ». À la fin d'une opération militaire extérieure (opex) les soldats et agents français passent par une période de décompression qui a pour fonction de repérer et prendre en charge ceux et celles qui manifestent un stress post-traumatique.

« Parlez-moi de vos rêves…, il attaqua direct.

– Mes rêves ? Comment ça, mes rêves ?

– Avec le sommeil agité que vous avez en ce moment, vous devez bien vous en souvenir, non, de vos rêves ? »

C'était assez déconcertant cette histoire de rêves. Je savais Marc-Marie lacanien pur jus. Le genre à rester muet comme une carpe, jusqu'à ce qu'au détour d'une phrase : paf ! il vous crucifie en répétant mot pour mot ce que vous venez de dire. Rien à voir avec une quelconque thérapie par les rêves…

« Vous arrive-t-il de rêver en bleu ? m'interrogea-t-il brusquement.

– Comment ça en bleu ? j'ai fait mine de m'étonner en me demandant ce que la Maison avait bien pu lui raconter.

– C'est-à-dire pas dans la réalité bien sûr, s'embrouillait-il. Mais dans les rêves. Des gens à la peau bleue, par exemple.

– Genre les Schtroumpfs, vous voulez dire ? »

Bref, je n'ai eu besoin que de deux séances de cet acabit pour me débarrasser de Marc-Marie. Trois jours plus tard, je pouvais retrouver Marc et Shamim à Grospierres. Montereau était là aussi. Souriant. Nettement moins agité que sur la frégate grecque. Mains dans les poches, vêtu d'un costume léger, sans talkie-walkie à l'oreille ni ride du lion au front, il avait l'air presque décontracté. En tout cas heureux d'être là et de nous retrouver « sains et saufs ». C'est drôle que je ne m'en fusse aperçu qu'à ce moment-là, mais je remarquai qu'il avait blanchi, Edgar. Il paraissait reposé, ragaillardi même, mais il avait blanchi. Marc et Shamim avaient, eux, retrouvé leur teint de rose.

« Messieurs, je suis fier de vous », nous a-t-il annoncé devant nos bières après qu'on se fut assis à l'ombre d'un parasol, devant une vaste piscine en forme de cœur.

Il ajouta avec un clin d'œil un brin forcé :

« ... Même si on a senti le vent du boulet.

– Tac tac la pêche ! » ont immédiatement répliqué ces ballots de Marc et Shamim.

Ensuite, on s'est mis à blaguer, à rire de tout et de rien, un peu du remontage de bretelles de Léon Zeck et du rétropédalage calculé – ou non, de Maryse Montjoie, beaucoup de la disgrâce de Saint-Martin, et plus encore du retour inattendu aux affaires d'Alpharetro dont les rapports déconcertants avec son vieil ennemi Theron nous firent dégringoler la pente savonneuse de la blague grivoise. Pas du tout des sept mois d'enfer passés sur l'île d'Heropolis.

« À propos du retour d'Alpharetro..., s'est essuyé le coin de l'œil un Edgar hilare. Il m'a dit de vous dire que le boulot était loin d'être fini. »

Un silence de mort a accueilli cet énoncé.

« Quoi ? » « Comment ? » « On ne rentre pas à la maison ? » s'est-on aussitôt récrié.

« Non », a prononcé Montereau.

Il a tenu à préciser d'une voix épouvantablement sérieuse :

« Vous pensiez qu'on allait laisser dans la nature les petits salauds que Saint-Martin a eu la sottise de faire exfiltrer de cette maudite île ? Laissez-moi vous dire que ce n'est pas dans les habitudes de la Maison. Zackenberg et consorts ont peut-être perdu les data centers d'Ikos, mais le Nephos existe toujours.

– On a bien compris, chef, mais sauf votre respect, il est où ce Nephos ? s'est interrogé Marc.

– Comment on y accède à ce truc ? a complété Shamim.

– Ça, les amis, c'est à Narval de nous le dire. »

Il y a eu un nouveau silence au cours duquel j'ai été désagréablement dévisagé.

« … N'est-ce pas Nico ? »

Très désagréablement dévisagé.

« Il ne veut pas répondre, a enchaîné Edgar. Pourtant, les analystes de la Maison ont découvert qu'il existait peut-être un moyen d'y accéder via le data center NMEC56 qui était immergé au nord de l'île. Ses 500 000 serveurs, 16 000 cartes graphiques, 525 000 téraoctets de stockage et dix exaflops[61] étaient capables d'utiliser des algorithmes d'intelligence artificielle contenant plus de 300 milliards de paramètres. Or, cette *porte dérobée*, nous soupçonnons notre agent spécial Nicolas Narval de l'avoir non seulement découverte, mais franchie. N'est-ce pas Nico ? »

Très désagréable de devoir faire silence.

« Il ne veut toujours pas nous répondre. Cette porte, nous soupçonnons qu'elle se franchit via le Métaverse, vous vous souvenez ? Cette lubie de Z qui s'est révélée il y a dix ans un échec public retentissant et dont son entourage de sectateurs se servirait comme plateforme d'intervention dans le monde réel. Cette étrange libellule à faciès bleuâtre, par exemple. Qui fut heureusement rectifiée par nos amis grecs avant qu'elle ne commette l'irréparable… Pas vrai, Nico ?

– D'où les questions sur les blancs de mon séjour et les hommes bleus de mes rêves, je suppose.

– D'où ces questions en effet. Des hommes bleus que Marc et Shamim confirment avoir vus en chair et en os. S'agissant des blancs de ta mémoire, je suis certain que si tu ne souhaites pas t'appesantir sur ces mois passés sur l'île, c'est que tu leur as sans doute promis des choses, à tes pierrots lunaires, n'est-ce pas ? »

---

61 Dix millions de millions de millions d'opérations par seconde.

C'est une situation étrange et pour tout dire assez gênante d'être pris soudain sur le fait d'avoir caché des choses qu'il aurait peut-être mieux valu révéler plus tôt.

« … Mais peut-être qu'après tout, l'agent Narval ne veut pas sauver notre bonne vieille Terre…

– Si, si, bien sûr Edgar, je réponds en me retenant d'ajouter que des sources bien placées et concordantes croisant actuellement entre Mars et Jupiter ne lui donnent pas plus de deux siècles avant qu'elle ne disparaisse aux yeux des humains.

– Alors, dis-le nous, bon Dieu, Nico. Ce Nephos… On y accède comment ?

– Écoutez-moi, les gars, je soupire. Je vais vous le dire. Mais je vous préviens : ce que je vais vous raconter est si tordu que vous seriez bien avisés de ne pas en croire un mot… »

Dans ce roman se sont glissés onze extraits d'œuvres.
Sauriez-vous les retrouver ?

Atlantis, Pierre Bordage
Au bonheur des dames, Émile Zola
Le Banquet, Platon
L'Énéide, Virgile
L'Énigme de l'Atlantide, Edgar P. Jacobs
Le Garage hermétique, Moebius
L'*Iliade,* Homère
Nez cassé, Jean Giraud et Jean-Michel Charlier
Salammbô, Gustave Flaubert
Topologie d'une cité fantôme, Alain Robbe-Grillet
L'Usage du monde, Nicolas Bouvier

Votre livre est fabriqué en France sur un papier certifié PEFC,
pour une gestion durable de la forêt.

Ouvrage réalisé par Cédric Cailhol Infographiste

Achevé d'imprimer sur Roto-Page en mars 2024
par l'Imprimerie Floch à Mayenne

Dépôt légal : mai 2024
N° d'impression : 104453

ISBN : 978-2-8126-2588-6

Imprimé en France